Arena-Taschenbuch
Band 50087

Von Thomas Fuchs ist als Arena-Taschenbuch erschienen:
Alleingelassen (Band 2739)

Thomas Fuchs,

geboren 1964, studierte Geschichte und Politik. Heute lebt er mit seiner Familie in Berlin, wo er als Radiojournalist und Kinder- und Jugendbuchautor arbeitet. Auf einer seiner Lesungen lernte er das »echte« Hausenthal kennen, ein Internat weitab von allem. Die besonderen Bedingungen, in denen die Schüler dort miteinander leben, regten seine Fantasie an. Ihn beschäftigte der Gedanke, was wohl passieren könnte, wenn sich in einer solchen abgeschlossenen Welt ein Schüler zum großen Manipulator, zum heimlichen Herrscher entwickelt. Wenn aus Freundschaft Terror wird.

»Ein absolut lesenswerter Thriller«
AUGSBURGER EXTRA

»Atmosphärisch packend«
NEUE LUZERNER ZEITUNG

Thomas Fuchs

Unter Freunden

Arena

MIX
Papier aus verantwortungsvollen Quellen
FSC® C110508

5. Auflage als Arena-Taschenbuch 2012
Lizenzausgabe des Thienemann Verlags, Stuttgart/Wien

Umschlaggestaltung: knaus. büro für konzeptionelle und visuelle identitäten, Würzburg
nach der Grundgestaltung von Niklas Schütte
Fotos: © gettyimages, © jupiterimages
Umschlagtypografie: knaus. büro für konzeptionelle und visuelle identitäten, Würzburg
Gesamtherstellung: Westermann Druck Zwickau GmbH
ISSN 0518-4002
ISBN 978-3-401-50087-4

www.arena-verlag.de
Mitreden unter forum.arena-verlag.de

Eins

»Eure Eltern bezahlen dafür, dass ihr hier einen Schulabschluss macht. Wir sorgen dafür, dass ihr ihn auch schafft. So einfach ist das.«

Ich habe mich in den nächsten Wochen noch oft gefragt, ob der Direktor diese Begrüßungsworte als Scherz, als Versprechen oder als Drohung gemeint hatte. Ich wurde aus diesem Mann nicht schlau. Das hat sich heute geändert, doch damals war Herr Liebig für mich völlig undurchschaubar: Mal ganz der freundliche Internatsleiter, erkundigte er sich im Vorbeigehen nach dem Befinden oder richtete Grüße der Eltern aus. Dann, quasi in der nächsten Sekunde, benahm er sich wie ein Schleifer auf dem Kasernenhof, brüllte, tobte oder, noch schlimmer, verwies mit gefährlich leiser Stimme auf die Schulordnung.

Doch ich greife vor. Die eigentliche Geschichte, die ich loswerden muss, hat zwar auch mit Herrn Liebig zu tun, mehr aber mit Hausenthal und den Menschen dort. Mit einem Jungen namens Leo und mit mir natürlich, Sara, sechzehn Jahre alt, eins sechsundsiebzig groß, hoffentlich normalgewichtig, schulterlange hellbraune Haare, die ich, weil alles andere zu meinem runden Kopf bescheuert aussieht, immer zu einem Pferdeschwanz zurückbinde.

Leo und ich waren gemeinsam in Hausenthal eingefahren. Einfahren, so nannten die Altinsassen den Einzug ins Schulinternat. Denn damit bezeichneten angeblich die Kriminellen das In-den-Knast-Gehen.

Hausenthal war tatsächlich eine Art Knast. Ein Schulgefängnis. Zwar ohne Mauern und Gefängniswärter, aber dafür isoliert wie eine Insel im Meer. Ein Rittergut aus dem dreizehnten Jahrhundert, einsam, weitab von der nächsten Stadt gelegen, hundert Kilometer nordwestlich von Kassel mitten im Nichts. Die Bedauernswerten, die hier geboren waren, nannten die Gegend den »vergessenen Winkel«. Der Ort Hausenthal selbst war ein Bauerndorf mit fünf Häusern, kein Laden, kein Kiosk, nicht einmal eine Kneipe. Das nächste richtige Dorf war über zwanzig Kilometer entfernt. Einmal am Tag fuhr ein Bus. Dazwischen Wald, Wald, noch mehr Wald und ein paar Zuckerrübenfelder.

Für den persönlichen Bedarf sollen Schüler am Tag der Anreise Folgendes mitbringen:

- *Tagesdecke*
- *Wäschesack*
- *Hygieneartikel*
- *alltagstaugliche Kleidung*
- *Trainingsanzug, Turnhose, Turnhemd, Sportschuhe, Badebekleidung*
- *Bekleidung für festliche Anlässe wie Konzert- oder Theaterbesuch*
- *Bademantel*
- *Wecker*
- *Kleiderbügel*
- *gutes Schreibzeug*
- *Taschenrechner*

Natürlich fehlte auf der Packliste, der Aufzählung der Dinge, die die Schüler nach Hausenthal mitbringen durften, nicht der Hinweis *Wir legen Wert auf solide, saubere, nicht extravagante Kleidung*. Und *Das Mitbringen von Mobiltelefonen ist nicht gestattet.*

Das Handyverbot war eigentlich überflüssig. Denn der »vergessene Winkel« war ein Funkloch. Kein Netz deckte diesen Teil Deutschlands ab und so dünn, wie die Gegend besiedelt war, würde auch kein Netzbetreiber die Kosten für Sendemasten und dergleichen tragen. Und selbst wenn es eines Tages ein Funknetz geben sollte, durch die dicken Mauern des alten Ritterguts würde garantiert kein Funksignal dringen. Hausenthal war von der Welt abgeschnitten, hier zählte nicht, was draußen geschah, wer Deutschland regierte oder was sich gerade in Amerika oder China ereignete. In Hausenthal war der heutige Tag wichtig, was morgen von einem erwartet wurde und dass man nichts Falsches tat oder sagte.

Was die Schüler und Schülerinnen tun oder sagen sollten, wurde von Erwachsenen vorgeschrieben. Den Lehrern, den Betreuern, dem Direktor. Um Missverständnisse und jede Diskussion zu vermeiden, wurde jedem Schüler eine daumendicke Hausordnung in die Hand gedrückt, das sogenannte *Allgemeine Hausenthaler Grundgesetz,* kurz Kodex Hausenthal.

In dieser Sammlung von Vorgaben und Vorschriften war wirklich alles geregelt: die Sitzordnung im Speisesaal zum Beispiel oder in welchem Rahmen die Doppelzimmer individuell gestaltet werden durften (keine Bilder von Pop- oder

Sportstars, keine pornografischen Bilder, erlaubt waren Kunstdrucke mit nicht anzüglichem Inhalt). Selbst das Taschengeld war geregelt. Für Leo und mich waren das sechsunddreißig Euro pro Monat, der feste Satz für die neunte Klasse. Den Fünftklässlern waren gerade einmal dreizehn Euro erlaubt, denen aus der Zehnten, der Abschlussklasse, sechsundfünfzig Euro.

Aber auch die besondere Struktur dieses Internates am Ende der Welt war im Kodex Hausenthal festgeschrieben. Hausenthal war ein Schulstaat, der Direktor quasi eine Art Bundeskanzler; es gab ein Schülerparlament, bestehend aus Ober- und Unterhaus. Über die Einhaltung der vom Parlament festgelegten Ordnung wachte ein Schülergericht. Sogar eine eigene Währung gab es, den sogenannten Hataler. Dabei handelte es sich aber nicht um Geld, sondern eher um ein System, vergleichbar mit dem Verkehrszentralregister in Flensburg. Über jeden Schüler und jede Schülerin wurde ein Hataler-Konto geführt. Darin wurden Vergehen aufgelistet und Arbeitseinsätze gegengerechnet. Das Konto wurde offen geführt, die jeweiligen Kontostände wurden wöchentlich aktualisiert im Treppenhaus am Schwarzen Brett ausgehängt. Über Internet konnten sich sogar die Eltern auf der Homepage der Schule über das Hataler-Konto ihres Kindes informieren.

Einmal als unter Sechzehnjähriger mit einer Zigarette erwischt: –10 HT

Drittes Mal zu spät zum Unterricht: –15 HAT

Schwänzen: –20 HT

Handybetrieb: –30 HT und Einzug des Gerätes

Das Startguthaben eines jeden Neuankömmlings von hundert Hatalern war da recht schnell verbraucht.
Ausgleichen konnten die Internatsinsassen ihre Konten entweder durch Arbeitseinsätze wie Geländesäubern, freiwilligen Küchendienst oder Holzhacken oder durch eine gemeinnützige Tätigkeit wie Hausaufgabenhilfe, Engagement im Schülerparlament oder Mitarbeit bei der Schülerzeitung, dem Schülerfernsehen oder dem Schulradio.
Die Liste der angebotenen Aktivitäten war schier endlos, kein Hobby, das nicht als Kurs angeboten wurde: Obstanbau, Kochen, Buchklub, Schach, Honig- und Brennholzgewinnung, Gartenarbeit, fast jede Art von Sport, Computer und Schulchor. An dem Zweck dieser vielen Angebote hatte der Schulleiter Herr Liebig keinen Zweifel gelassen: »Such dir aus, was dir Spaß macht. Aber, Sara, mach was. Abhängen ist hier nicht. Wer nichts tut, kommt auf dumme Gedanken. Ich will, dass du und all die anderen hier abends um neun todmüde ins Bett fallt. Froh darüber, dass ein langer, anstrengender und erfüllter Tag endlich zu Ende ist. Klar?«
Ich hatte genickt und zugleich gedacht, die spinnen doch alle. Aber was blieb mir anderes übrig? Meine Eltern hatten mir deutlich klargemacht, dass Hausenthal meine letzte Chance war. Also bezog ich brav mein Doppelzimmer im ehemaligen Wirtschaftshaus des Ritterguts, versuchte, mich in die strenge Schulordnung einzufinden, und richtete mich drauf ein, die nächsten zwei Jahre hier zu verbringen.

Leo, dessen Geschichte ich hier eigentlich erzählen will und der mir inzwischen so nahesteht wie niemand sonst auf der Welt, war es ähnlich ergangen.
Fünf Schulen hatte der große, schlanke Junge mit den kurzen blonden Haaren, dem Wirbel rechts über der Stirn und den graugrünen Augen in den letzten zwei Jahren durchlaufen. In seiner Heimatstadt galt der Fünfzehnjährige als eine Art Wanderpokal, immer wieder war er weitergereicht worden. Und auf jeder Schule war es schlechter gelaufen. Leos Schulkarriere war wie diese Kinder-Kugelbahnen, es ging nur bergab. Warum, wusste niemand. Aller Nachhilfe und allen Förderkursen zum Trotz war es auf jeder neuen Schule noch einmal schlechter geworden. Innerhalb von nur zwei Jahren war Leo vom guten Gymnasiasten ohne jedes Versetzungsproblem zum gescheiterten Hauptschüler mutiert. Und das ohne Drogenprobleme, Kriminalität oder psychische Macken wie so manche andere in Hausenthal.
Die zwanzigtausend Euro Schulgeld waren alles, was seine Eltern noch in Leo investieren konnten und wollten. Sollte er auch diese Chance in den Sand setzen, dann wäre es vorbei. Dann wäre Schluss, so hatten sie Leo trocken erklärt. Doch wenn er die zwei Jahre durchhalten würde, tatsächlich den Realschulabschluss schaffen sollte, dann könne er gerne wieder zurückkommen. Zurück in sein normales Leben, zurück ins große Haus, zurück in sein eigenes Zimmer, zu seinen Computerspielen, dem Skateboard und zurück zu seiner cherryholzfarbenen Ovation-Gitarre – ins Internat hatte er lieber seine alte Ibanez mitgenommen. Ein

Instrument für knapp zweitausend Euro brachte man nicht nach Hausenthal.

Außer Leo waren zu Schulbeginn ein Viertklässler und zwei Achtklässler neu in Hausenthal eingefahren. Und ich natürlich, Sara Kamphoeven, wie Leo für die Neunte bestimmt, allerdings schon zum zweiten Mal. Aber das war in Hausenthal normal. Kaum ein Schüler war in der üblichen Jahrgangsstufe. Hausenthal war ein Auffanglager, die Stein gewordene letzte Chance.

Jeder in Hausenthal war ein Verlierer, jemand, der es anderswo nicht geschafft hatte. Hausenthal war ein Internat, aber kein Eliteinternat. Hier ging es darum, überhaupt einen Abschluss zu machen.

Und noch etwas war in Hausenthal anders. Der Direktor hatte es mir in einem Einzelgespräch erklärt. Direkt nachdem meine Eltern den Schulvertrag unterschrieben hatten. »Hausenthal ist mehr als eine nur schulische Chance. Wenn man es genau nimmt, dann ist es eine Option auf ein neues Leben. Sicher, wenn du es willst, dann kannst du hier weiterhin du sein. Aber wenn du dich selbst satthast, dann kannst du dich hier neu erfinden. Dann ist Hausenthal wie eine Ferienanlage und du kannst hier sein, was du willst. Du bist hier ohne Vergangenheit. Was vorher war, ist unwichtig, Familie, Vergangenheit, persönliche Drogen- oder Kriminalitätsgeschichte, das bleibt dein Geheimnis. Wir hatten Kinder von Prominenten hier, von bekannten Politikern, Fernsehschauspielern. Einmal einen Jungen, der seinen Vater umgebracht hat.«

Als ich den Direktor daraufhin ungläubig anstarrte, hatte

dieser nur gelacht. »Keine Angst, Sara. Er stand immer unter Beobachtung und stellte zu keinem Zeitpunkt eine Gefahr für andere dar. Und darüber hinaus hatte der Junge seinen Vater im Affekt getötet, er war von einem Jugendgericht für nicht schuldig befunden worden. Die Tat war wegen . . . wie nannten sie es . . . fortwährender seelischer Grausamkeit des Vaters erfolgt. Tja, was macht man mit so einem Knaben? Irgendwo muss er eine zweite Chance bekommen. Besser gesagt, seine allerletzte Chance. Und ich denke, dafür ist Hausenthal der richtige Ort.«

Ich hatte nur flüsternd staunen können: »Ist ja hart!«

»Also, Sara, mach was draus. Ich weiß, niemand kommt gerne in meine Schule, und das ist mir auch völlig egal. Verstehst du?« Aus Herrn Liebigs Gesicht war jede Freundlichkeit verschwunden und sein Blick war hart und kalt geworden. »Ob gerne oder nicht, wer selbst hier versagt, hat keine Zukunft vor sich. Das weißt du, das weiß ich, das wissen alle hier. Also mach keinen Stress und sieh einfach zu, dass du die schulischen Dinge auf die Reihe bekommst. Mehr erwarte ich nicht. Hausenthal ist kein lustiges Internat im Sinne von Hanni und Nanni. Und es interessiert niemanden, ob du hier glücklich bist oder nicht. Es geht nur um den Schulabschluss. Solltest du mit diesem Gedankenmodell Probleme haben, dann betrachte von mir aus Hausenthal wie einen Urlaub in einem etwas anderen Club Med. Du bist hier nur für eine bestimmte Zeit, nicht für immer. Es ist eine Welt, in der meine Regeln gelten. Aber in der du sein kannst, wer du willst. Wenn du es nicht willst, erfährt niemand etwas aus deiner Vergangenheit. Du kannst meinetwegen sogar dei-

nen Familiennamen ändern. Obwohl das kaum nötig ist, denn hier reden sich die Schüler mit Vornamen an. Das reicht.« Herr Liebig hatte schief gegrinst. »Du entscheidest, was du erzählst, wie du dich zeigst, ob du weiter ein Störenfried sein willst oder everybody's darling. Niemand außer mir weiß, wer du wirklich bist und warum du hier bist. Und ich werde es sicher nicht verraten. Mich interessiert nur, dass du dich an meine Regeln hältst. Klar?«
Ich hatte genickt.
»Aber übertreib es nicht. Einige Kinder haben hier versucht, aus sich sonst etwas zu machen – den Millionärssohn, den Frauenheld, die coole Braut, die sie nicht waren. Und sie sind böse gescheitert. Denn für Jahre jemand völlig anderes zu sein, macht dich kaputt, da bleibt nicht viel von einem übrig. Und jetzt raus mit dir. Wir sehen uns nach den Ferien.«

Drei Monate waren bereits abgesessen. Leo, ich, der ebenfalls mit uns eingefahrene Viertklässler und einer der neuen Achtklässler hatten die Probezeit bestanden. Wir hatten somit Stimmrecht im Schülerparlament, waren wählbar geworden und vollwertige Bürger von Hausenthal. Tom, der andere neue Achtklässler, war wieder verschwunden. Zweimal waren Pillen bei ihm gefunden worden, jeweils nach Besuchen zu Hause. Er hatte Stress gemacht, im Unterricht gebockt, sich den Mitschülern, den Lehrern und den Erziehern gegenüber weiter wie bei seinen Eltern benommen.
»Der geht wieder«, hatte ich schon frühzeitig zu Leo gesagt. »Der ist noch nicht weit genug unten.«

»Meinst du?« Leo hielt den Kopf leicht schräg und sah mich aus seinen graugrünen Augen fragend an.
»Das weiß ich!« Ich lächelte. »Es hat auch bei mir gedauert, bis ich das kapiert habe.«
»Und was hat dich so schlau gemacht?« Das konnte Leo gut. Sein Blick wich nicht von seinem Gegenüber und verführte einen zum Weiterreden.
»Leo!«, bremste ich ihn aus. »Hast du vergessen, wo wir sind?«

»Und du? Fährst du über Weihnachten weg?«
Leo saß neben Ritchie und Max auf der Lehne der Holzbank unter der Buche und sah den beiden beim Essen zu. Ich selbst war bei dieser Situation wie auch bei vielen anderen Momenten dieser Geschichte nicht selbst dabei, habe sie jedoch später von Leo erzählt bekommen. Teilweise direkt, nachdem sie passiert waren, teilweise später, als die ganze Sache vorbei war. So ist inzwischen unser Verhältnis, wir erzählen uns offen, was uns bewegt, uns beschäftigt oder was wir erlebt haben.
Damals standen wir noch am Anfang.
Ritchie und Max hatten sich unten im Schulshop zwei Pizzabaguettes gekauft. Eine AG betreibt eine Art Kiosk als Schulprojekt. Betriebsführung, Lagerhaltung, Verkauf. Die so erwirtschafteten Gewinne flossen in die Schulkasse. Alkohol oder Zigaretten wurden natürlich nicht verkauft, dafür Süßkram und Zeitschriften. Den größten Umsatz machten die Betreiber aber mit ihrem kleinem Aufbackofen. Die Minipizzen, Käsestangen und Pizzabaguettes waren der Renner. Besonders an Tagen

wie heute, an denen es Kohlrouladen zum Mittagessen gab, kamen die Schüler mit dem Aufbacken kaum nach.
Leo hatte sich nichts im Shop gekauft. Zum einen, weil er fand, dass die aufgebackenen Teile wie Pappe mit Tomatensoße schmeckten, zum anderen stand zwei Tage später ein Crosslauf an. Die Teilnahme war freiwillig, doch Leo lief gerne. Er war trainiert und wollte einen der vorderen Plätze erreichen.
»Logo! Wieder aufs Kitzsteinhorn, total abgefahrenes Skigebiet. Bin ich jedes Jahr mit meinen Kumpels. Da kannst du super snowboarden.«
»Bist du gut auf dem Brett?«, fragte Leo weiter.
»Machst du Witze? Ich bin fast ein Profi!«, antwortete der schlaksige Zehntklässler kauend. »Hey, ich mache Cross, Halfpipe und so.«
»Auf dem Kitzsteinhorn war ich auch schon mal. Ist aber eine Weile her«, schob Leo nach.
»Wie gesagt, ich bin da jeden Winter. Meine Lieblingsstrecke ist die schwarze Piste direkt ganz oben!« Ritchie kam immer mehr in Fahrt. »Dreitausendzweihundert Meter hoch. Erst zwei Buckel und dann geht es nur runter. Fast senkrecht. Da trauen sich kaum Snowboarder rein, ist aber auch echt übel.«
»Klar.«
»Hey, Mann, du bist echt hart!«, murmelte Max mit vollem Mund.
»Nervend ist nur, bis du endlich oben bist, weißt du.« Ritchie reckte sich. »Das Anstehen vor der Tunnelbahn, absolut nervend. Aber klar, da wollen viele hoch.«

»Klar! Kenne ich.« Spätestens jetzt war Leo klar, dass Ritchie keine Ahnung hatte. Der war alles, nur kein Snowboarder. Aufs Kitzsteinhorn führte nach der Brandkatastrophe im Tunnel vor etlichen Jahren eine Seilbahn. Den alten Tunnel gab es zwar noch, doch er war gesperrt. Wahrscheinlich war Ritchie einmal als Kind oben auf dem Gipfel gewesen, damals, als die Tunnelbahn noch fuhr, und hatte noch nie wirklich auf einem Brett gestanden.

»Also dann, viel Spaß!« Leo stand auf und ließ Ritchie und Max mit ihren Pappbaguettes allein. Er hatte inzwischen die Nase gestrichen voll von all diesen Supertypen, die angeblich in Hausenthal abhingen. Seine Zeit war ihm zu schade, um sie mit solchem Gelaber zu verbringen. Wenn diese Kerle so toll waren, warum waren sie dann hier? Viele von ihnen waren zudem noch schlechte Lügner, verrieten sich spätestens nach fünf Minuten.

Sich mit solchen Verlierern abzugeben, war unter Leos Würde. Solche Typen, aber auch die entsprechenden Frauen, interessierten ihn nicht. Es gab ja zum Glück auch andere. Solche, die entweder besser lügen und ihre wahre Identität verbergen konnten oder womöglich einfach die Wahrheit sagten. Sein Zimmergenosse Martin war zum Beispiel so jemand, auch Timo aus der Zehnten und fast die ganze Clique um Greg.

Zu seiner großen Verwunderung fühlte sich Leo in Hausenthal wohl, wie er mir gestand. Hier wurde zwar viel von ihm verlangt, Schule, AGs, Arbeitseinsätze, und dann ununterbrochen die vielen Menschen um ihn herum. Es gab Druck, wie Herr Liebig gesagt hatte. Aber für Leo war dieser Druck, dieses Gefühl, ständig etwas leisten zu müssen, eher Ablenkung, ließ ihn zur Ruhe kommen. Leo musste über nichts nachdenken, nichts selbst entscheiden, vom Gewecktwerden bis zum Lichtauslöschen, alles entschieden andere für ihn. Das war bequem. Er konnte den Kopf abschalten und einfach funktionieren. Er wusste, Hausenthal war nicht für lange, geschweige denn für immer. Gerade mal zwei Jahre, anschließend war er wieder frei. Niemand, auch nicht Herr Liebig, verlangte von Leo, dass er das hier gut fand. Er konnte darüber lästern, motzen, Hauptsache, er passte sich an. Nicht auffallen und seine zwei Jahre absitzen, darauf kam es an. Ob sich die Leute im Gefängnis auch so fühlten?

»Hey, Sara!« Irgendwie war Leo mal wieder bei mir in meiner WG gelandet. Wohnzimmer, Küche, Gemeinschaftsbad, fünf Schlafzimmer – vier Doppel- und ein Einzelzimmer.

In ganz Hausenthal wohnten die Schüler in solchen Achtergruppen mit je einem Mitglied des Lehrkörpers in einer Wohnung. Altersmäßig bunt gemischt lebte man so mit einem Erwachsenen wie in einer Familie. Insgesamt gab es fünf Häuser mit je vier bis sechs Wohnungen. Leos und meine Wohnung waren im selben Haus, dem ehemaligen Wirtschaftsgebäude des Ritterguts. Dunkles Fachwerk, grauer Putz, schwarzes Dach. Doch innen war es gemütlich. Die zwei Mädchenwohnungen oben, die beiden WGs der Jungen unten. Nächtliche Besuche, wie ich es von früheren Klassenfahrten kannte, gab es nicht. Zwar waren die Häuser von außen alte Fachwerkbauten, doch sämtliche Türen und Fenster waren elektronisch gesichert und wurden überwacht. Punkt neun Uhr war Schlafenszeit. Und wenn anschließend in einem der Zimmer auch nur ein Fenster gekippt wurde, schalteten sich die Überwachungskameras ein und begannen, alles aufzuzeichnen. Jeden Morgen legte Frau Fresemann, die Schulsekretärin, dem Direktor einen Computerausdruck über die vergangene Nacht vor. Gab es einen Alarm, wurden die entsprechenden Bilder gesichtet und ausgewertet. Verstöße gegen den Kodex Hausenthal wurden angezeigt und kamen vors Schülergericht.

»Tag, Leo, alles klar?« Ich lag auf meinem Bett, die Tür zum Zimmer war geöffnet – wie es die Hausordnung den Tag über vorschrieb.

»Wie immer. Was geht ab?«

»Wie immer. Nichts.«

»Lust auf ein Eis?«

»Wenn du zahlst!«

Ich griff nach meinem kleinen Rucksack und folgte Leo ins Treppenhaus. Unten am Parkplatz warteten bereits etliche andere auf den rot-weiß-grünen VW-Bus vom Eismann Giovanni. Jeden Tag um 14:30 Uhr, eine halbe Stunde vor Ende des Silentiums – so hieß die Zeit zwischen dem Mittagessen und dem Beginn der AGs am Nachmittag –, kam er aus dem entfernten Bad Hersfeld und hielt vor dem Schulgelände. Und egal, was für Wetter war, die weite Anfahrt lohnte sich, denn die Kundschaft war ihm sicher. Auch heute wieder, an einem kalten grauen Novembertag, eigentlich nicht das richtige Wetter für Eis. Doch Giovanni und sein Eis waren in Hausenthal neben der Post und den zwei öffentlichen Telefonzellen der einzige Kontakt zur Außenwelt.

»Zweimal Tutti für zwei Euro«, bestellte Leo, als er an der Reihe war. Anschließend schlenderten wir hinüber zum Schulgarten. Zu dieser Jahreszeit war dort erfahrungsgemäß niemand.

»Bist du auf morgen vorbereitet?«, fragte ich ihn.

»Mathe war nie mein Problem«, antwortete Leo.

»Das sagst du immer!«

»Wenn es doch stimmt.«

»Und warum bist du dann vom Gymnasium auf der Hauptschule gelandet?«

»Weiß nicht, jedenfalls nicht, weil ich diesen Mist nicht gekonnt habe«, gab Leo zurück.

»Okay.«

Wir leckten schweigend an unserem gemischten Eis. Dass wir zusammen nach Hausenthal gekommen waren, verband uns auf eine merkwürdige Weise. Zwar wussten auch wir damals wenig bis nichts voneinander, aber die gemeinsame Situation als Neue hatte uns einander von Anfang an nahegebracht. Leo hatte zudem eine unglaublich ansprechende Art. Er war so natürlich lässig, so cool, total offen, mit ihm konnte ich über alles reden. Zugleich war er auf eine nette Weise abgefuckt; er schien schon so viel erlebt zu haben, dass ihn nichts mehr umwerfen konnte. Nicht einmal Hausenthal.

Außerdem wusste ich, dass Leo auf mich stand. Das spürte ich einfach. Seine halb heimlichen Blicke auf Busen und Po, dieses Zucken, wenn ich ihn berührte. Auch ich musste oft daran denken, wie es wäre, mit ihm ins Bett zu gehen. Der Gedanke gefiel mir damals und auch noch heute.

»Kommst du am Samstag mit in den Klub?«, erkundigte ich mich.

Leo schüttelte den Kopf.

»Klub? Wer hat dir denn das erzählt? Das ist eine Dorfdisco, so eine Garage mitten in den Feldern, wahrscheinlich ABBA oder Ballermann-Hip-Hop, die Jungens alle mit Schnauzer und draußen steht der aufgemotzte Opel, nee, ein tiefergelegter BMW. Du weißt schon. Soooo ein fettes Rohr und tierische Schlappen! Die Kerle alle Agrartechnikschüler, sprich Bauer! Es wird Bacardi-Cola getrunken oder Bier oder irgendwelche Alkopops. Die Mädchen sehen aus wie Paris Hilton oder Britney Spears für Arme – lebt die eigentlich noch?«

»Jetzt übertreib nicht so, ist doch okay, mal rauszukommen! Wir sind jetzt Heimbürger, wir dürfen endlich mit!«

»Quatsch. Dorfdisco bis elf, erlaubt ist ein großes Bier, dann Heimfahrt im Bus, anschließend Alkoholtest durch Herrn Liebig persönlich. Der macht sogar einen Achselschweißtest wegen Dope! Tut mir leid, das tue ich mir nicht an. Nicht weil ich befürchten müsste, dass der was findet! Ich lasse mich nur nicht so demütigen. Da kann ich hier wesentlich mehr Spaß haben.«

»Und wie sieht der aus?«

»Ich habe gehört, bei Greg auf der Bude findet ein kleines Fest statt. Ein Essen gegen Umlage, Käsefondue, soweit ich weiß.«

»Hast du eine Einladung?«

»Noch nicht, aber ich denke, ich könnte eine bekommen. Soll ich für dich auch eine besorgen?«

»Weiß nicht.«

»Okay, ich frag.« Leo rannte los.

»Jetzt warte doch!«, rief ich ihm hinterher. Ich war nicht der Typ, der sich irgendwo selbst einlud. Und noch mehr hasste ich, wenn andere glaubten, für mich irgendwelche Entscheidungen treffen zu können. Doch da war Leo schon zwischen den kahlen Bäumen unterwegs Richtung Haus Adlerhorst.

Leo war sich nicht wirklich sicher, ob er eine Einladung von Greg bekommen würde. Doch er wollte es zumindest versuchen. Leos Ansicht nach war von all den Leuten in Hausenthal, neben mir natürlich, Greg der Beachtenswerteste und die Gruppe um ihn herum lohnend. Greg selbst war – und das, obwohl er erst vor knapp zwei Jahren in Hausenthal eingefahren war – Präsident des Schülerparlaments, leitete die Linux-AG und das Survivaltraining und war Chefredakteur der Schülerzeitung, wobei er sowohl den Computerkurs als auch das Outdoorprogramm selbst initiiert hatte. Greg sah definitiv gut aus und er war wirklich nett. Er war jemand, den Leo gerne kennenlernen wollte, ein Typ, der ihn interessierte.

Ritchie und Luca behaupteten zwar, Greg und seine Clique wären ein recht geschlossener Kreis von Insidern, die jeden Neuen abblocken würden. Doch Leo glaubte das nicht, sein Eindruck von Greg war ein komplett anderer gewesen. Er fand den Zehntklässler freundlich. Einmal hatte Greg ihn bereits gefragt, ob Leo nicht mal an einer seiner Survivaltouren teilnehmen wolle. Die Wanderungen fanden – natürlich in Begleitung eines Lehrers – über Nacht statt, mit Lagerfeuer oder ohne, mit Schlafsack oder ohne, mit Essen oder ohne. Man erzählte sich in Hausenthal wilde Geschichten über diese Touren.

Bislang hatte Leo abgelehnt, er fand Survival lächerlich, paramilitärisch, Indianerspiel für Fortgeschrittene und irgendwie unecht. Denn es war ja immer Überlebenstraining mit Sicherheitsnetz. Sollte wirklich was schiefgehen, würde wirklich jemand in eine Notlage geraten, würde sofort Hilfe alarmiert werden.

Aber da war nun dieses Abendessen, dieses Käsefondue, und womöglich war die Survivalgeschichte der Aufhänger dafür.

»Störe ich?« Leo stand im Türrahmen und klopfte an den Rahmen.

»Hey, Leo. Du störst überhaupt nicht. Komm rein. Wie geht's?«

»Gut, danke.« Leo betrat den Raum. Er war zum ersten Mal in Gregs Zimmer. »Kompliment, sieht cool aus.«

Gregs Zimmer sah aus wie all die anderen in Hausenthal: zwei Betten, zwei Schreibtische und zwei Schränke. Und doch war es vollständig anders als Leos Bude oder die Zimmer, in die dieser bislang im Internat einen Blick geworfen hatte.

»Ach was. Das machen nur die Bilder. Manche finden sie ja leicht depressiv. Aber mir gefällt das so«, wiegelte Greg ab, der mit einem Comic in der Hand im Schneidersitz auf dem Bett saß.

Bei den Bildern, die er ansprach, handelte es sich um drei

großformatige Drucke an den Wänden. Verwaschene Schwarz-Weiß-Fotos. Das mittelgroße zeigte einen alten, kleinen Kofferplattenspieler, ein großes, sicher ein mal einen Meter, zeigte eine dunkelhaarige Frau, die zu Boden blickte, und das dritte nahm fast die ganze Wand zwischen Schrank und Tür ein. Unscharf waren Bücherregale zu erkennen, eine Tür oder ein Fenster, vorne links ein Garderobenständer mit Mantel oder ein Mensch.

»Wenn es für Ned okay ist . . .«, erwiderte Leo. Ned war Gregs Zimmergenosse.

»Das ist es. Wie wirken die Bilder auf dich?«

»Irgendwie hart, so ausweglos. Ich weiß nicht, ob ich so was neben meinem Bett hängen haben wollte.«

»Nachvollziehbar.« Greg legte sein Clever-&-Smart-Heft beiseite. »Der Künstler heißt Richter, Gerhard Richter. Und die Bilder dort sind aus dem Zyklus *18. Oktober 1977.* Sehen aus wie Fotos, sind aber gemalt. In dem Plattenspieler war die Pistole versteckt, mit der sich Andreas Baader in seiner Zelle erschossen hat. Oder erschossen haben soll. Das große heißt Zelle, es zeigt Andreas Baaders Zelle in Stammheim. Du weißt schon, der Hochsicherheitsknast. Und die Frau ist Gudrun Ensslin. Baader und Ensslin, die bekanntesten deutschen Terroristen.«

»Warum hängen die bei dir? Findest du Terrorismus gut?«

»Spinnst du? Natürlich nicht. Aber die Bilder sind cool, sie gefallen mir. Und sie passen meiner Meinung nach hierher. Hochsicherheitsknast Hausenthal sozusagen. Unser Boss hier wollte die Bilder erst nicht erlauben. Aber es ist Kunst, keine Pornografie, nichts Politisches. Da musste er schließlich.«

»Wo bekommt man so was her?«
»Gute Frage, ist eine lange Geschichte. Sagen wir mal so, in einem normalen Postershop jedenfalls nicht.« Greg streckte sich und stand auf. »Magst du was trinken? Kaffee, Tee, Wasser?«
Leo schüttelte den Kopf.
»Tja, ist auch schon fast wieder Zeit, das Silentium ist gleich rum, aber . . . Leo, hättest du nicht Lust? Samstag, ein kleines Abendessen im Freundeskreis. Wir wollten Käsefondue machen. Gegen Umlage natürlich.« Greg senkte seine Stimme. »Wir machen immer Käsefondue, das ist der einzige legale Weg, in Hausenthal an Wein und Schnaps zu kommen. Du weißt ja, in jedes Käsefondue gehört Kirschwasser. Nur ist die Frage, wie viel. Aber wenn du lieber in die Disco willst . . .«
»Nein danke, das muss ich mir nicht antun.«
»Hätte mich bei dir auch gewundert. Also, kommst du?«
»Ist es okay, wenn ich Sara mitbringe?«
»Aber sicher. Frauen sind immer Mangelware. Noch dazu gut aussehende.«
»Dann bis Samstag. Ich freue mich.«
»Klar. Bis dann!« Greg griff wieder nach seinem Comic. Leo war schon fast aus dem Zimmer, da rief er ihm nach: »Leo, Sekunde noch. Ich habe von Martin gehört, du spielst Gitarre. Bring sie doch mit. Ich würde dich gerne mal hören.«
»Ach, lieber nicht!« Leo war geschmeichelt und zugleich erschrocken. »Ich zupfe nur ein wenig rum . . . So für mich. Ich spiele echt nicht gut!«

»Das sagen sie immer, wenn sie spielen können.« Greg strahlte Leo an. »Na komm . . .«
»Ich weiß nicht.«
»Ich koche, du spielst!« Greg ließ nicht locker. »Oder sind wir dir als Publikum nicht gut genug? Muss ich erst Bitte, Bitte sagen?«
»Nein, ich . . .« Leo wusste nicht, wie er aus dieser Kiste herauskommen sollte. Genau genommen war er Greg etwas schuldig. Er hatte die Einladung für sich und mich erhalten, nun die Bitte Gregs abzulehnen, wäre mehr als unhöflich gewesen. »Okay, ich bring meine Gitarre mit.«

»Gebongt, du und ich, Samstagabend Käsefondue in Gregs Wohnung.«
»Echt?« Ich war überrascht. »Wie hast du das erreicht?«
»Ich muss auf meiner Klampfe spielen.«
»Du spielst Gitarre?«, fragte ich verwundert. »Wieso weiß ich davon nichts?«
»Weil das mein Privatding ist. Ich spiele nie vor anderen.«
»Ach, deswegen bist du manchmal nach den AGs einfach weg. Ich habe mich schon gefragt, mit wem du in der Zeit in die Kiste hüpfst.«
»Jetzt kannst du ja beruhigt sein.« Leo versuchte ein Lächeln. »In der Zeit bin ich üben.«
»Sag das nicht. Viele Musiker geben den Gitarren den Namen einer Frau. Das lässt doch wohl Rückschlüsse zu.«
»Ach, Sara, du weißt doch, es gibt neben dir keine andere Frau in meinem Leben«, sagte Leo und sah mich schmachtend an. Das konnte er gut, den Verliebten geben und mich

gleichzeitig im Ungewissen lassen, ob das nun ernst oder nur im Scherz gemeint war.

»Das sagen sie alle.« Ich ging auf seinen Flirt nicht ein, denn ich war darüber verärgert, dass er *mir* bislang nichts von seinem Gitarrespiel erzählt hatte. Ich wusste nicht einmal, dass er eine Gitarre hatte. Wo hielt er die versteckt, in seinem Schrank?

»Aber okay, gehen wir eben anstatt in die Disco zu Greg, Käsefondue spachteln. Zusätzlich die Aussicht, von dir ein Überraschungskonzert zu bekommen – da hat man doch allen Grund, sich zu freuen. Wie ist denn Greg so?«

»Anders. Alleine schon das Zimmer. Da hängen so komische Bilder an der Wand. Irgendwie schräg.« Leo war offenbar froh, über ein anderes Thema reden zu können.

»Da bin ich ja mal gespannt.«

»Ich auch.«

Zwei

Die Crossstrecke führte hinter dem Hauptgebäude des alten Ritterguts, worin sich die Klassenzimmer sowie der Speisesaal und die Verwaltungsräume befanden, den Berg hinauf. Oben angekommen verlief der Weg den Kamm entlang und am Waldrand wieder runter zu den Stallungen – dort waren die Tiere vom Projektbauernhof untergebracht, eine Kuh, zwei Ziegen, zwei Schafe und etliche Hühner. Anschließend ging der Kurs im Zickzack über eine total verschlammte Wiese zurück zu den Wohnhäusern und erneut am Hauptgebäude den Berg hinauf. Jede Runde viereinhalb Kilometer lang. Unabhängig vom Jahrgang von allen Teilnehmern dreimal zu absolvieren. Es war kalt, es war grau, kein schöner Tag, um sich durch den Matsch zu quälen. Vermutlich hatten sich deshalb nur so wenige Läufer an der Startlinie eingefunden.

»Hast es wohl eilig!«, keuchte Sven Leo hinterher, als dieser ihn bereits in der ersten Runde am Berg hinter sich ließ. Doch Leo war egal, was sein Klassenkamerad über ihn dachte. Sven war in seinen Augen ein Idiot. Jemand, der ein Jahr länger in Hausenthal bleiben musste, weil er letztes Jahr in der Neunten sitzen geblieben war und den Hauptschulabschluss nicht gepackt hatte. Das war echt eine Kunst, denn Herr Liebig nahm seine eigenen Worte ernst. Die Eltern bezahlten viel Geld für die Schule und im Gegenzug sorgte er für die Versetzung. Aber nicht etwa durch Mogelei, sondern durch Hartnäckigkeit. Unter den Schülern kursierte das Gerücht, Herr Liebig wäre früher Dompteur beim Zirkus gewesen und wegen einer Wette hätte er sogar einmal einen Affen für die Hauptschulprüfung fit bekommen. Offensichtlich war Sven somit intelligenzferner als ein Schimpanse.

Leos Ansicht nach war er aber nicht nur geistig beschränkt, sondern zusätzlich auch noch jemand, der sich in seiner Dummheit für cool hielt. Sven hatte den Ruf eines Säufers, deshalb nahmen ihn die meisten in Hausenthal nicht für voll. Er rauchte Kette und hatte nur ein Gesprächsthema: Komasaufen beziehungsweise wann er wo was gesoffen hatte. Leider konnte er damit in Hausenthal wenig punkten und seine vierzig Filterlosen am Tag sorgten dafür, dass er am Berg nur noch nach Luft japsen konnte. Leo wunderte sich, warum Sven überhaupt angetreten war.

Sven spielte für Leo in einer Liga mit Ritchie, Max oder auch Jennifer, Martha und Larissa.

Gerade bei Letzteren schien es mir so, als ob das Fernsehen für sie die wahre Realität wäre. Die paar Stunden erlaubtes TV am Tag waren ihr Leben. Egal ob Promi-Doku, Musiksender, Soap oder Castingshow, was oben im Kinosaal über Beamer am Abend auf die Leinwand geworfen wurde, war wichtig und hip. Darüber sprachen sie und sie alle träumten davon, irgendwann selbst einmal im Fernsehen aufzutauchen. Was ich besonders erschreckend fand, war, dass sie auch schon so aussahen wie die Gestalten aus dem Fernsehen: Kleidung, Frisuren, Gestik, Sprache oder Benehmen, alles war von den TV-Vorbildern kopiert. Bei den Kerlen die coolen Sprüche, dieses Getto-Gehabe mit Abklatschen,

Körperdrehung und Schnipsen, während es sich bei den Mädchen mehr in den Blicken, den überdeutlichen Seufzern und immer gleichen Säuseleien äußerte. Das war Vorabendfernsehen pur.

Und auch was ihre Lebensgeschichten betraf, die von Herrn Liebig angesprochene Möglichkeit eines Neuanfangs in Hausenthal führte bei diesen Typen zu fast identischen Ergebnissen. Sven und mit ihm noch drei weitere Jungen behaupteten, ihre Väter wären Bosse im Rotlichtmilieu. Svens älterer Bruder war angeblich Türsteher, sein bester Kumpel die Nummer eins im Kölner Drogengeschäft. Max' Vater dagegen war Agent, nur dummerweise ähnelten die Geschichten, die Max immer wieder erzählte, denen aus den US-Serien der vergangenen Woche. Ich hatte mich Leo gegenüber wiederholt über so viel Dummheit aufgeregt.

Und er konnte noch eins drauflegen: »Weißt du, Sara, wirklich peinlich ist, der Typ hat nicht nur keine Fantasie, sondern auch noch das Kurzzeitgedächtnis eines Alzheimerkranken. Letzten Montag habe ich ihn nur so aus Langeweile in der Pause noch einmal auf die Geschichte mit den gestohlenen russischen Atomraketen angesprochen. Du weißt schon, seine James-Bond-Story mit dem U-Boot und dem Finale auf dem Flugzeugträger. Wo sein Papa mit der Panzerfaust mit einem Schuss vierzig ukrainische Terroristen umgenietet hat.«

»Klar, die Geschichte hat er wahrscheinlich schon jedem hier zweimal erzählt.«

»Mindestens. Und was passiert, als ich nachfrage?« Leo schüttelte den Kopf. »An das U-Boot konnte er sich noch er-

innern, aber aus dem Flugzeugträger wurde eine Bohrinsel und plötzlich waren es hundert arabische Terroristen und ein Flammenwerfer. Zufälligerweise der abgewandelte Plot des Actionfilms von gestern Abend.«
»Idiot!«

Doch schien das den Großteil der sonstigen Insassen von Hausenthal nicht weiter zu stören. Max war allgemein beliebt, ebenso wie Larissa. Ihre Mutter war Schauspielerin in Hollywood, wie sie behauptete. Amerikanerin, aber mit deutschen Vorfahren. Sie dürfe den Namen nicht nennen, das würde der Karriere ihrer Mutter schaden, Presse und so. Aber gleichzeitig versuchte sie so offensichtlich, wie Sandra Bullock auszusehen, dass klar war, wen sie gerne zur Mutter gehabt hätte.
Tochter eines Filmstars zu sein, war bei den Mädchen dieses Kreises sehr angesagt, alternativ heimlich adelig. Oder aber noch dicker: Inzest, angeblich vom Vater oder dem Onkel vergewaltigt, im Zeugenschutzprogramm beziehungsweise früher Ziel von Stalkern.
Zwei Mädchen behaupteten sogar ernsthaft, sie wären heroinsüchtig gewesen und hätten deswegen angeschafft. Grotesk war dabei, die beiden waren gerade dreizehn und sahen aus, als ob sie gestern noch mit ihren Puppen gespielt hätten. Meiner Ansicht nach hatten die Mädchen zu viel *Wir Kinder vom Bahnhof Zoo* gelesen.
Eine Zeit lang hatte ich es ganz amüsant gefunden, die jeweiligen Lebenslügen zu enttarnen, oft mit Leo zusammen, und bei der Mehrzahl unserer Mitschüler hatten vier bis fünf

Minuten, zwei bis drei Fragen ausgereicht, dann war der Fehler, das nicht stimmende Detail gefunden. Leo hatte daraufhin das Interesse an diesem Spiel verloren. Ich jedoch nicht. Ich hatte es erweitert. Das hieß, nicht nur die Legende knacken, sondern außerdem die Wahrheit herausbekommen.

Viele, besonders die Kleineren, redeten offen über sich und warum sie hier waren. Zu viel gekifft, geklaut, mit fremden Autos ohne Führerschein zu oft Rennen gefahren. Mit dem Handy und heruntergeladenen Klingeltönen Schulden gemacht. Zwei hatten gedealt, andere verzeichneten Vorstrafen wegen Erpressung und Raub, Vandalismus, Bandenkriminalität. Hätte jemand eine Liste der Gründe des Hausenthalaufenthaltes geführt, sie wäre sicher dem jährlichen Bericht zur Jugendkriminalität nahegekommen. Sogar eine Vertreterin einer Mädchengang war in Hausenthal zu finden. Sie hieß Svenja und hatte mit ihren Freundinnen ein anderes Mädchen in ihrer alten Schule verprügelt. Mit Handy hatten sie das zudem gefilmt und versendet. Dafür hatte Svenja achtzig Arbeitsstunden aufgebrummt bekommen. Sie war noch immer stolz auf ihre Tat.

Die meisten jedoch sagten gar nichts, so wie ich. Da wurde dann nach einiger Zeit auch nicht weiter gefragt.

Gleich war Leo oben, dann ging es nur noch bergab. Zu seinem Erstaunen führte er das Feld an, ohne sich besonders verausgabt zu haben. Sein Vorsprung war so groß, dass er die Verfolger hinter sich nicht einmal mehr sehen konnte. In Gedanken war er bereits dabei, die fünfzig Hataler Preis-

geld für den ersten Platz zu verprassen. Man konnte damit ausschlafen, mehrfach die ersten beiden Stunden schwänzen. Abends fünfmal das Licht anlassen und bis zum Ertapptwerden am Computer spielen. Sich einmal bei den Mädchen erwischen lassen.
Leo musste grinsen. Vor allem das Letzte hätte was. Er bog auf den Weg entlang des Kammes ein. Der Waldboden war hier rutschig, der Regen vom Vortag hatte die Strecke extrem schwierig gemacht. Doch Leo konnte sich Zeit lassen, er hatte einen guten Vorsprung. Er hatte es geschafft, jetzt musste er den Sieg nur noch heimtragen.
Unvermittelt blieb er an etwas hängen. Er kam ins Stolpern. Leo versuchte, mit dem rechten Fuß auszugleichen, aber auch hier fand er keinen Halt mehr. Mit dem Kopf voran ging er zu Boden. Seine Hände, mit denen er den Sturz hatte abfangen wollen, glitten auf dem schlammigen Boden weg, vor ihm war eine große Pfütze. Sein Aufschrei ging in ein Gurgeln über. Er landete mit dem Gesicht im kalten Matsch.
Als er wieder hochkam und sich den Schlamm aus den Augen wischte, sah er Luca ein paar Meter hinter sich. Der Junge lehnte an einem Baum und grinste.
Leo versuchte aufzustehen, aber an Weiterlaufen war nicht zu denken. Der linke Oberschenkel schmerzte heftig, offenbar gezerrt.
»Scheiße, so ein Mist! Hilf mir doch!«, keuchte Leo. Doch Luca blieb stehen, wo er war, und betrachtete teilnahmslos, wie Leo versuchte, aus dem Schlammloch zu kommen.
»Was glotzt du so!« Leo war über Lucas Gesichtsausdruck

verblüfft, überhaupt über dessen Anwesenheit hier oben im Wald. Noch weniger verstand er, was Luca anschließend tat: Der Junge aus der Zehnten begann, merkwürdige Handbewegungen zu machen. Er wickelte offenbar etwas auf. Was bitte ging hier ab?

»Tut mir leid. Nimm's nicht persönlich«, murmelte Luca schließlich. »Aber hast du wirklich geglaubt, du könntest hier mal einfach so fünfzig Hataler abgreifen? Vergiss es, die werden von anderen dringend gebraucht. Die bekommen sonst Stress.«

In diesem Moment tauchte Sven am Kamm auf. Schnaufend wie ein alter Traktor kam er den Weg entlang, im Vorbeigehen schlug er Luca in die emporgestreckte Hand und keuchte: »Hast was gut.«

Sven feixte kurz Leo an, dann trabte er gemächlich den Waldweg weiter bergab. Hinter ihm lief Vanessa, schräg dahinter Maurice. Und hinter den dreien, mit gehörigem Abstand, die anderen Teilnehmer des Rennens. Offensichtlich alle weder angestrengt noch ausgepowert, aber nicht bereit, die langsamen und dennoch führenden drei zu überholen. Die meisten grinsten, als sie an Leo vorbeizogen.

Doch erst als Luca ihm schließlich ein kleines Knäuel zuwarf, verstand Leo. Eine Nylonschnur – der Grund, warum er gestolpert war – und ihm war klar, was sich hier abspielte. Jetzt ergaben auch die Bemerkungen unten am Start Sinn und warum sich niemand außer ihm ernsthaft auf das Rennen vorbereitet hatte. Etliche Läufer waren noch kurz vor dem Start drüben in der Raucherinsel gestanden. Offensichtlich war er der Einzige, der nicht gewusst hatte, dass es ein abgekartetes Spiel war. Und noch mehr wurde ihm schlagartig klar: Die anderen hatten es auch nicht für sinnvoll gehalten, ihn einzuweihen, oder aber sie hatten ihm einfach eine Lektion erteilen wollen. Es gab nur diese beiden Möglichkeiten. Mühsam und vor Schmerz und Frust fast heulend, humpelte Leo zurück zur Schule.

Es war eine Mischung aus beidem, wie ich ihm später am Nachmittag zu erläutern versuchte.
»Nimm es nicht persönlich.« Ich saß Leo gegenüber auf dem Bett von Martin. »Falls du es noch nicht bemerkt hast, in den drei Monaten hier hast du es geschafft, dir bemerkenswert viele Feinde zu machen.«
»So ein Quatsch!«, widersprach Leo. »Ich bin doch nett zu allen. Ich tu niemandem etwas.«
»Ach ja?« Ich musste grinsen, das war so eine typische Leo-Antwort. »Das passt zu dir, dass du das so siehst.«
»Dass ich was so sehe, und was soll das heißen, passt zu mir?«, regte sich Leo auf und massierte seinen rechten Oberschenkel. Noch immer musste er das Bein hochlegen oder liegen, um den Schmerz in dem gezerrten Muskel erträglich zu machen. Laufen war ohne Hilfe fast völlig unmöglich und der lange Abstieg allein durch den Wald war nicht gerade schonend gewesen.
»Klassischer Konflikt: Fremd- und Selbstwahrnehmung. Du denkst, ich tue doch niemandem etwas, habe mich hier eingelebt, mache niemandem Stress, bin zu allen nett, also müssen mich doch alle mögen.«
»Was ist falsch daran?«

»Aber vielleicht bist du für andere genau deshalb unerträglich. Für Typen wie Sven oder Ritchie, die – so dumm sie auch sein mögen – womöglich doch merken, dass du sie nicht ernst nimmst. Dass du dich für was Besseres hältst! Da brauchst du gar nicht so theatralisch Luft zu holen!« Ich wurde lauter. »Hältst du dich für klüger als Sven oder nicht?«

»Selbst eine Kuh ist intelligenter als der!«, gab Leo zurück.

»Anders als die hast du keinen wirklichen Stress mit dem Schulstoff, egal welches Fach. ›Wichsen–Stricken–Lesen war nie mein Problem.‹ Deine Worte.«

»Ja, aber ich schade doch niemandem damit.«

»Als ob es darauf ankommt.« Ich merkte, wie meine Stimme bitter wurde. »Leo, sieh dich an. Du bist jemand, der anscheinend keine Probleme hat. Für manche hier in Hausenthal ist das Grund genug, dich zu hassen.«

»Wie meinst du das: *anscheinend* keine Probleme?«, hakte Leo nach.

»Wenn du wirklich keine hättest, warum wärst du dann in Hausenthal?«, konterte ich und musste mir ein Grinsen verkneifen.

»Punkt für dich!«, gab Leo zu.

»Jedenfalls, für all die Wracks, die hier sonst eingesperrt sind, bist du mit deiner zufriedenen Art ein Schlag ins Gesicht. Nicht mal, dass du hier bist, scheint dich wirklich zu belasten. Was übrigens auch mich wundert.«

»Ehrlich gesagt, mich auch. Aber es ist so. Im Moment ist Hausenthal für mich okay.«

»Was es für Sven, Luca oder nimm was weiß ich, wen defi-

nitiv nicht ist. Die würden alles dafür geben, hier wegzukommen.«
»Tja, dann sollte ich vielleicht etwas an mir arbeiten«, seufzte Leo.
»Lass mal, mir gefällst du gut so«, musste ich unbedingt noch hinzufügen.
»Auch wenn ich wegen dieser schlimmen Verletzung für den Rest meines Lebens ans Bett gefesselt bin?«
»Vielleicht würde mir gerade das gefallen.«
Ich sah, wie er bei dieser Antwort schlucken musste. Typisch Mann, offenbar gingen ihm jetzt die Hormone durch. Ich konnte regelrecht sehen, wie in seinem Kopf ein Bild entstand von ihm selbst, gefesselt auf einem Bett. Und vor dem Bett stand ich, zumindest erwartete ich das, wahrscheinlich nackt, und er stellte sich sicher vor, wie ich mich zu ihm ins Bett legte und erst seine Verletzung massierte und mich anschließend das Bein hocharbeiten würde.
»Ich würde dich mästen, und wenn du dann vier Zentner wiegst, würde ich dich pflegen«, zerstörte ich brutal jegliche derartigen Gedanken bei ihm.
»Das ist ja ekelhaft!«, rief Leo.
»Allerdings, das habe ich mal im Fernsehen gesehen, ein Mann, der seine Frau total fett gefüttert hat. So fett, dass sie nicht mehr laufen konnte, nur noch liegen. Und dann hat er sie gepflegt.«
»Das würdest du mit mir machen wollen?« Leo war entsetzt. »Du bist krank!«
»Das war ein Scherz!«, versuchte ich, ihn wieder auf Normallevel zu bringen.

»Ein schlechter Scherz.«
»Auch schlechte Scherze sind Scherze.«
»Das wird mir jetzt zu blöd.« Leo schüttelte den Kopf. »Lass mich dann bitte etwas alleine. Ich will mich auf unsere Abendverabredung vorbereiten.«
»Wenn du meinst.« Ich sprang von Martins Bett auf, konnte mir eine Schlussbemerkung jedoch nicht verkneifen: »Und ich soll dir nicht beim Duschen zur Hand gehen? Immerhin bist du verletzt.«
»Danke. Womöglich kommst du auf die Idee, mein anderes Bein auch noch auszuschalten. Von wegen ans Bett gefesselt.«
»Hui, da scheine ich ja einen wunden Punkt berührt zu haben.«
»Raus!«

»Ihr kennt euch ja alle«, begrüßte Greg die Runde in der Küche seiner Wohnung. Drei Schülerinnen und fünf Schüler hatten sich zum Käsefondue an dem bereits gedeckten Tisch eingefunden.
Außer Greg, dem Gastgeber, waren das Ned, sein Zimmergenosse, und Paula aus der zehnten Klasse – sie war fast neunzehn und, was Schule anging, wirklich hart. Selbst von Hausenthal war sie schon einmal geflogen. Wie ihre Eltern es geschafft hatten, dass sie sogar hier eine zweite Chance bekommen hatte, war unter den Schülern ein Rätsel. Paula trug immer schwarze Hosen und Rollkragenpullover, sagte wenig und rauchte ständig selbst gedrehte Zigaretten. Angeblich hatte sie ein Kind, doch Genaueres wusste ich nicht.

Neben Paula saßen ich und Leo. Rechts von Leo, der sich an der Ecke des Tisches hingesetzt hatte, damit er sein gezerrtes Bein hochlagern konnte, hatte Micha Platz genommen. Micha war ebenfalls in der zehnten Klasse. Er war Richter am Schülergericht und spielte in der Schulband Keyboard. Er war hager, trug eine kleine Brille und man sagte von ihm, dass er wegen irgendwelcher Computerdinger im Jugendgefängnis gesessen hätte. Angeblich hatte er eine Scheinfirma gegründet und damit europaweit Leute abgezockt. Man munkelte, der von ihm angerichtete Schaden sei über hundert Millionen Euro hoch gewesen.
Neben Micha hatte Jonny Platz genommen. Jonny war Motorfreak. In der Vierrad-AG wurde im Moment unter seiner Leitung ein alter Traktor neu umgebaut. Seine AG träumte davon, mit dem frisierten Gefährt irgendwann einmal bei einem Hot-Wheel-Rennen für die Schule anzutreten. Bislang war nur das Chassis fertig, bis zu ihrem ersten Start würden sie noch eine Weile schrauben müssen.
Auf dem letzten freien Platz zwischen Jonny und Greg saß Franka. Sie war groß, schlank und trug ihre blonden Haare jungenhaft kurz geschnitten. Franka war Sportlerin. Langlauf, eigentlich Biathlon, aber in Hausenthal waren jegliche Waffen verboten, selbst Sportgewehre. Deshalb hatte Franka ihre Schießübungen in die Ferien verlegt und trainierte in Hausenthal nur Ausdauer. Im Winter richtigen Skilanglauf und im Sommer war sie auf ihren Rollbrettern unterwegs. Franka skatete mal eben am Nachmittag ins nächste Dorf und zurück. Leo hatte sich am Morgen noch gewundert, warum sie bei dem Crosslauf nicht angetreten war, inzwischen

wusste er, warum. Zwischen Franka und Greg lief angeblich etwas. Ich war gespannt, ob ich nach dem Essen mehr wissen würde.

»Ja, wie ihr euch denken könnt, wären gerne noch ein paar Leute zu unserer Runde gestoßen. Aber die Küche gibt nun mal nicht mehr her und es gibt keine Stammplätze, das habe ich Sven auch so gesagt. Außerdem . . .« Greg machte eine kurze Pause und nickte mir und Leo zu. »Immer nur dieselben Leute dabeizuhaben nervt. Also willkommen an alle Neulinge, auf einen schönen Abend. Und noch eins, macht euch heute keinen Stress wegen des Trinkens. Liebig und Konsorten, einschließlich unseres Hausmeisters, sind heute voll und ganz mit den Discogängern beschäftigt. Wenn hier, in netter Runde, der eine oder andere mal verbotenerweise ein Glas zu viel trinkt, so what! Wir stehen heute nicht auf der Liste.«
Die anderen am Tisch lachten.
»Also dann!« Greg stand auf, fuhr sich durch seine kurzen dunkelbraunen Locken und fragte: »Wer hilft mir gleich beim Kochen? Das gilt nicht für Leo, du bist entschuldigt. Mensch, warum hast du denn nicht mal vorher wen gefragt, mich zum Beispiel?«
»Ich habe das nicht für nötig gehalten!«
»Tja, hinterher ist man immer klüger«, warf Micha ein, während er die Flasche Weißwein öffnete. »Wer mag probieren?«
»Ich, aber nur, wenn er nach Kork schmeckt«, rief Greg vom Herd.

»Das war Loriot, mein Lieber!« Franka nahm Micha die Flasche aus der Hand und entleerte sie, bevor jemand etwas sagen konnte, zur Gänze in den großen Topf. »Für die Käsegötter! So, wie ich euch Saufnasen kenne, ist sonst nichts mehr fürs Fondue da.«

»Hast auch wieder recht.« Micha holte aus dem Kühlschrank die zweite Flasche Weißwein und entkorkte auch diese. »Ohne mich wiederholen zu wollen . . .«

»Gieß einfach ein«, unterbrach ihn Jonny. »Ist doch egal, was anderes haben wir nicht.«

Er nahm Micha die Flasche aus der Hand und begann, den Inhalt in die auf dem Tisch stehenden Gläser zu verteilen.

»Sekunde! Jonny, du weißt doch, für solche Abende habe ich mein eigenes Greg-Spezial-Gefäß!« Greg nahm aus dem obersten Fach im Küchenschrank einen verzierten Zinnbecher. »Ein kleiner Tick von mir, das hier ist mein Feierbecher, sozusagen für besondere Anlässe!«

»Prost! Auf einen schönen Abend!« Acht Trinkgefäße gingen in die Höhe.

Wenig später saßen wir rund um den Topf, es wurde kreuz und quer geredet und gelacht. Und zu meiner Überraschung fühlte ich mich in dieser Runde richtig wohl. Die Stimmung war so leicht, so ganz anders als sonst in Hausenthal. Womöglich lag das auch an dem Wein und dem Kirschwasser im Fondue. Aber nicht nur, da war ich mir sicher. Es lag vielmehr an den Menschen, die sich dort an diesem Abend versammelt hatten. Es war einfach stimmig. Trotz der großen Gruppe wurde einander zugehört. Zum ersten Mal in Hausenthal hatte ich das Gefühl, dass ich als

Mensch für die anderen interessant war. Hier konnte ich ich sein. Niemand fragte, wer du bist oder was du machst. Nein, stattdessen hieß es: Was denkst du oder was magst du.

Es tat gut, hier zu sein. Und schon nach kurzer Zeit musste ich auch Leo recht geben, was seine Einschätzung von Greg betraf. Greg war wirklich anders. Anders als jeder, den ich bislang in Hausenthal kennengelernt hatte, ja anders als jeder Junge, den ich bislang getroffen hatte. Greg war hinreißend. Er hatte so eine besondere Gabe, einen anzusehen und zu lächeln. Dann konnte er wirklich zuhören, also zuhören und dann auf das Gesagte eingehen, Bezug nehmen. Nicht nur einfach sein eigenes Statement loswerden, nachdem das Gegenüber geendet hat.

Greg war charmant, aber nicht aufdringlich. Wenn ich mit ihm sprach, sah er mir ins Gesicht, nicht auf den Busen. Ach, er war genau genommen der perfekte Gastgeber, aufmerksam und einfach zum Verlieben. Wenn ich an diesem Abend nicht auch Franka näher kennengelernt hätte, dann wäre ich anschließend auf sie neidisch gewesen. Doch so bescheiden und lieb, wie Gregs Freundin sich gab, und so liebevoll vertraut, wie die beiden miteinander umgingen, konnte ich ihr Greg einfach nur gönnen.

»Wer hat diesmal sein Brot verloren?«, giggelte Franka. Es war bereits nach zehn und sie war offenbar etwas angetrunken. Ihre Wangen waren rot gefleckt und die Zunge schwer. »Das muss bestraft werden.«

»Ich war es nicht!«, riefen vier oder fünf am Tisch laut.

»Ich war's«, gestand Ned.
»Das war bereits dein drittes Stück Brot, alter Freund und Zimmergenosse.« Gregs Stimme war voller Mitleid. »Du weißt, was das bedeutet! Die Höchststrafe!«
»Das Geständnis!«, juchzte Franka.
»Was kommt jetzt?«, fragte Leo leise den neben ihm sitzenden Micha.
»Anstatt wie bei Asterix in den See geworfen zu werden, gibt es bei unserem Käsefondue das intime Geständnis«, antwortete Greg für Micha laut. »Wer zum dritten Mal das Brot verliert, muss etwas aus seinem Leben erzählen. Etwas Peinliches, am besten etwas sehr Peinliches. Etwas Wahres.«
»Sekunde, ich muss überlegen«, bat Ned.
»Aber nicht wieder die Geschichte mit dem Schwulenkino aus Versehen!«, warnte Paula. »Die kennen wir.«
»Was ist denn das für eine Story?«, musste ich da natürlich fragen. »Klingt ja interessant!«
»Ach, nichts Besonderes«, setzte Jonny an. »Wie Ned noch kiffte, da war er mal in – wo war das noch gleich?«
»Nürnberg!«, quietschte Franka. »Noch Wein bitte.«
»Meinst du nicht, du hast genug?«, ermahnte sie Greg.
»Bitte, nur noch ein Glas.«
Greg nickte und Micha schenkte Franka nach.
»Jedenfalls war er da mit seinen Eltern im Hotel und dachte sich, ich will was rauchen«, nahm Jonny seine Erzählung wieder auf. »Ned zieht also los, um sich was zu besorgen. Unser Freund kommt an einem Café voller Araber vorbei. Ein Araber steht davor, Ned denkt sich, ah, alle Araber sind Kif-

fer, der will was verticken. Ned haut den Kerl an und der sagt: ›Ja, komm mit!‹ Ned folgt ihm durch halb Nürnberg, der Kerl sagt ihm, da in dem Kino können wir das regeln, Ned zahlt brav für beide den Eintritt, der Kerl zieht ihn in die hinterste Reihe. Unser junger Freund hier ist so heiß auf Dope, dass er nicht mal bemerkt, was für ein Film auf der Leinwand läuft. Der Kerl neben ihm flüstert ihm was ins Ohr. Ned denkt, jetzt kommt der Deal, und dann spürt er die Hand des Mannes an seiner Hose, unterwegs Richtung Schritt. Er denkt, der gibt ihm jetzt das Zeug. Der Kerl neben ihm beugt sich wieder rüber und Ned denkt, der will ihm noch was sagen. Dann küsst ihn wer an den Hals. Ned sieht hoch auf die Leinwand, dort treiben es zwei Männer und dann kapiert selbst Ned, was hier abgeht. Er nur noch hoch und weg.«
»Ich liebe diese Story!«, lallte Franka.
»Oha«, murmelte ich. »Wenn ich gewusst hätte, was für Regeln hier gelten, hätte ich mir das mit der Einladung womöglich noch mal überlegt.«
»Hey, Sara, du bist hier unter Freunden. Und was die Regeln angeht . . .« Greg hob seinen Zinnbecher. »Ich habe es ja Leo vorhin schon gesagt, frag besser vorher.«
»Ich weiß was!«, meldete sich da Ned zu Wort. »Etwas richtig Peinliches.«
»Lass hören.«
»Wie . . .« Ned hustete. »Wie ihr euch denken könnt, hat es bei mir natürlich mit Kiffen zu tun. Es war mal wieder Wochenende und ich brauchte was. Ich also bei meinem Dealer angerufen. Nur der Anrufbeantworter. War mir zu blöd, was draufzusprechen. Eine halbe Stunde später rufe ich wieder

an. Wieder nur das Band. Diesmal hab ich was draufgesprochen. So in die Richtung: ›Tag, Fred, hier ist Ned, ich dachte, du wärst zu Haus, ich wollte vorbeikommen.‹ Und so weiter. Normalerweise ist er freitags immer zu erreichen, da decken sich die Kunden fürs Wochenende ein.«

Ned machte eine kleine Pause und trank einen Schluck Wein. Ich fragte mich, was nun kam, und blickte in die Tischrunde. Niemand aß, alle sahen gespannt auf Ned.

»Langsam werde ich nervös. Ich rufe erneut an, denke mir, der muss doch da sein. Diesmal lasse ich es nur läuten. Beim nächsten Mal spreche ich wieder drauf. Fünf Minuten später erwische ich wieder das Band, ich spreche nichts drauf, sondern lege auf. Noch eine halbe Stunde mache ich das so, dann halte ich es nicht mehr aus, voll der Gieper, und sage aufs Band: ›Hey, Fred, ich mach mich auf den Weg.‹ Ich schwinge mich aufs Fahrrad und fahre rüber. Licht brennt. Ich klingle, Fred macht auf und begrüßt mich mit den Worten ›Tag, Ned, wir haben schon auf dich gewartet‹.« Ned schluckte. »Die sitzen alle da, Fred und die ganze Bande. Und dann spielen sie mir den Anrufbeantworter vor, alles. Dieses beschissene Gerät hat sogar, wenn ich dachte, ich leg schnell wieder auf, meine Nummer angezeigt. Die haben die ganze Zeit dagesessen, gekifft, mir zugehört, mich betteln lassen und sich über mich fast bepisst.«

»Puh!« Jonny atmete tief durch. »Harte Geschichte.«

»Wie ich Ned kenne, ist die noch nicht zu Ende, oder?«, fragte Greg und betrachtete seinen Zimmergenossen mit einer Mischung aus Neugier und Mitleid.

»Ich habe mich für meine nervende Anruferei entschuldigt,

gefragt, ob ich an dem rumwandernden Joint auch mal ziehen darf, und das beschissene Band mit abgehört. Immer wieder, denn jedes Mal, wenn ein Neuer hinzukam, fing Fred von vorne an. Es wurde viel gelacht an dem Abend und ich habe eben mitgelacht.«

»Das ist jetzt echt peinlich«, urteilte ich ungewollt laut. »Aber hallo!«

»Hey, Sara, ich hatte da keine Wahl! Du hast anscheinend keine Ahnung, wie das läuft!«, verteidigte sich Ned. »Hätte ich was gesagt, wäre ich eventuell von Freds Kundenliste geflogen. Das konnte ich nicht riskieren, Fred war mein Dealer, niemand hatte so gutes Gras wie er, da hieß es buckeln und Füße küssen.«

»Sorry, Ned, das war ja nicht so gemeint«, entschuldigte ich mich.

»Außerdem hatte ich damals Schulden bei Fred«, regte sich Ned immer mehr auf. »Da heißt es ganz schnell, kein Dope, bevor wir nicht quitt sind. Verstehst du! Kannst du dir vorstellen, wie das ist, wenn du dann ohne was abziehen musst? Da habe ich echt harte Kerle schon aus Verzweiflung betteln sehen!« Ned nahm sein Weinglas und trank es in einem Zug leer.

Ich wusste nicht, was ich dazu sagen sollte. Und offenbar die anderen in der Runde auch nicht, ein peinliches Schweigen lastete über dem Tisch.

»Hat jemand eine Kippe für mich?«, fragte Ned anschließend. »Irgendwas muss ich jetzt rauchen!«

Paula warf ihm ihr Tabakpäckchen zu und stand auf. »Ich komm mit!«

»Aber bitte unten!«, bat Greg. »Der Ebert ist tierisch pingelig, was Rauchen angeht!«

Ned und Paula verschwanden im Treppenhaus. Wir anderen blieben in gedrückter Stimmung sitzen.

»Wisst ihr, was Ozzy Osbourne übers Rauchen sagt?«, warf Micha ein. »Die einzige Sucht, die einen umbringt, aber noch nicht mal breitmacht!«

»Jungs, Mädels, der Käse wird kalt!« Greg beugte sich vor. »Vielmehr, er brennt unten an. Wer außer mir mag das noch besonders gerne, dieses geile Angebackene?« Es war offensichtlich, dass Greg als Gastgeber für einen Themen- und Stimmungswechsel sorgen wollte.

»Was meint ihr, köpfen wir noch eine?«, fragte Micha und hielt die leere Weinflasche hoch. Es war bereits die dritte.

»Eine geht noch!«, entschied Greg. »Wie gesagt, wir müssen ja heute nicht durch den TÜV.«

»Bist du sicher?«, fragte ich und schüttelte den Kopf, als Micha Anstalten machte, mir einzugießen.

»Definitiv.« Greg strich sich seine hellbraunen Locken mit der rechten Hand hinters Ohr und strahlte mich an. »Ehrlich, Sara, du kannst dich völlig entspannen. Unser Chef des Hauses ist doch Herr Ebert, der ist Ausputzer beim Ausflug. Erfahrungsgemäß kommen die frühestens in einer Stunde zurück. Du bist hier total sicher.«

»Trotzdem habe ich genug, danke.« Ich legte die Hand auf mein Glas.

»Jedenfalls cool, dass du und Leo da seid!« Greg beugte sich vor und sah mich so intensiv an, dass ich das Gefühl bekam, ein Flutscheinwerfer würde sich auf mich richten. Seine

blauen Augen leuchteten richtig. »Finde ich überhaupt geil, dass ihr jetzt in Hausenthal seid.«
»Hui!«, konterte ich. »Wenn das mal nicht runtergeht wie Öl.«
»Nein, das meine ich ganz ernst.« Greg wandte sich Micha, Jonny und Franka zu. »Oder seht ihr das anders? Ist doch gut, wenn neben all dem Schrott auch mal wieder was Besseres hier einfährt. So ein Schub Intelligenz und Schönheit tut dem Ort hier ganz gut.«
Jonny nickte und Micha murmelte: »Klar, sind schon echt viele Schwachköpfe hier.«
Greg beugte sich zu Franka hinüber und küsste sie auf den Hals. »Also nicht, dass es hier nicht bereits die eine oder andere extrem schöne Frau gibt.«
Franka giggelte geschmeichelt.
»Leo, was meinst du, wäre jetzt nicht der passende Moment?« Greg griff nach dem Topf Käse. »Offenbar sind alle satt, wir machen schnell die Küche und räumen die leeren Flaschen weg. Du stimmst so lange die Gitarre und spielst uns dann etwas vor.«
»Möchtet ihr das wirklich?«
»Machst du Scherze? Ich warte schon den ganzen Abend darauf.«

Zehn Minuten später waren die Flaschen entsorgt, die Teller gespült, nur noch ein intensiver Käsegeruch hing in der Küche. Auf dem Tisch brannte noch eine Kerze.
»Geht das mit dem Bein?«, fragte Greg besorgt, während Leo sich den Schemel für den linken Fuß zurechtschob.

»Wenn es wehtut, dann lass es! Soll ich ein Kissen holen?«
»Nee, ist okay.« Leo holte einmal tief Luft. »Okay, ja, was will ich sagen . . . Ich fange an mit einem Stück von Tarrega, dann etwas von Albeniz, aber wichtig ist vielleicht eher, dass ich versuche, im Stil von Pepe Romero zu spielen. Mein Vorbild. Also wenn ihr das mal richtig gut hören wollt, kauft euch eine CD von ihm.«
»Red nicht so viel, fang an«, knurrte Paula.
»Wenn es euch nervt, sagt es bitte. Ich . . .« Leo stockte. Er war offenbar sehr aufgeregt. »Und dann habe ich noch zu viel Wein getrunken, da spiele ich noch schlechter. Sorry, daran hatte ich nicht gedacht, aber das war so lustig . . .«
»Hey, keinen Stress, du bist unter Freunden!«, wollte Greg ihn beruhigen.
Auch ich lächelte ihm aufmunternd zu. Leo tat mir leid, er hatte Schweißperlen auf der Stirn und war kreidebleich.
Leo nickte, beugte sich über die Gitarre und schloss die Augen. Seine linke Hand spreizte sich unnatürlich über dem Griffbrett, die Finger der rechten Hand ertasteten die Saiten etwas vor dem Schallloch und dann, nach einem kurzem Innehalten, begann Leo. Seine Finger hüpften über die Saiten. Es war für mich unfassbar, dass ein einzelner Mensch so viele Töne derart dicht gedrängt aus nur einer Gitarre herausholen konnte. Leo kroch mit dem Oberkörper in sein Instrument, die Finger tanzten auf dem Griffbrett hoch und runter, es klang nicht nach einer Gitarre, sondern nach mindestens zweien. Wir waren völlig überrascht. Nach dem ersten Stück verlangten wir ein zweites, ein drittes, und

wenn nicht irgendwann Leo selbst Stopp gesagt hätte, dann hätten wir weiter und weiter zugehört.

»Das war großartig!«, lobte Greg ihn enthusiastisch. »Ich kam mir vor wie in Madrid oder in Sevilla. Ich konnte Spanien schmecken.«

»Mit einer richtigen Gitarre würde es wesentlich besser klingen«, versuchte Leo auszuweichen. Er war völlig aufgewühlt. Freude, Stolz, zugleich aber auch Scham rangen in ihm, wie ich in seinem Gesicht lesen konnte. Ich wusste ja von ihm, dass er außer vor seinem Gitarrenlehrer noch niemals zuvor vor anderen gespielt hatte.

»Natürlich waren da einige Fehler«, murmelte Leo.

»Hey, das war geil!« Ned war ganz aufgeregt. »Wenn ich so spielen könnte, dann, dann, hey, ich würde in eine Band gehen!«

»Genau das wollte ich auch fragen«, erhob Micha seine Stimme. »Hättest du nicht Lust auf die Schulband? Du wärst echt eine Unterstützung. Kim macht eher Krach, du weißt schon, schnell und laut, Hardrock.«

»Danke fürs Angebot!« Leo schüttelte den Kopf. »Aber das ist nichts für mich. Ich will nur für mich etwas herumzupfen.«

»Herumzupfen?« Greg beugte sich vor. »Leo, das war echt gut. Du solltest Musiker werden.«

»Ach was, mein früherer Lehrer, der ist echt gut«, blockte Leo ab. »Und was hat es ihm gebracht? Der Typ wohnt bei seinen Eltern und gibt Unterricht. Ausnahmsweise teile ich da sogar die Sichtweise meines Vaters. Darauf kann ich verzichten. Musik ist ein nettes Hobby, aber kein Beruf.«

Ich zuckte innerlich zusammen. Das war das erste Mal, dass Leo etwas aus seinem Vorleben preisgab.
»Können wir von etwas anderem reden?« Leo lehnte die Gitarre neben seinen Stuhl an die Wand. »Ist noch Wein da?«
»Wer so spielt, kann von mir alles haben«, antwortete Greg. »Bleib sitzen, ich hol dir was!«

Später auf dem Heimweg zurück zu unserem Haus blieben Leo und ich unten vorm Eingang stehen. Es war fünf Minuten vor elf, um elf war am Wochenende Schlafenszeit.
»Wie fandest du den Abend?«
»Interessant«, antwortete ich. »Irgendwie komisch.«
»Mir hat's gefallen. Greg ist echt okay.«
»Ich werde noch nicht so richtig schlau aus ihm. Was mir gefallen hat, war dein Gitarrenspiel. Das war wunderbar.«
»Ach was.«
»Doch. Und ich bin fast etwas sauer, dass du mir nicht vorher gezeigt hast, wie gut du spielst.« Ich drückte mich an ihn, was er nicht nur geschehen ließ, er drückte vielmehr zurück. »Und ich musste irgendwann daran denken, was so flinke Finger noch alles zum Schwingen bringen können.«
»Sara!«, empörte sich Leo, wurde aber an einer weiteren Bemerkung gehindert, da in diesem Moment die Tür hinter ihm aufging.
»Zapfenstreich!« Frau Husser grinste. »Ihr könnt morgen weiterreden. Ich hoffe, ihr hattet einen schönen Abend.«
»Allerdings.«
Wir drückten uns an der Lehrerin vorbei und verschwanden in unseren jeweiligen Wohnungen.

Drei

Wenige Tage nach dem Abendessen erhielt Leo eine Anfrage vom Schulleiter, ob er nicht auf dem nächsten Tag der offenen Tür ein kleines Konzert geben könne. Natürlich mit dem Angebot verbunden, dafür zwanzig Hataler aufs Konto gebucht zu bekommen. Leo lehnte dankend ab.

Mir gegenüber beklagte er sich, dass überhaupt andere von seinem Gitarrenspiel erfahren hatten. Offensichtlich musste einer aus der Runde geplaudert haben, denn wie sonst hätte der Direktor davon wissen können?

»Hey, du spielst supergut!«, versuchte ich, ihn zu beruhigen. »Wo ist das Problem, wenn andere das toll finden? Ist doch nichts Schlimmes!«

Leo sah das anders. Das war seine Musik, seine Leidenschaft, aber nichts, was er öffentlich machen wollte. Das Konzert in der Küche war eine Ausnahme gewesen und sollte es auch bleiben.

Doch als ich ihn bat, einmal nur für mich etwas zu spielen, schmeichelte ihm das.

»Wenn du es schaffst, für ein ungestörtes Date zu sorgen, nur wir beiden mit offenem Ende, darfst du meine flinken Finger bewundern, dann bringe ich meine Gitarre gerne mit«, erklärte Leo mir daraufhin.

»Und ich sorge für Kondome oder was?«, konterte ich.

»So in etwa.«

Doch wir wussten beide, das war utopisch. Nachdem vor einigen Jahren ein sechzehnjähriges Mädchen in Hausenthal

schwanger geworden war, der Vater angeblich ein Schüler, war ungestörter Kontakt zwischen den Geschlechtern so gut wie unmöglich (angeblich war Herr Liebig selbst mit dem Mädchen zwecks Abtreibung ins Ausland gefahren). Sicher, man konnte im Sommer in den Wald oder in die Felder, doch ein intimes Date auf dem Zimmer war ausgeschlossen. Tagsüber mussten die Türen geöffnet bleiben und nachts waren die Wohnungen abgeschlossen.
Außerdem gab es ja noch die Maxime des Schulleiters: Müßiggang ist aller Laster Anfang. Was im Klartext bedeutete: Nur ein müder Schüler ist ein guter Schüler.
Ich fand daher einfach zu wenig Zeit, mich mit Leo zu treffen. Und ihm ging es offensichtlich nicht viel anders. Leo und ich hatten uns für unterschiedliche AGs entschieden, waren in unterschiedlichen Wohnungen und demzufolge auch in unterschiedlichen Küchendienst- und Putzgruppen. Außer in den anderthalb Stunden zwischen dem Mittagessen und dem Beginn der AGs, dem Silentium, konnten wir uns nur vormittags in den Pausen und abends in der Dreiviertelstunde Freizeit vor dem Lichtlöschen privat sehen. Zu allen anderen Gelegenheiten, egal ob Unterricht, Abendprogramm oder zu den Mahlzeiten, waren ständig Unmengen andere mit dabei.

Leo erzählte mir später, er habe sich damals oft über mich geärgert, und ich muss sagen, nicht zu Unrecht. Er warf mir vor, dass ich ihm nie von mir, meinem Leben, was ich dachte und wollte, erzählt habe. Wenn wir uns trafen, sprachen Leo und ich über aktuelle Erlebnisse in Hausenthal, über un-

seren gemeinsamen Alltag. Man könnte auch sagen, wir flirteten miteinander, mitunter ziemlich heftig, aber sonst? Wer ich war, warum ich hier war, wusste Leo nicht. Das war ein Fehler, wie ich nun weiß. Ich hätte es ihm vielleicht besser schon damals gesagt. Aber ich dachte gar nicht daran! Leo erzählte mir ja auch nichts von sich, warum er hier war und wieso ein doch eigentlich so intelligenter Kopf wie er hier in Hausenthal gelandet war. Zudem war ich etwas gekränkt, dass ich nach dem Abend bei Greg nicht wie Leo in Gregs Clique aufgenommen worden war. Zwar grüßten mich inzwischen Micha, Franka und die anderen, aber es war eindeutig, ich gehörte nicht dazu. Anders dagegen Leo. Der war plötzlich Teil des inneren Zirkels von Hausenthal.
Doch ich sagte mir, ist eben so. Und ich verstand es ja auch. Leo war anders als ich, ebenso wie Greg, Paula und Micha anders als ich waren. Im Grunde gehörten die alle nicht hierher, sie waren intelligent, smart und gut aussehend, eben keine Gescheiterten, keine Dummbrote.
Doch obwohl ich diese Unterschiede klar erkannte, tat es mir weh, wenn Leo in den Schulpausen begeistert von Greg und den Gesprächen mit den anderen erzählte. Leo zufolge hatte Greg ihm sogar ganz klar gesagt, dass er ihn gerne zum Freund hätte. Leo schwärmte davon, wie ehrlich alle in der Gruppe um Greg seien. Beim Käsefondue etwa, so offen und direkt dort miteinander umgegangen worden war, das war für Leo absolut Anti-Hausenthal. Kein Pragmatismus, keine Fassade und ich konnte ihm nur recht geben. Heute frage ich mich natürlich, ob ich nicht schon damals hätte sehen müssen, wo das alles enden würde. Doch ich greife vor,

die unglaublichen Ereignisse des Sommers waren noch weit entfernt. Ein langer Winter stand uns noch bevor.

»Also was ist nun, bist du dabei? Letzte Chance vor dem Frühjahr!« Greg und Leo waren beim Holzmachen. Der große Kamin im Speisesaal wurde die kalten Monate über mit Brennholz befeuert. Zum einen gab das zusätzliche Wärme, zum andern war es gemütlich. Die AG Brennholzgewinnung hatte dafür zu sorgen, dass immer ausreichend Holz vorrätig war. Holzhacken hatte Leo schon als Kind cool gefunden, nur durfte er damals nicht an die Axt. In Hausenthal durfte er und es machte wirklich so viel Spaß, wie als Kind vermutet. Zudem wurden den Schülern Hataler dafür gutgeschrieben. Allerdings ging das Holzhacken an seine Fingerfertigkeit. Nach jedem Einsatz lief das Gitarrespielen einige Tage lang um Klassen schlechter.
»Ich weiß nicht!« Leo hieb die Axt in das Holz, drehte sie um, hob sie hoch und drosch mit dem Rücken der Axt auf den Hackklotz. Zwei Holzstücke fielen zu Boden. »Nimm es mir nicht übel, aber ehrlich gesagt, finde ich so etwas total bescheuert. Ich habe auch nicht vor, zum Bund zu gehen, ich mag so Soldatenkacke nicht.«
»Du siehst das falsch!« Greg wischte sich den Schweiß vom Gesicht. »Das ist ein Alibi dafür, einfach ohne Stress im Wald zu sein. Wer will, und dazu gehöre ich nicht, macht etwas Survivaltraining. Der Rest sitzt am Feuer, trinkt einen Schluck, hat einen schönen Abend.«
»Und der Lehrer?«
»Der Kopenke kommt mit. Der ist froh, wenn er aus dem

Haus rausdarf. Der haut selbst im Wald auf die Kacke. Hey, Leo, komm . . . Wir sind nur echt wenig Leute, das ist keine Massenveranstaltung. Lediglich ein paar Freunde.«
»Wo du es ansprichst: Der Hauptgrund ist, dass Sven dabei ist. Nach der Aktion im Wald habe ich echt einen Hass auf den Kerl.«
»Vielleicht ist er diesmal nicht mit dabei!«
»Sven lässt sich garantiert keine Möglichkeit zum Saufen entgehen.«
»Abwarten.«

Leo hatte gedacht, seine Haltung zum Winterzelten im Wald deutlich gemacht zu haben. Doch da hatte er sich getäuscht.
»Sven ist ausgefallen!«, fing ihn Greg fünf Tage später auf der Treppe ab. »Er musste gestern überraschend zum TÜV und ist durchgefallen. Heimfahrverbot bis Weihnachten und Streichung sämtlicher Vergünstigungen. Also steht deiner Teilnahme beim Zelten nichts mehr im Weg.«
»Ich überleg's mir.«
»Enttäusch mich nicht. Ich habe mich echt für dich eingesetzt.«
»Wie meinst du das?«
»Leo, du bist meiner Meinung nach der einzig interessante Kerl hier in Hausenthal. Ich will dich dabeihaben. Ich möchte dich kennenlernen, ich denke, wir könnten Freunde werden.« Greg senkte seine Stimme. »Und wenn du nicht mit Sven kannst, dann musste ich eben dafür sorgen, dass Sven ausfällt.«
»Spinnst du?«

»Ich habe nichts getan! Ehrlich. Also fast nichts.« Greg grinste. »Weißt du, solche Kerle wie Sven tricksen sich selbst aus. Er weiß seit Langem, dass Franka für mich bei ihren großen Trainingsläufen kleinere Einkäufe erledigt. Für Franka ist Bad Hersfeld nicht wirklich weit entfernt. Und da habe ich ihm gesteckt, dass sie, weil ich sie darum gebeten habe, auch ihm mal etwas besorgen würde. War damit zu rechnen, dass er sich gleich 'ne Flasche Bacardi bringen lässt? Und wenn er dann noch so blöd ist, sie in seinem Zimmer zu verstecken, wenn er eh schon unter besonderer Beobachtung steht ... Sorry, Leo, er ist selbst dran schuld, dass er erwischt wurde.«

»Das ist ziemlich übel.«

»Quatsch. Übel wäre, wenn ich ihn verpfiffen hätte. Habe ich aber nicht. Das Ding hat sich Sven ganz allein eingebrockt. Ich habe ihm nur eine Möglichkeit gegeben. Was er daraus macht, ist seine Sache.«

»Ich überlege es mir.«

»Hey, wie gesagt, du bist im Moment ganz klar meine Nummer eins hier. Enttäusch mich nicht.«

Nachdem ich Leos Namen auf der Teilnehmerliste im Treppenhaus entdeckt hatte, trug auch ich mich für die Tour ein.

»Ich habe festgestellt, dass die Schlafsäcke sich zusammenzippen lassen«, war mein Kommentar, als Leo mich fragte, warum ich mitkommen wolle. Und das war nicht nur als Scherz gemeint. »Das könnte doch unsere Chance sein. Allein im Wald ... und ich habe immer so kalte Füße!«

»Du spinnst!«

»Dass du das erst jetzt merkst!« Ich drehte mich um und eilte die Treppe runter. »Wir sehen uns, ich muss packen.«
Der wahre Grund meiner Teilnahme jedoch war, dass ich eifersüchtig war. Bis zu dem Abendessen hatte Leo irgendwie mir gehört. Hatte ich mit ihm über Hausenthal, die Schule, die Welt reden können. Und jetzt war da plötzlich Greg. Für ihn hatte Leo Gitarre gespielt und der Gedanke, dass er jetzt zwei volle Tage mit ihm allein im Wald verbringen durfte, war für mich unerträglich. Daher musste ich einfach mit. Obwohl ich Zelten schon immer gehasst habe.

Unsere Gruppe brach am Freitagnachmittag direkt von Hausenthal auf. Wir hatten alles, was wir in den nächsten zwei Tagen brauchen würden, in unseren Rucksäcken auf den Schultern. Die Rucksäcke waren identisch, ebenso – mit kleinen Abweichungen – der Inhalt. Die AG hatte erst vor wenigen Monaten eine schuleigene Ausrüstung angeschafft, von Schlafsack über Essgeschirr bis zum Erste-Hilfe-Pack. Nur persönliche Dinge wie Zahnbürste und dergleichen waren zusätzlich erlaubt.
Die Schulausrüstung hatte Herr Kopenke zusammengestellt. Für Gregs Idee einer Survival-AG hatte er sich sofort begeistert, er war früher Ausbilder bei der Bundeswehr gewesen und das Überlebenstraining während der Grundausbildung war für ihn immer das Schönste gewesen, behauptete er jedenfalls.
Der Lehrer vorneweg, hinter ihm in Zweiergruppen die Schüler, ging es in den kahlen Wald hinein. Es war bereits

Anfang Dezember – meiner Ansicht nach schon viel zu spät im Jahr, um zwei Nächte im Freien zu verbringen.
Ich lief neben Franka, außer mir das einzige Mädchen. Leo marschierte neben John, einem Jungen aus der achten Klasse. Allerdings war John ein höchst untypischer Achtklässler. Er war sechzehn, groß, enorm muskulös, trug die Haare militärisch kurz und sah aus wie zwanzig. John machte aus sich und seinem Leben kein Geheimnis. Seit der ersten Klasse war er in Hausenthal und hatte selbst hier etliche Ehrenrunden gedreht. John war das egal, er interessierte sich nur für Sport und Motoren. Logischerweise war er außer beim Survival auch in der Vierrad-AG aktiv. Der große Achtklässler war absolut gutmütig, noch nie mit jemandem aneinandergeraten und einfach ein Muskelfan. Ohne jede sportliche Absicht übrigens. Er wollte sich nicht mit anderen messen oder sie übertrumpfen wie etwa Franka. Ihm genügte seine Kraft an sich.
Vor Leo lief Greg, daneben Ned.
Schweigend zogen wir durch den Wald, eine Anhöhe hinauf und am Waldrand entlang, bis wir in eine Fichtenschonung in einer großen Ebene kamen. Wir waren vielleicht fünf Kilometer von Hausenthal entfernt.
»Hier machen wir Rast. Jetzt baut eure Unterschlupfe.« Herr Kopenke stellte am Rand einer kleinen Lichtung mitten in der Schonung seinen Rucksack ab. »Für unsere Neulinge gilt: Lasst es euch von den anderen zeigen. An die Arbeit! Franka kümmert sich um Sara, John um Leo.«
Greg klopfte John auf die Schulter und meinte: »Du, John. Wenn es dir nichts ausmacht, dann würde ich das Leo gerne zeigen.«

»Kein Problem!« John nickte und schulterte mit Schwung seinen Rucksack. »Falls ihr Probleme habt, ich bin da drüben.«
»Okay, fangen wir an.« Greg klatschte voller Tatendrang in die Hände. »So ein Unterschlupf ist ein cooles Ding und total einfach. Du brauchst eine Tanne, am besten nahe am Waldrand. Denn mitten auf der Lichtung hast du morgens so viel Tau. Nun die große Frage: Wie baut man einen Unterschlupf?«
Ich stand daneben und hörte mir das alles an. Doch Franka wollte auch endlich anfangen. »Wo bleibst du denn? Es wird gleich dunkel!«, rief sie aus dem Wald. Widerstrebend überließ ich Leo Greg und ging zu ihr.
Das große Mädchen mit den kurzen blonden Haaren war schon dabei, einen armdicken, vielleicht drei Meter langen Baumstamm aus dem Unterholz zu ziehen. »Ist einfach, so ein Unterschlupf, Sara. Etwas in den Wald rein, einen Baum gesucht, einen langen Ast in die untere Gabel . . . Willst du auch Handschuhe? Ich hasse es, dieses Harz an den Händen zu haben. Einmal dreckig, werden die hier draußen nicht mehr richtig sauber.« Während sie sprach, knickte sie die letzten Zweige ab und klemmte das dicke Ende im unteren Teil einer Tanne ein. Das andere Ende lag auf dem Boden.
»Und jetzt Äste darüberschichten, erst dicke, dann kleinere. Was du so findest. Je mehr, desto besser. Hier gilt das Haufenprinzip. Viel gleich gut! Erst Äste, dann Zweige, dann Reisig, Blätter und Erde. John hat neulich, da war allerdings auch Regen angesagt, mit dem Spaten dicke Grassoden ausgestochen und wie Dachpfannen aufgeschichtet. Das

war topdicht! Wenn du übrigens mit anpacken würdest, ginge es schneller.«

»Soll ich nicht lieber mein eigenes Nest machen?«

»Ich dachte, wir bauen uns zusammen ein großes. Macht weniger Arbeit und ist gemütlicher.« Franka lächelte so unschuldig, dass man einfach nur schräge Gründe vermuten konnte.

»Weiß nicht. Aber warum nicht.« Im ersten Moment hatte ich die Befürchtung, dass Franka vielleicht etwas von mir wollen könnte, worauf ich keinerlei Bock hatte. Aber dann kam mir ein anderer Verdacht, warum wir hier ein Doppelbett bauten.

»Wichtig ist immer die Windrichtung, die Öffnung möglichst nicht zum Wind, das wird kalt«, erklärte Franka weiter.

»Gibt es noch etwas zu beachten?«

»Zwei Dinge: Nimm als Hauptast keinen morschen Stamm, sonst baust du dir dein eigenes Grab.«

»Klingt logisch.«

»Und geh immer etwas in den Wald rein. Die Zecken sind im Unterholz am Rand.«

»Wie weit rein?«

»Kleine Rechenaufgabe!« Franka grinste. »Eine Zecke kriecht in der Stunde etwa sechs Zentimeter . . .«

»Mädchen gehen doch auch zusammen aufs Klo!«, entschuldigte Franka den anderen gegenüber ihr Zwei-Frauen-Nest. Herr Kopenke hatte es sich nicht nehmen lassen, jeden Unterschlupf ausführlich zu begutachten. »Zwar nicht ganz

so wie gedacht, aber sauber in der Ausführung, Kompliment! Sehen wir uns die nächsten an.«
»Ihr habt den Graben vergessen!« John stand schon zwischen Gregs und Leos Unterschlupfen und war offensichtlich stolz, die beiden bei einem Versäumnis ertappt zu haben. »Wenn es regnet, läuft die Brühe durch eure Schlafsäcke. Das müsst ihr unbedingt noch ändern, nicht wahr, Herr Kopenke?«
»Gut erkannt, John!«, nickte der Lehrer.
»Sorry, ist etwas dürftig, aber es wird schon nicht regnen«, entschuldigte sich Ned für seinen Unterschlupf. Seine Schlafstätte war in etwa so wie die von Leo und Greg, ein großer Haufen Wald, ähnlich einem Biberbau, doch wesentlich weniger ordentlich geschichtet.
»Und später streuen wir noch Asche um alle Unterschlupfe«, lenkte John den Lehrer ab, bevor der sich noch weiter über Neds Waldhaufen aufregen konnte. »Das ist wegen der Insekten, Leo. Aber das geht natürlich noch nicht jetzt, denn wir haben ja noch kein Feuer.«
»Du sagst es, John!« Herr Kopenke klopfte dem einen Kopf größeren Jungen anerkennend auf die Schulter. »Dann sollten wir uns jetzt dringend darum kümmern!«
Umgehend machte sich John ans Feuermachen, natürlich ohne Streichhölzer, sondern mit Feuerstein, Schlageisen und Zunder.
Das Feuer brannte. John hatte drei dicke Baumstämme zur Feuerstelle geschleppt und im Dreieck ringsherum angeordnet.
Auf Anweisung von Herrn Kopenke schnitzten sich alle ei-

nen Grillstock und der Lehrer verteilte vorgebrühte Würstchen aus einer Plastikpackung sowie in Alufolie eingewickelte Kartoffeln.

»Nicht ganz stilecht, ich weiß«, entschuldigte er sich dabei bei uns beiden Neuen. »Heute war ja quasi Anreise. Aber morgen wird sich nur von dem ernährt, was der Wald hergibt!«

Diese Inkonsequenz passte meiner Meinung nach zu der dunkelgrünen Plastikplane, die der Lehrer sich etwas von uns entfernt für die Nacht aufgespannt hatte. Als ich ihn darauf ansprach, antwortete er: »Ich bin Lehrer, man könnte auch sagen, Trainer. Ich muss das nicht selbst machen, ich muss es euch nur beibringen!«

Wir saßen ums Feuer, und während die Würste an unseren Stöcken brutzelten, zog unser Lehrer einen Zwei-Liter-Plastikkanister mit rotem Inhalt aus seinem Rucksack. »Bier ist zu schwer, Wein trägt sich leichter! Ein Glas für euch, der Rest für mich.« Herr Kopenke ließ Pappbecher herumgehen und dann durften wir uns alle einmal bedienen. In der Zeit, in der wir Schüler unsere Becher leerten, trank unser Lehrer den Kanister leer. Dabei erzählte er vom Bund, von den vielen erstklassigen Reisen, die er als Zeitsoldat quer durch die Welt gemacht hatte. Zeitweise hatte ich das Gefühl, einem Armeeanwerber zuzuhören.

»Das weiß ja keiner!«, prahlte Herr Kopenke. »Als NATO-Soldat kannst du in fast jeder anderen NATO-Kaserne für ein Handgeld Urlaub machen. Ich war in Kanada, in Texas, überall in Europa. Das war super, du isst abends mit deinen Kameraden in der Kantine, also sofort Kontakt zu guten Leuten. In Portugal war die Kaserne beispielsweise direkt am Meer, da hat man den Strand für sich . . . Vielleicht kommen mal ein paar Kampfschwimmer vom Training zurück, hat ja auch was. Du wohnst in den Mannschaftsunterkünften, womöglich sind sogar Offiziershäuser frei, du bist mittendrin. Wenn mir langweilig war, hab ich mir deren Panzer angesehen, die Flugzeuge. Ich durfte einmal sogar auf einen französischen Flugzeugträger!« Mittlerweile lallte er ziemlich.

»Und Ihre Familie, fand die das auch gut?«, erkundigte ich mich.

»Anfangs ja, dann nicht mehr. Ich bin geschieden!«, murmelte Herr Kopenke.

»Warum sind Sie vom Militär weg?«, fragte ich ungerührt weiter – wobei mir durchaus klar war, dass ich bei einem Thema angekommen war, das der Lehrer gar nicht mochte.

»Meine Sache!«, gab er barsch zurück. »Ich gehe jetzt auf die Matratze, wer kümmert sich ums Feuer?«

»Das erledige ich!«, rief Greg.

»Gut. Aber macht nicht mehr lang! Morgen wird ein anstrengender Tag. Wir werden Orientierung im Gelände üben.«

Herr Kopenke und John stapften durchs Dunkel zu ihren Schlafsäcken, ein paar Mal blitzten noch ihre Taschenlampen auf, kurze Zeit später hörten wir die beiden schon schnarchen.

»So, jetzt sind wir unter uns«, verkündete Greg.

»Und das heißt?«, erkundigte ich mich überrascht.

»Jetzt wird es gemütlich. Franka, dein Einsatz.«

»Aber gerne doch!«
Die Angesprochene stand auf und verschwand im Wald. Der Lichtkegel ihrer Lampe tanzte im Dunkel, entfernte sich immer weiter.
»Danke, dass du ihn diesmal abgeschossen hast«, bedankte sich Greg bei mir. »Sonst musste das immer Franka machen!«
»Wie meinst du das?«
»Wäre sonst vielleicht selbst dem Idioten irgendwann einmal aufgefallen, immer die gleichen Sätze von derselben Frau.«
»Ich versteh dich nicht!«
»Ganz einfach. Fragt man den Kopenke nach seiner Familie, geht er schlafen. Vorausgesetzt natürlich, er hat vorher ordentlich getankt. Der Arme.« Greg lächelte, aber es war kein freundliches Lächeln, wie ich fand. »Ich konnte von dem Billigfusel kaum ein Glas runterbringen und er hat davon über einen Liter intus«, sprach Greg weiter. »Das gibt morgen eine dicke Rübe!«
»Da kommt Franka zurück!«, rief Ned halblaut.
Das Licht ihrer Taschenlampe kam näher und dann trat sie aus dem Dunkel in den Feuerschein. In der Hand hielt das Mädchen eine mit Klebeband versiegelte Plastiktüte.
»Was kommt denn jetzt?«, fragte Leo mich leise.
Ich zuckte mit den Schultern, ich hatte genauso wenig einen Plan wie er.
»Ganz einfach. Die erste Station der kopenkeschen Tour ist immer hier, mehr oder weniger«, mischte sich Greg ein. »Und seitdem wir das wissen . . .«

». . . habe ich ein kleines Vorratslager angelegt«, giggelte Franka. »Beim Training, ist doch keine Entfernung. Anfangs hat es nur immer etwas gedauert, bis ich meinen Baum gefunden habe, aber mit der Zeit . . .«

»Ihr seid verrückt!«, staunte Leo, als er sah, wie Franka aus der Plastiktüte eine Flasche Bacardi, Coca-Cola, Chips, Pistazien und einen Beutel Gummibärchen hervorholte. Außerdem ein kleines Säckchen, das sie Ned zuwarf. Der öffnete den kleinen Lederbeutel hektisch und holte ein Feuerzeug und eine kleine Pfeife hervor. Außerdem war in dem Beutel eine kleine Dose verstaut. »Bestes Gras!«, wie Ned voller Vorfreude erklärte. Er entzündete die Purpfeife, zog dreimal tief den Rauch ein, bot dann die Pfeife den anderen am Feuer an. Die lehnten jedoch dankend ab. Leo erzählte, dass er zweimal Dope probiert hatte und jeweils ziemlich mies draufgekommen war. Beim ersten Mal Herzrasen, beim nächsten Versuch eine fürchterliche Paranoia. Seitdem hatte er es nicht wieder versucht. Nachts irgendwo mitten im Wald konnte er auf beides gut verzichten, erklärte er den anderen. Die Bacardi-Cola, die Greg ihm anbot, nahm er jedoch gerne an.

»Ehrlich gesagt, unter Survival habe ich mir etwas anderes vorgestellt«, bemerkte Leo nach seinem ersten Schluck.

»Wenn die große Freiheit schon nicht ist, dann muss man sich eben kleine Freuden bereiten.«

»Keine Angst, dass das irgendwann auffliegt?«

»Natürlich, ohne Risiko ist nichts im Leben. Aber das ist doch auch der Reiz. Wann checken sie es? Wie weit kann ich gehen? Wann ist es der eine Tropfen . . . Du weißt schon.

Das ist ein Spiel!« Greg drehte seinen Pappbecher in der Hand hin und her. »Ohne solche Spiele wäre das Ganze sterbenslangweilig. Ich könnte Hausenthal nicht ertragen, wenn ich nicht wüsste, es gibt noch das hier. Weißt du, was jetzt noch das i-Tüpfelchen wäre?«

Leo zuckte mit den Schultern.

»Deine Gitarre«, erklärte Greg. »Willst du noch einen Schluck?«

Leo schüttelte den Kopf. Er war Rum nicht gewohnt, außerdem war ihm das alles im Moment zu verrückt. Da saßen sie zu fünft mitten im Wald ums Feuer, ihr Lehrer schlief besoffen und es wurden Dope, Sweets und Schnaps gereicht.

»Meine Fresse, wie habe ich das vermisst!«, seufzte Ned. »Und was das Schlimmste ist, ab morgen wieder drei Monate Entzug bis zur nächsten Pfeife.«

»Vor Anfang März bekommt man den Kopenke nicht wieder aus dem Haus«, erklärte Franka. »Der Mann mag weder Schnee noch Kälte. Dabei ist das doch alles nur eine Frage der richtigen Ausrüstung.«

»Du sagst es!« Greg griff zu den Chips.

»Ich bau noch einen!«, warf Ned ein.

Bei der nächsten Pfeife sagte ich nicht Nein. Leider, wie ich sehr schnell feststellen musste. Ich zog zweimal, dann beutelte mich ein Hustenanfall und ich konnte nur noch schnaufen: »Meine Herren, das ist ja hammerhart!«

»Direkt aus Holland, Sara! Erste Sahne«, bemerkte Ned stolz.

Ich wollte ihm noch etwas Cooles antworten, irgendeinen lässigen Kommentar dazu abgeben, merkte aber stattdessen, wie mir schwindelig wurde. »Das war zu viel, ich leg mich hin, mir . . .« Mühsam schaffte ich es aufzustehen. »Mir geht's nicht gut.«

»Warte, ich bring dich!« Franka sprang auf.

»Geht schon!«, murmelte ich, nahm jedoch ihren Arm dankbar an.

»Kein Problem, ich wollte dich eh noch um was bitten . . .« Franka führte mich zu unserem Doppelzelt. Dort angekommen fragte sie mich dann unvermittelt, ob es mir etwas ausmachen würde, in Gregs Unterschlupf zu schlafen. Sie hätten doch sonst keine Gelegenheit zu, ich wüsste schon, was. Ich nickte. Zum einen hatte ich mir so etwas sowieso schon gedacht, zum anderen war ich in einem Zustand, in dem es mir völlig egal war, wo ich schlafen würde. Hauptsache, dieses Drehen im Kopf würde endlich aufhören.

Was mir zudem Kopfschmerzen bereitete, war, dass ich mir durch dieses zweimalige Ziehen den Abend mit Leo versaut hatte. Anstatt mit mir saß Leo nun mit dem gut aussehenden Kerl mit den braunen Locken am romantischen Lagerfeuer.

»Was geht denn da ab?«, fragte Leo, der verblüfft verfolgt hatte, wie Frankas und mein Taschenlampenlicht erst wackelnd zu unserem Lager, anschließend aber hinüber zu seinem und Gregs Schlafplatz wanderte.

»Was wohl«, antwortete Ned. »Sara wird in Gregs Bau schlafen und er kommt so mal wieder auf Franka!«

»Ned!«, wies ihn Greg zurecht.

»Okay, okay, war nicht so gemeint!« Ned kicherte. »Wahr-

scheinlich liegst du lieber unten . . . Oder halt, ihr liegt nebeneinander.«
»Ned, du solltest lieber schlafen gehen.« Gregs Stimme wurde härter, bekam einen für Leo völlig neuen Tonfall.
»Einen bau ich noch!«
»Du hast genug!«
»Okay, ist ja gut . . .« Wie ein gescholtenes Kind erhob sich Ned von seinem Platz, gab Greg den Lederbeutel und verschwand im Dunkeln.
»Tut mir leid, aber Ned muss man bremsen!« Neben Leo saß wieder der alte Greg. »Das ist nur zu seinem Besten, der hat leider den totalen Kontrollverlust.«
»Schläfst du echt bei Franka?«, fragt Leo.
»Klar.« Greg nickte. »Sonst gibt es doch keine Chance dazu. Eine warme Frau, da wird einem Mann doch gleich ganz anders ums Herz.«
»Dann will ich dich nicht aufhalten.« Leo war etwas gekränkt, so, wie der Abend gelaufen war, hatte er sich das nicht vorgestellt. Hatte Greg nicht etwas von guten Gesprächen, von Zeit zu zweit erzählt?
»Denk nur bitte daran, die Plastiktüte und so mitzunehmen. Der Kopenke wäre sicherlich wenig begeistert, wenn er darüber stolpern würde.« Greg stand auf. »Außerdem, der Bacardi gehört im Grunde gar nicht uns. Du kannst dir sicher denken, wer den bestellt hat. Gute Nacht!« Er streckte Leo die Hand entgegen.
»Gute Nacht.« Leo schlug ein.
Er sah Greg nach, bis der im Dunkel verschwunden war. Eine Zeit lang war noch beim Unterschlupf der Mädchen das

Flackern einer Taschenlampe zu sehen. Dann war auch dort Ruhe.

Leo saß allein am Feuer. Er war noch nicht müde, und obwohl es langsam unangenehm kalt wurde, goss er sich erneut einen Schluck von Svens Rum ein, dazu etwas Cola. So blieb er sitzen. Er starrte in das Feuer vor sich, lauschte auf die Geräusche des nächtlichen Waldes und zum ersten Mal seit Langem war er wieder allein mit sich.

Anfangs schoss die Frage durch seinen Kopf, ob er es wie Greg machen sollte. Er wusste, wo ich schlief und dass ich Interesse an ihm hatte, das hatte ich oft genug deutlich gemacht. Die Gelegenheit war also da. Doch dagegen sprach, dass ich offensichtlich von Neds Gras angeknickt war. Und dazu hatte Leo nun überhaupt keine Lust. Einmal hatte er in seinem Leben mit einem betrunkenen Mädchen geknutscht, das war ekelhaft gewesen. Zwischendurch hatte sie gerülpst und Leo hatte gedacht, dass sie ihn gleich vollkotzen würde. Außerdem war das Mädchen so komisch gewesen, so völlig anders als sonst. Auf derartige Eskapaden konnte er verzichten.

Als er so in seinen Gedanken versunken war, überkam Leo auf einmal eine sonderbare Heiterkeit. Was er momentan erlebte, überhaupt das komplette Leben in Hausenthal, war so absurd, so lächerlich. Da lag der Lehrer, ein Exbundeswehrausbilder, besoffen in seinem Erdloch, daneben schnarchte brav ein Riesenbaby. Fünfzig Meter davon entfernt waren zwei am Poppen, zwei weitere lagen stoned unter ihren Blatthaufen und er, der Letzte der Truppe, saß mit vorab im Wald gebunkerten Longdrinks Anfang Dezember mitten in Hessisch Sibirien am Lagerfeuer und knackte Pistazien. Das konnte man niemandem erklären, das würde einem niemand glauben. Aber vielleicht war das wirkliches Leben. War das, was er gerade erlebte, mehr Realität als Schule und Internat zusammen? Und womöglich war dafür sogar der Begriff Survivalkurs richtig, denn Leo wurde im Moment aufs richtige Leben vorbereitet. Nach dem Motto: »Wenn dein Hirn mit diesem Mist hier klarkommt, bist du fit fürs Leben.«

Vier

»Kaffee ist fertig!«

John war der Erste, der aufgewacht war. Als Leo aus seinem Unterschlupf kroch, brannte bereits wieder das Feuer, über dem Feuer baumelte ein schwarzer Wasserkessel und John stand abmarschbereit neben seinem gepackten Rucksack auf der Lichtung.

»Morgen, John!«, rief Leo dem Riesen mit dem Babygesicht zu.

»Wie war die Nacht?«, fragte John.

»Klasse, ich habe echt supergut gepennt!« Zu seiner Verwunderung hatte Leo die Nacht wirklich bequem und warm verbracht. Etwas ungewohnt war nur die totale Dunkelheit um ihn herum gewesen. Nicht ein Fitzelchen Licht. Einfach Schwärze. Aber so ein Unterschlupf erfüllte wirklich seinen Zweck.

»Scheißkifferei!«, fluchte ich halblaut, als ich aus Gregs »Bett« hervorkroch. »In dem Moment, als ich an der Pfeife gezogen hab, wusste ich, dass es ein Fehler war, aber . . .«

»Tja, hinterher ist man immer klüger.« Leo hatte für mich und meinen Zustand keinerlei Mitleid. Das ärgerte mich. Ich wusste zwar, ich war selber schuld, aber etwas Solidarität hatte ich schon erwartet.

»Hey, mir geht es nicht gut.«

»Deine Sache!« Leo konnte offensichtlich Gedanken lesen. »Egal ob bei Alk oder sonstigem Zeug: Wer mit sechzehn nicht weiß, wo seine Grenze ist, hat es meiner Meinung nach nicht besser verdient.«

»Ich verspreche dir, nie wieder!«
»Du musst mir gar nichts versprechen!«, blockte Leo ab.
»So meinte ich das nicht«, entschuldigte ich mich. »Wie dem auch sei, ich brauche erst mal einen Kaffee.«
»Du sagst es.«
Der Wald und die Wiese um uns herum waren reifbedeckt, es war kalt, der Himmel grau. Das würde kein besonders schöner Tag werden.
Am Lagerfeuer herrschte eine merkwürdige Stimmung. Greg und Franka waren bemüht, nichts von ihrer nächtlichen Nähe zu verraten, Ned schwieg, wahrscheinlich aus dem gleichen Grund, aus dem auch ich ungewohnt wortkarg war. Herr Kopenke hatte ebenfalls so seine Probleme, nur John und Leo ging es gut.
»Auf das Orientierungstraining freu ich mich echt total. Ich habe auch inzwischen einiges darüber gelesen. Das ist eigentlich ganz leicht.« John hielt es vor Vorfreude kaum aus. »Ich sage nur, das Moos an den Bäumen ist wichtig und . . .«
»Sagt mal«, fragte Leo in seinen Redefluss hinein, »kommen wir heute Abend wieder hierher zurück oder kampieren wir woanders?«
»Woanders natürlich!« John war über diese Frage völlig überrascht.
»Aber es wäre doch einfacher«, erklärte Leo. »Von hier los, dann Orientierungsmarsch, hierher zurück und wir müssten nicht noch mal diese Waldzelte bauen.«
»Völlig inakzeptabel«, bügelte Herr Kopenke Leos Vorschlag ab. »Ein echter Soldat sucht sich immer ein neues Lager. So kann einen der Feind schwerer finden.«

Ich wollte schon sagen, wir sind aber keine Soldaten und Sie nicht mehr beim Bund, behielt den Gedanken jedoch lieber für mich. So allein im Wald sollte man seinen Lehrer besser nicht ärgern.
»Also, ich finde Leos Vorschlag gut«, mischte sich Ned ein. »Ist doch wirklich weniger Arbeit!«
Natürlich wollte Ned aus einem ganz anderen Grund hierher zurückkommen. Leo fiel in diesem Moment ein, dass in seinem Unterschlupf ja noch die Plastiktüte war. Und er fragte sich, wie er die wieder loswerden konnte. Aber auch Franka hatte offensichtlich in diesem Moment daran gedacht, denn sie stand auf, murmelte etwas von »für kleine Mädchen« und verschwand zwischen den Bäumen. Leo sah sie Sekunden später nahe seinem Schlafplatz, dann war sie weg.
Als sie nach ein paar Minuten zurück ans Feuer kam, bemerkte sie nur: »So, alles ordnungsgemäß entsorgt.«
Neds Gesichtsausdruck verriet, das er darüber wenig begeistert war.

Eine halbe Stunde später blies Herr Kopenke zum Aufbruch. Es hatten sich drei Teams gebildet: Ich mit Franka und John mit Ned, sodass Leo mit Greg ein Duo bilden konnte. Herr Kopenke hatte an uns Karten, Funkgeräte und Kompasse verteilt und die Aufgabe für alle war, bis zur Dämmerung einen bestimmten Hügel anzusteuern.
»Das wird nicht leicht werden, das Ziel ist vielleicht nicht so weit entfernt, aber ihr werdet ein paar Umwege machen müssen.« Herr Kopenke war voller Vorfreude über

die Aussicht, ein paar Stunden durch den Wald marschieren zu können. »Bäche, Schluchten und dergleichen. Das wird nicht einfach. Wenn es Probleme gibt, ihr habt die Signalraketen und die Funkgeräte. Aber die werden nur im absoluten Notfall genutzt. Ich bin immer auf Empfang und werde Ausschau halten. Außerdem gilt welche eiserne Regel?«

»Immer beim Partner bleiben!«, sagten wir sechs Schüler im Chor.

»Genau. Und Abmarsch.«

Nacheinander machten sich die Teams auf den Weg. Leo und Greg wurden als zweite Gruppe den Berg hinaufgeschickt.

An dieser Stelle muss ich kurz anmerken, dass ich nachfolgend wieder Leos Tagesverlauf schildern werde und nicht meinen. Zwar haben auch Franka und ich beim Survival einiges erlebt, das uns einander nahebrachte. Doch da es nicht um mich, sondern um Leo und seine Geschichte geht, möchte ich seine Erinnerungen wiedergeben. Denn ich weiß inzwischen: An diesem Tag im Wald begann das eigentliche Drama.

»So, jetzt kommt die versprochene Zeit für uns!«, setzte Greg an, nachdem sie die Lichtung und uns andere im Tal hinter sich gelassen hatten. »Ich denke, wir sollten etwa ein gutes Stündchen laufen, dann weiß ich einen Rastplatz und da machen wir uns dann einen lauen.«

»Und der Treffpunkt mit den anderen?«

»Kein Problem«, amüsierte sich Greg. »Wir werden jeden Treffpunkt finden.«
»Und wie bitte?«
»Glaubst du ernsthaft, ich latsche im einundzwanzigsten Jahrhundert noch mit Kompass und Karte durch die Gegend?« Greg griff in die Innentasche seiner Outdoorjacke und zog einen kleinen Kasten hervor. Flach, nicht viel größer als eine Schachtel Zigaretten. »Mein GPS. Ich habe noch eins, aber das neue hier ist um Klassen besser. Das hat den neuesten Kartensatz drin und du brauchst nur noch die Zielkoordinaten einzugeben und das Gerät sagt dir jeden Schritt an. Bäche, Schluchten, Hindernisse, für meinen kleinen Kumpel Garmin kein Problem. Satellitenkontakt selbst durch Bäume hindurch.«
»Wahnsinn, so eine Art Navigationssystem, oder?«, staunte Leo.
»In etwa, nur eben nicht für Straßen, sondern für die Pampa.«
»Und was ist mit dem Survivalgedanken?«, fragte Leo grinsend.
»Was schon? Willkommen im einundzwanzigsten Jahrhundert!« Greg schlug Leo auf die Schulter.
»So richtig fair ist das aber nicht, oder?«
»Ist doch kein Wettkampf. Außerdem, was hindert die anderen daran, sich auch so ein Teil zu besorgen?«
»Geld?«, schlug Leo vor.
»Quatsch«, widersprach Greg. »Falls du es immer noch nicht kapiert hast, für die meisten Leute in Hausenthal ist nicht fehlendes Geld das Problem, sondern fehlende Intelligenz!«

Leo schwieg und verfolgte, wie Greg die von ihrem Lehrer erhaltenen Koordinaten in das Gerät eingab. Dann setzten sich die beiden wieder in Bewegung. Einfach so, wie es die Pfeile auf dem kleinem Monitor vorgaben, direkt in den Wald, zwischen kahlen Bäumen hindurch bergauf, egal ob vor ihnen ein Weg war oder nicht. Vereinzelt hingen noch Nebelschwaden in den Tälern und bei jedem Schritt knirschte und krachte der Waldboden. Offenbar hatte es in der Nacht bereits den ersten Bodenfrost gegeben.

»Und warum bist du hier?«, fragte Leo nach einer Weile. »Ich weiß, das geht niemanden etwas an, aber . . .«

»Tja, gute Frage!«, seufzte Greg und sein Atem bildete in der kalten Luft Wölkchen. »Ich könnte sagen . . . mein Vater ist reich, erfolgreich, ein bekannter Unternehmer, ständig im Fernsehen und er hatte auch nie Zeit für mich. Aber das wäre nicht der Grund. Ich könnte sagen, meine Mutter ist eine berühmte Pianistin, auch ihr war immer ihre Karriere wichtiger als ihr einziger Sohn. Eben eine Egoistin. Was sie ohne jeden Zweifel ist, aber auch das wäre nicht der Grund. Die Scheidung meiner Eltern? Ein toller Grund, aber leider nicht zutreffend. Die beiden haben das super hinbekommen. Total fair.« Greg schwieg ein paar Meter, dann setzte er erneut an. »Der eigentliche Grund ist wahrscheinlich, dass ich keinen Bock hatte. Schule, Lernen, die Typen in unserer Stadt, ich komme aus München, Nobelviertel Grünwald, falls dir das was sagt. Alle so cool, so mit sich selbst beschäftigt, Geld bis zum Abwinken. Jeder angeblich so wichtig, so komplett bescheuert! Außen cool, aber im Grunde Idioten. Ich konnte die nicht mehr ernst nehmen. Da habe ich meinen

Eltern irgendwann gesagt, ich will in ein Internat. Erst wollten die nicht, ich habe jedoch darauf bestanden. Na ja, und weil ich in der Schule vorher abgekackt hatte, blieb da nicht viel Auswahl. Und Hausenthal fand ich von Anfang an gut.«
»Da geht es dir wie mir. Mir gefällt es auch hier.«
»Das habe ich gemerkt, du bist auch anders als die anderen.«
»Wie anders?«
»Weiß nicht, sag du es mir«, entgegnete Greg leichthin.
Leo gab keine Antwort, sondern atmete nur einmal tief durch. Was an ihm anders war, wusste er nicht so genau. Besser gesagt nicht so genau, dass er es in Worte fassen konnte oder wollte.
»Weißt du«, nahm Greg, nachdem sie den Kamm erklommen hatten, das Gespräch wieder auf. Er ging vorneweg bergab und sah in regelmäßigen Abständen auf den kleinen Monitor in seiner Hand. Im Moment schickte sie das Gerät durch eine Kiefernschonung. »Ich habe festgestellt, in so einer kleinen Welt komme ich besser klar. Wenn meine Eltern auf einem Dorf wohnen würden, wäre mein Leben sicher gleich anders verlaufen. Ich mag es, wenn alles überschaubar ist. Freunde, Menschen, mit denen man auf engem Raum leben kann. Auf die man sich verlassen kann. Die einen kennen, die einen mögen, echte Freunde. Ich habe mal ein Buch gelesen, über so Leute auf einer kleinen Insel in Schweden. Die wohnten da, jeder kannte jeden, was der so tat, dachte, auch die kleinen Geheimnisse, aber das war nicht wichtig. Die wussten alles voneinander. Da sie zusammenlebten, nicht von der Insel wegkamen, war das Ne-

bensache. Das war echte Nähe. Wirkliche Freunde. Menschen, die . . .« Greg stockte und schwieg.
»Ich weiß, was du meinst«, führte Leo begeistert den Gedanken fort. »Menschen, denen man sich anvertraut und die das nicht missbrauchen. Freunde eben.«
»Ich hatte mal so einen Freund als Kind. Mit dem habe ich alles geteilt. Ich meine, wirklich alles!« Greg wurde leiser. »Du weißt schon: ›Du, Dominik, wenn ich mir den Finger in den Po stecke, wird der Schniedel größer, ist das bei dir auch so?‹ Und wenn dann der Freund antwortet: ›Weiß nicht, aber mach mal. Mal sehen, ob bei mir auch.‹« Greg stockte einen Moment und schob leise nach: »Dominik ist gestorben, irgendwas mit dem Herzen.«
»Tut mir leid!«, murmelte Leo verlegen. Er wusste nicht, was er darauf antworten sollte.
»Jedenfalls . . .« Gregs Stimme wurde lauter. »Ich denke, so was geht nur, wenn man auf engem Raum zusammenlebt. Wenn man voneinander abhängig ist, nicht wegkann. Auf einer Insel, auf einem Schiff, in den Bergen oder eben in Hausenthal.«
»Aber stört dich nicht, dass gerade in Hausenthal ein Großteil Aufschneider und Schwätzer sind?«
»Viele ja, aber nicht alle. Wenn du genau hinsiehst, findest du unter denen einige echt Gute. Du musst sie nur suchen. Wir haben alle so unsere Macken, aber deswegen ist man ja noch kein schlechter Mensch.«
»Okay.« Leo wurde das Gespräch jetzt zu philosophisch, daher zog er das Tempo an und fragte: »Sind wir bald an deinem Rastplatz?«

Zehn Minuten später saßen sie nebeneinander auf der Bank vor einer Forsthütte und sahen hinab auf eine dicht zugewachsene Talsohle. Eine dunkle Linie ließ einen Fluss irgendwo dort unten vermuten. Die Sonne war inzwischen herausgekommen, die verbliebenen Blätter an den Bäumen leuchteten gelb und braun. Leo war richtig zufrieden, dass er sich von Greg zu diesem Ausflug hatte überreden lassen. Es tat gut, so in der Natur zu sitzen und zu reden. Umso mehr, wenn man bei diesen Temperaturen eine Tasse schwarzen Tee in der Hand hielt. Greg hatte ganz selbstverständlich den Schlüssel zur Hütte unter einem Blumentopf hervorgezogen und die Tür geöffnet. Dann, als wäre er hier zu Hause, den Gasherd angeschmissen, aus einem Sixpack eine Wasserflasche in einen Topf gefüllt und Tee für beide gekocht. Dazu gab es Schokoladenkekse.

»Ich war hier schon öfter«, erklärte Greg seine Vertrautheit mit dem Ort. »Meist mit Franka.«

Leos Blick fiel durch die offene Tür auf das große Bett an der Rückwand.

»Ich weiß, du erwartest jetzt von mir, dass ich dir auch so was erzähle«, machte sich Leo nach den ersten Schlucken des heißen Tees Luft. Gregs Offenheit über sich hatte Leo innerlich unter Druck gesetzt, es ihm gleichzutun. »Aber ich weiß nicht, was ich sagen soll. Ich kann das nicht so schnell. Bitte versteh mich . . .« Leo zögerte, sagte es dann doch: »Ich hatte nie einen echten Freund. Gib mir etwas Zeit.«

»Leo! Tut mir leid, ich wollte dir echt keinen Stress machen.«

»Nein, das ist wichtig. Echt, Greg. Weißt du, mein Vater, der . . .« Leo stockte, zwang sich aber weiterzusprechen.

»Der hat mir von klein auf eingetrichtert: Sei dein eigener Freund. Nur das zählt. Immer hieß es, es geht allein um dich. Vertraue niemandem, du wirst nur enttäuscht. Verlass dich nur auf dich selbst. Und ich dachte immer, er hat recht. Ich dachte, ich brauche niemanden.«

»Dein Vater hat sie nicht mehr alle!«, unterbrach ihn Greg erregt. »Entschuldige, wenn ich das so sage. Aber Freundschaft ist das Einzige im Leben, was wirklich zählt.«

»Dass mein Vater sie nicht mehr alle hat, weiß ich inzwischen auch.« Leo nippte an seiner Tasse. Er fühlte sich auf eigenartige Weise glücklich, regelrecht erleichtert. Es war gut, so frei zu sprechen, sich Greg gegenüber zu öffnen, zugleich jedoch hatte er eine merkwürdige Angst, waren ihm die über Jahre angesammelten Worte seines Vaters im Weg. Halblaut stöhnte Leo: »Aber es ist schwer, einfach so umzudenken. Selbst wenn man möchte.«

»Kein Problem, Leo!« Greg stupste den Jungen neben sich an. »Mach einfach, was du denkst. Klingt vielleicht komisch, wenn ich das so sage, aber mach nur, was du machen möchtest. Was dir dein Gefühl sagt. Ich wollte dir nur vermitteln, ich will dein Bestes. Du kannst mir vertrauen.«

»Ich vertraue dir«, hörte Leo sich sagen.

»Dann ist ja alles okay.«

Zu Leos Erleichterung, zugleich aber auch zu seiner Enttäuschung schnitt Greg anschließend wirklich nichts Persönliches mehr an. Ihr Gespräch ging nun über Hausenthal, die einzelnen Lehrer und wie sie ihre Mitschüler einschätzten. Währenddessen lud Greg die neuen Zielkoordinaten auf seinem GPS hoch. Greg teilte die meisten Urteile Leos über ihre Mitschüler. Was Leo über Ritchie, Max, Vanessa und Maya dachte und dass es sich nicht wirklich lohnen würde, sich mit denen zu beschäftigen. Nur was Sven anging, da wurden sie sich nicht einig. Für Leo war er ein hinterhältiger Idiot, während Greg fand, auch Sven habe so seine Qualitäten.

»Von Sven abgesehen ticken wir also ähnlich!«, zog Greg sein Fazit. »Es gibt Menschen, die sich lohnen, in die man investieren kann, die einen weiterbringen können. Und die anderen sind bloß Stimmvieh, bestenfalls dumme Bauern im Schachspiel der Großen.«

»Also, so hart würde ich das nun nicht formulieren, es sind doch auch Menschen«, gab Leo zu bedenken. »Nur, ich kann halt nicht mit ihnen.«

»Natürlich.« Greg nickte. »Selbstverständlich sind es Menschen. Doch ihnen ist egal, was mit ihnen passiert, sie denken nicht weiter. Wären sie sonst in Hausenthal? Nein! Daher brauchen sie intelligente Leute, die für sie denken. Verantwortungsvolle Köpfe wie wir, die wissen, was gut für sie ist.«

»Wie meinst du das?«

»Ganz einfach. Nimm Ned.« Greg reckte sich. »Als er hierherkam, hatte er das fette Drogenproblem. Er war einfach der typische Kiffer. Gut, er hatte zwar offiziell aufgehört. Aber es sah nicht so aus, als ob er das durchhalten würde. Er war schlecht drauf, rauchte eine Zigarette nach der anderen und vom ersten Heimfahrtwochenende kam er mit ordentlicher Restbreite zurück.«

»Wollte der Liebig ihn feuern?«

»Das nicht . . .« Greg zögerte. »Die Hausordnung in Hausenthal gilt nur für Hausenthal. Was du daheim bei deinen Eltern treibst, ist eine andere Sache. Solange du nichts nach Hausenthal einschmuggelst.« Greg ahnte, was Leo als Nächstes fragen würde, und fuhr fort: »Ned hatte nie was dabei, die Kontrollen waren negativ, aber ich kannte ihn inzwischen. Es war nur eine Frage der Zeit, bis er hochgehen würde. Er war wie eine Zeitbombe, irgendwann würde er explodieren und dann würde er fliegen. Also habe ich nach einer Möglichkeit gesucht, ihn vor sich selbst zu schützen. Ich habe ihn mir vorgeknöpft und ihm gesagt: ›Ned, ich verstehe dich, kein Problem, wenn du das nicht gleich schaffst, wir kriegen das zusammen hin. Ich kümmere mich darum. Du musst nicht ganz aufhören, ich passe auf, du darfst ab und an . . .‹«

»Wie gestern Abend?«, unterbrach Leo.

»Wie gestern Abend!«, bestätigte Greg. »Das ist sein Ventil. Das braucht er. Hab ich mir für ihn ausgedacht. Sonst haben wir sein Problem gut im Griff, wir wohnen zusammen, da kann ich gut auf ihn aufpassen. Anfangs hat er die Heimfahrtwochenenden zusätzlich genutzt, um sich abzuschießen. Das gab Stress und ich habe gesagt: ›Nein, Ned, entweder nur über mich oder sieh alleine zu, wie du klarkommst.‹ Das hat er kapiert. Und ehrlich, Leo, wir haben es gepackt. Ned kommt inzwischen auch zu Hause ohne Stoff zurecht, es geht ihm besser. Seine Eltern sind stolz auf ihn, alle denken, er ist clean. Er wird die Schule schaffen.«

»War bestimmt nicht leicht . . .«

»Das kannst du laut sagen. Ist hart, wenn man so total auf einen anderen aufpassen muss. Das geht ans Gemüt.«

Leo nickte, obwohl er seine Bemerkung eigentlich auf Ned bezogen hatte.
»Komm, Leo, wir sollten los!« Greg stand auf und räumte die beiden Tassen in die Forsthütte zurück. Er schloss die Tür ab und verstaute den Schlüssel dort, woher er ihn genommen hatte.
Leo und er schulterten ihre Rucksäcke, Greg aktivierte auf seinem GPS ihr Ziel und sie liefen los. »In zwei Stunden dürften wir dort sein.«
»Super, so langsam verstehe ich, warum du das Survivalding angezettelt hast.«
»Schön, dass es dir gefällt. – Wie ist eigentlich Sara so? Läuft da was zwischen euch?«, wechselte Greg unvermittelt das Thema, während sie zwischen kahlen Bäumen durch den lichten Dezemberwald stapften.
»Wieso?«, fragte Leo zurück.
»Also, es geht mich ja nichts an, aber ich finde sie echt süß, und wenn zwischen dir und ihr nichts ist, also, verstehst du . . . Ich will dir nicht in die Quere kommen.«
»Nett, dass du fragst. Aber was ist mit Franka?«
»Das haben wir geregelt. Sie sieht das so locker wie ich. Wir denken beide, dass wir noch nicht reif für Bis-dass-der-Tod-uns-scheide sind.«
»Also, ehrlich gesagt . . .« Leo zögerte. »Aber das muss unter uns bleiben . . .«
»Was denkst du denn, natürlich. Das erwarte ich von dir ja auch!«
Leo schwieg und stapfte weiter. Erst nach etlichen Schritten hatte er sich so weit geordnet, dass er das, was er eigentlich

ansprechen wollte, wieder hinuntergeschluckt und dafür etwas anderes gefunden hatte: »Ja, ich, also, sagen wir es so: Wäre nett, wenn du jemand anders aussuchen würdest.«
»Okay.« Greg nickte. »Kein Problem. Es gibt ja noch andere geile Frauen auf der Welt. Auch in Hausenthal. Es ist ja nicht so, dass ich unter Druck stehen würde. Drücken wir es mal so aus, da gibt es viele, die sich gerne von mir glücklich machen lassen würden. Und notfalls kann ich mir auch ein Madonna-Video reinziehen.«
»Du stehst auf Madonna?« Leos Stimme überschlug sich vor Überraschung. »Obwohl sie so alt ist?«
»Mir egal.« Greg zuckte mit den Schultern. »Ich steh auf ihre Musik. Und auf die Frau. Ich fand beides schon immer geil und werde beides immer geil finden. In dem Alter noch so auszusehen, das soll ihr mal jemand nachmachen.«
»Stimmt, die Frau ist hammerhart. Diese Oberschenkel!« Leo nickte wie zur Bestätigung seiner Worte.
»He, verarsch mich nicht!«, rief Greg gereizt. »Ich finde die echt geil! Auch wenn sie so alt ist wie meine Ma.«
Leo boxte Greg in die Seite. »Ich mein das ehrlich! Ich fahre total auf die ab. Seit ich denken kann. Als ich damals auf MTV gesehen habe, wie sie mit Britney Spears herumknutschte, bin ich fast verrückt geworden. Und die letzte CD ist zwar von der Musik her scheiße, aber die Frau selbst – total abgefahren.«
»Wirklich?« Greg blickte Leo ernst an. »Du stehst auch auf Madonna?«
»Auf die Frau ja, nicht auf die Musik.«
»Mir gefällt beides!«

»Aber wehe, du verrätst das wem, ich meine . . . Madonna ist uncool.«
»Ist sie nicht!«
»Klar doch.« Leo feixte. »Das ist so, wie wenn du sagen würdest, du magst diese Castingshows.«
»Die fand ich immer blöd, aber die Gerichtsshows oder diese Psychosendungen am Nachmittag, total geil.«
»Meine Güte, du bist aber echt hart drauf.«
»Ich bin autonom. So sehe ich das. Ich mache, was mir gefällt, ist doch egal, was die anderen von mir denken.«
»Das könnte ich nicht.« Leo senkte den Kopf.
»Das kann man lernen.«

»Okay. Dem Plan nach müssen wir da rüber.« Vor ihnen im Wald war eine kleine Schlucht, vielleicht fünfzehn Meter breit, maximal zehn Meter tief, aber unten im Bach lagen große spitze Steine. »Wir können Richtung Osten oder Westen, da wird es jeweils flacher. Ist aber ein Umweg von, na ja, jeweils gut drei Kilometern.« Greg stand mit GPS und Karte in der Hand etwa einen Meter vor der Geländekante. »Die Alternative heißt runter und wieder hoch.«
»Sollte kein Problem darstellen, oder?«
»Denke ich auch. Obwohl ich nicht der große Bergsteiger bin.« Greg verstaute GPS und Karte.
Leo begann schon mit dem Abstieg. Es war keine große Kletterei, seine Hände fanden genügend Vorsprünge und frei liegende Wurzeln zum Festhalten. Unten balancierte Leo über die Steine und keine zwei Minuten später war er bereits auf der anderen Seite wieder oben.

Greg brauchte mehr Zeit beim Abstieg, er überquerte gerade erst den Fluss, dann begann auch er mit dem Aufstieg. Leo setzte sich auf einen der herumliegenden großen Steine und wartete.

»Bin gleich da!«, rief Greg.

»Keinen Stress, lass dir Zeit!«, gab Leo zurück. Im selben Moment hörte er ein Rumpeln und einen Aufschrei: »Scheiße! Hilfe!«

Leo sprang auf und eilte zur Kante. Greg hing etwa einen Meter unter ihm im Abhang, die rechte Hand klammerte sich an eine Wurzel, die linke an einen Stein, die Füße baumelten frei über der Schlucht. In dem Moment, in dem Leo die Hand nach Greg ausstreckte, löste sich der Stein, den Gregs linke Hand umfasste, aus der Wand und polterte in den Bach hinunter.

»Leo, ich kann mich nicht mehr halten!«, presste Greg panisch hervor.

»Du musst mit den Füßen Halt bekommen.« Leo streifte hektisch seinen Rucksack ab und versuchte, in Bauchlage an Greg heranzukommen.

»Geht nicht«, keuchte der Junge im Abhang. »Deswegen bin ich ja weggerutscht, die Wand hier ist total locker.«

»Warte, ich helfe dir.«

»Beeil dich. Ich kann nicht ewig so hängen. Der Scheiß-Rucksack!« Verzweifelt suchte Gregs linke Hand immer wieder festen Halt, aber egal wonach er griff, Stein, Wurzel oder Ast brach aus dem Hang und rutschte ins Tal. »Leo, ich kann nicht mehr.«

»Gleich!« Leo hatte mit der rechten Hand und einem Fuß je-

weils dicke Wurzeln gefunden, an die er sich hängen konnte, um so seitlich mit dem anderen Arm in Gregs Nähe zu kommen. »Du musst meine Hand ergreifen!«
Greg zog sich mit der einen Hand höher, kam so mit der anderen an Leos Hand und packte zu, aber dann war Schluss. Es ging nicht weiter, Leo schafft es nicht, Greg hochzuziehen, egal wie sehr er sich auch bemühte.
»Ich hänge irgendwo fest!«
»Ich kann nichts sehen!« Leo war in einer Position, in der er sich selbst kaum bewegen konnte. Außerdem befürchtete er, dass irgendwann auch seine Haltegriffe nachgeben würden.
»Ich spür was am Bauch, irgendwo mit den Gurten.«
»Kannst du dich frei machen?«
»Schwer«, presste Greg hervor.
»Kannst du drankommen?«
»Mit der anderen Hand. Aber dann hänge ich ganz an dir!«
»Okay!« Leo verstärkte seinen Griff an der Wurzel sowie den um Gregs Hand. »Los! Ich hab dich!«
»Ich vertraue dir!«
Leo spürte, wie sich das Gewicht an seiner Hand verstärkte, es gab ein Wackeln, dann berührte eine Hand seine Jacke, er hörte Greg nahe an seinem Ohr keuchen und schlagartig ließ der Zug an seiner linken Hand nach. Greg schob sich über ihn drüber, überwand die Kante und rollte seitlich weg. Leo blieb noch einen Moment hängen, dann holte er tief Luft und wuchtete sich selbst aus der Schlucht raus.
Schwer atmend lagen die beiden Jungen nebeneinander im feuchten Laub.

»Das war knapp«, murmelte Greg schließlich. »Danke!«
»Kein Problem, eine meiner leichtesten Übungen.«
»Nee, ernsthaft«, widersprach ihm der andere. »Das hätte schiefgehen können.«
»Ach was, so tief war das nicht.«
»Und die Steine unten?« Greg richtete sich auf. »Du hast mich gerettet. Du hast was gut.«
»Quatsch, sind wir ein Team oder nicht?«
»Du sagst es.« Greg hob die rechte Hand und Leo schlug ein. Sie ließen die Hände umklammert und zogen sich so gegenseitig hoch in den Stand. Leo schulterte wieder seinen Rucksack, dann liefen sie los.
»Eine Bitte hätte ich«, sagte Greg fünf Minuten später, während sie sich durch einen dichten Tannenwald arbeiteten.
»Und die wäre?«
»Wäre nett, wenn du den anderen nichts von meiner Notsituation erzählen würdest.«
»Warum nicht, ist doch nichts, was einem peinlich sein müsste.«
»Ist mir aber peinlich.«
»Also von mir aus, kein Problem.«
»Dann bleibt die Geschichte unter uns?«, versicherte sich Greg.
»Von welcher Geschichte sprichst du?«, gab Leo lachend zur Antwort.

Eine halbe Stunde später marschierten sie hintereinander einen ausgetrockneten Bachlauf entlang. Irgendwann war das Gespräch von ihren früheren Schulen auf ihre ersten

Freundinnen gekommen und Greg bemerkte: »Die Nummer mit Franka hat echt gutgetan. Ist nur leider etwas eng im Unterschlupf gewesen.«
»Kann ich mir vorstellen«, fühlte Leo sich bemüßigt zu sagen.
»Wie kommst du damit klar?«, erkundigte sich Greg. »Ich meine, so ohne Frau.«
»Ich hab noch nie!« Ohne groß zu überlegen, aus dieser wohligen Stimmung der Vertrautheit zwischen ihnen beiden heraus hatte Leo sich preisgegeben.
»Wie, du hast noch nie?« Greg blieb ruckartig stehen und drehte sich um. Er starrte Leo fassungslos an. »Du hast noch nie gevögelt? Das nehme ich dir nicht ab! Du hattest aber doch Freundinnen!«
Leo schüttelte verschämt den Kopf. »Logisch, aber trotzdem bin ich noch Jungfrau!«
»Ich fasse es nicht. Echt, Leo, in den Augen aller bist du der obercoole Womanizer, jemand, der alles flachlegt, was er will, und jetzt das. Unglaublich!«
»Aber das bleibt unter uns!«
»Logisch. Hey, ich bin dein Freund.« Greg schüttelte es. »Aber das ist UNGLAUBLICH!«
»Würdest du dich bitte langsam beruhigen! Das nervt!«
»Okay, okay!« Greg drehte sich wieder um und setzte sich in Trab. Dabei murmelte er: »Unglaublich, einfach unglaublich!«

Am Treffpunkt waren sie die Ersten, worüber Herr Kopenke sehr verwundert war, als er eine Stunde nach ihnen ankam. Die anderen beiden Teams kamen noch später. Zuerst Fran-

ka und ich, zuletzt John und Ned, worüber John richtig sauer war. Doch als Leo ihn bat, ob er ihm beim Unterschlupfbauen helfen könnte, war John wieder mit sich und seiner Welt versöhnt.
Unter Anleitung unseres Lehrers suchten wir fürs Abendessen nach essbaren Wurzeln und übrig gebliebenen Beeren, doch mit wenig Erfolg. Also wurde beschlossen, auf die Notrationen aus den Rucksäcken zurückzugreifen. Je länger das Wochenende dauerte, umso lächerlicher fand ich den Ausdruck *Survival* für das, was wir taten. Das war Wandern und Wildcampen, weiter nichts.
Aber wieso sollte ich deswegen Streit anfangen? Es gab genügend andere Dinge, über die ich sauer war. Zwischen Leo und Greg war etwas geschehen, während sie den Tag über unterwegs waren. Das war offensichtlich. Doch ich hatte damals keinen Schimmer, was. Woher auch. Ich spürte nur, Leo war mir noch ein Stückchen weiter entglitten als vorher. Ich kam augenblicklich gar nicht an ihn ran.
Daher saß ich den zweiten Abend gefrustet am Feuer. Und diesmal gab es weder Alkohol noch irgendwas zu naschen oder zu rauchen.
Aber auch Herr Kopenke war nüchtern anders. Er referierte wirklich interessant über echtes Survival. Dass man sich nie von seiner Ausrüstung entfernen dürfe, besonders nachts, auch wenn man pinkeln müsse, denn sonst könne es einem leicht passieren, dass man sie nicht wiederfindet und plötzlich ohne Ausrüstung dasteht. Er beschrieb, wie viel Wasser man pro Tag einplanen müsse, er zeigte uns, wie man mit dem letzten Streichholz gesichert ein Feuer anzündet, wie

man im Wald wilde Tiere fangen konnte. Er zeigte Knoten und wie man das Lagerfeuer bei Bedarf rauchlos anlegte. Als ich am frühen Abend in meinen neuen Unterschlupf kroch, allein wie alle anderen Teilnehmer auch, war ich, was Überleben in freier Natur betraf, um einiges klüger. Aber Leo hatte ich ganz offensichtlich verloren.

Fünf

Wie recht ich hatte, musste ich in den Tagen im Anschluss an dieses Wochenende erkennen. Leo hatte plötzlich überhaupt keine Zeit mehr für mich. Die Mittagspausen verbrachte er mit Greg. Selbst die wenigen Abende, an denen auf dem Programmzettel einfach nur Fernsehen oder ein Film angeboten wurde, war Greg bei ihm. Die Betonung liegt auf dem Wort angeboten, denn sonst waren auch die Abendtermine Pflichtveranstaltungen: Arbeitsdienste, Vorführungen der Theater-, der Comedy- oder auch der Akrobatik-AG, diverse Dia-Vorträge zu allen möglichen Themen, einmal war sogar ein Jugendbuchautor angereist und hatte aus seinen Büchern vorgelesen, verpflichtende Vollversammlungen des Schülerparlaments . . . »Langeweile ist hier ein Fremdwort«, sagte Herr Liebig immer.

Jedenfalls, bei diesem Vollzeitbeschäftigungsprogramm kam ich einfach nicht mehr an Leo heran. Es war irgendwie verrückt, ich hatte den Kerl die ganze Zeit vor der Nase, sah ihn im Unterricht, im Speisesaal, bei den Veranstaltungen, aber er war gleichzeitig so weit weg, als wäre er hinter Glas.

Egal wann ich ihn ansprach, immer war er schon mit Greg verabredet und ich hatte fast das Gefühl, dass Greg Leo ganz für sich beanspruchte. Greg brachte Leo sogar dazu, ihm auf der Gitarre vorzuspielen, das hatte ich von Ned erfahren. Dem ging es ähnlich wie mir. Immer öfter bat Greg ihn, ob Ned nicht mal für ein oder zwei Stunden das Zimmer verlassen könne. Er wäre gerne mit seinem Freund Leo allein. *Sein Freund,* ich hätte kotzen können, als ich das hörte. Leo gehörte mir, was wollte Greg von ihm? Ned meinte nur, ich sei eifersüchtig, würde Gespenster sehen. Das bestritt ich damals natürlich heftigst. Eifersüchtig hätte ja bedeutet, dass ich in Leo oder Greg verliebt gewesen wäre. Und das war ich ja nicht.

Um weiterhin quasi ein Ohr an der Wand zu haben, bot ich mich in dieser Zeit Ned als Ersatz an. Ich hoffte, so irgendwie Kontakt zu Leo haben. Und zu Greg selbst natürlich. So konnte sich niemand daran stören, wenn Ned mich zu irgendwelchen Treffen mitbrachte. Franka und ich hatten sowieso seit dem Survivalwochenende einen guten Draht zueinander. Nun freundete ich mich auch mit Ned an – was sprach dagegen, auf diese Art wieder näher an Leo und Greg heranzukommen?

Vielleicht sollte ich an dieser Stelle einfügen, dass ich Ned natürlich mochte. Und es war auch nicht so, dass ich mit jedem Mann gleich in die Falle gehüpft wäre. Dazu war ich nicht cool, nicht attraktiv genug und es hatte sich auch bislang keine Gelegenheit ergeben. Doch wenn sich nun die Chance bot, warum nicht? Ich war nicht gerne allein. War ich noch nie. Und da die meisten Kerle, die ich bis dato kennengelernt hatte, von einer Frau immer auch Sex erwarteten, gehörte das für mich eben dazu. Meiner Erfahrung nach konnte man mit einem Mann eigentlich nur richtig entspannt zusammen sein, wenn man vorher mit ihm im Bett war. Hatte man keinen Sex miteinander, stand das irgendwie dazwischen. Das war auch mit Leo nie anders gewesen.

Ich wusste doch, was er von mir wollte. Wäre andernfalls Sex ständig zwischen uns Thema gewesen?
In den wenigen Tagen bis zum Beginn der Weihnachtsferien hatte ich Leo nur ein einziges Mal für mich allein. Doch dass er sich von Tag zu Tag veränderte, konnte ich dennoch mitverfolgen. Und ehrlich gesagt, aus dem vorher netten, zurückhaltenden Jungen wurde ein eitler Arsch. Ich kann es aus heutiger Sicht nicht anders bezeichnen, obwohl ich ihn damals vermutlich schon liebte. Oder vielleicht schmerzte es genau aus diesem Grunde so sehr. Zu erleben, dass jemand, den man mag, den man womöglich mehr als mag, sich zu seinem Nachteil verändert, das tut einfach weh.
Leo selbst und mit ihm viele andere fanden den neuen Kerl, der da entstand, dagegen gar nicht negativ. Man mochte den neuen Leo. Greg schleppte ihn sogar mit zu den Sitzungen des Schulparlaments. Leo stand im Schulhof oder abends bei den Pflicht-Kulturveranstaltungen im Medienraum bei den angesagten Leuten. Greg machte Leo salonfähig; man konnte fast meinen, dieses bescheuerte Survivalwochenende wäre eine Art Debütantenball gewesen.
Leo war nun drin.
Aber nur er, ich nicht, trotz meines engen Kontaktes zu Ned und Franka. Und auch Ned begann langsam, um seinen Platz an Gregs Seite zu fürchten.
Zu meinem Entsetzen prangte dann auch plötzlich, obwohl Leo so etwas doch noch vor Kurzem entschieden abgelehnt hatte, sein Name auf dem Programm zur Weihnachtsandacht.
Klassische spanische Gitarre.

Ich passte ihn in der Pause ab und sprach ihn darauf an. Aus dem Gespräch, das ich mir so gewünscht hatte, wurde leider sehr schnell ein Streit.
»Was soll das? Wirfst du mir ernsthaft vor, dass ich zeige, was ich kann?«, warf er mir vor.
»Natürlich nicht. Aber, Leo, noch vor Kurzem wolltest du kein Musiker sein. Da hast du dich auch noch für andere Dinge interessierst. Für mich beispielsweise!«, versuchte ich zu scherzen, obwohl ich das in Wahrheit ernst meinte.
»Sara, versteh doch . . . Wir sind Freunde, das werden wir auch bleiben, versprochen!« Seine Worte taten weh, sie waren wie Peitschenhiebe. »Aber im Moment verändere ich mich eben. Das machen Menschen. Warum soll ich mich kleinmachen? Leben heißt zeigen, was man kann, kämpfen, nicht immer den Ball flach halten. Geh raus, zeig dich. Dann wirst du sehen, ob du gut oder schlecht bist. Bist du gut, genieße den Erfolg. Bist du schlecht, fang was Neues an.«
»Das ist doch Scheiße, was du da redest! Und das weißt du. Es gibt Dinge, die macht man für sich, weil sie Spaß machen. Um ihrer selbst willen. Aber dir geht es um den Beifall! Aus dir ist eine Rampensau geworden.«
»Hast du nicht selbst neulich noch gesagt, ich müsste an meiner Außenwahrnehmung arbeiten?«
»Du weißt genau, das war anders gemeint.«
»Dann habe ich dich leider falsch verstanden.« Leo lächelte, aber es war kein Leolächeln mehr. Es war Gregs Lächeln.
»Und was hast du vor?«
»Weiß nicht, momentan gefällt mir einfach, was um mich herum passiert.«

»Und das mit dem Konzert meinst du ernst?«
»Klar, meine Eltern kommen sogar. Meine Mutter ist stolz wie sonst was. Sie hat meinen Vater gezwungen, dass er auch kommt.« Leo reckte sich genüsslich. »Ich bin auf seinen Gesichtsausdruck gespannt. Sein Sohn als umjubelter Musiker auf der Bühne. Da wird er tierisch dran zu beißen haben.«
»Leo! Es geht nicht um deinen Vater, es geht um dich!«
»Was soll der Scheiß! Natürlich geht es um meinen Pa!« Leo wurde laut. »Wegen dem Arsch bin ich hier! Um dem eins reinzuwürgen, würde ich notfalls sogar auf der Bühne strippen! Aber klassische Gitarre kommt viel, viel besser. Da muss er noch stolz sein!«
»Ich verstehe dich nicht!« Das tat ich wirklich nicht mehr.
»Na und? Wer macht das schon«, bügelte Leo mich ab.
»Leo!« Ich konnte nicht glauben, was er da von sich gab. »Hey, was ist mit dir passiert?«
»Es geht mir endlich gut. Und wenn du das nicht erträgst, dein Problem. Gib doch zu, dass du auf Greg eifersüchtig bist!«
»Du spinnst doch!«, schrie ich ihn an. Doch wir wussten beide, dass er mit dieser Behauptung recht hatte.
»Ach, lass mich doch in Ruhe. Weißt du, mir tut echt weh, dass du mir das nicht gönnen kannst.« Leo hatte plötzlich wieder diesen alten Ausdruck in den Augen, den ich so gut kannte, den ich so vermisst hatte. Dieses Offene. »Was ist denn so schlimm daran, dass ich endlich einmal einen echten Freund gefunden hab?«
Was sollte ich da sagen? Nichts. Egal was man da antwor-

tet, wird einem falsch ausgelegt. Hätte ich sagen sollen, dass sein Finden für mich bedeutete, einen Freund verloren zu haben?
Also habe ich geschwiegen und bin gegangen. Bis zum Beginn der Weihnachtsferien meldete ich mich jeden Morgen krank, ich wollte nicht, ich konnte nicht mehr.

Erst im neuen Jahr sah ich Leo wieder. Ich hatte sein Konzert geschwänzt; ihn so zu sehen, hätte ich nicht ertragen, womöglich noch zwischen Greg und Herrn Liebig eingerahmt auf der Bühne. Aber ich hatte natürlich erfahren, dass es ein voller Erfolg war. Leo hatte es geschafft, er war die neue Berühmtheit in Hausenthal. Aber wenn es ihn glücklich machte, bitte.
Als ich ihn nach Schulbeginn wieder in der Klasse sah, hatte er sich auch äußerlich verändert. Die Haare waren ungepflegt, absichtlich ungepflegt. Leo war anders gekleidet, schwarze Cordhose, schwarzes Schlabbersweatshirt. Seine Haltung hatte sich geändert, er war nicht mehr der ausgeglichene Jogger, sondern schlurfte mit gebeugtem Kopf durch die Gänge. Ein bescheuerter, flauschiger Ziegenbart spross unter seinem Kinn. Im linken Ohr trug er einen kleinen roten Stern. Es war offensichtlich: Leo hatte das Image gewechselt.
Er war nun Musiker.
Doch vielleicht ist es fairer und hilfreicher, auf Leos Erinnerungen zurückzugreifen, zu erzählen, wie er aus der Rückblende diese Phase erlebte.

Leo fühlte sich nach dem Survivalwochenende, als hätte unvermittelt ein neues Leben begonnen. Der Dornröschenschlaf war beendet. Ihm war so, als hätte Greg ihn aufgeweckt. Er fühlte eine immense Energie in sich und zu seiner Verwunderung tat die Welt um ihn herum so, als hätte sie nur darauf gewartet, dass er endlich loslegte.
Egal was er tat, es gab nur positives Echo. Leo machte im Unterricht den Mund auf und die Lehrer und die Mitschüler fanden gut, was er sagte. So erging es ihm in fast jedem Fach.
Aber nicht nur im Unterricht war er plötzlich gefragt. Auch Leute, die ihn vorher nicht einmal begrüßt hatten, suchten plötzlich seine Nähe, wollten mit ihm reden, fragten nach seiner Meinung, lachten über seine Scherze. Und es hörte einfach nicht auf!
Einmal begleitete Leo Greg auf dessen Bitte hin auf einer der vielen Versammlungen des Schülerparlaments. Es ging um die neue Gestaltung der Raucherecke. Nachdem Leo der Debatte, ob mit oder ohne Dach, eine Zeit lang zugehört hatte, flüsterte er Greg zu: »Was debattieren sie denn groß herum, die Sache ist doch klar!«
»Leo möchte dazu etwas sagen!« Zu Leos Schrecken meldete ihn Greg als nächsten Redner an.
»Spinnst du?«, zischte Leo ihn leise an. »Was soll ich denn sagen?«
»Hey, die Leute wollen wissen, was du denkst. Keine Angst. Sei einfach du selbst.« Greg sah ihn aufmunternd an, sodass Leo zum ersten Mal in seinem Leben öffentlich das Wort ergriff.

»Ich bin kein Raucher, das vorneweg. Aber aus genau dem Grunde muss ich jetzt was dazu sagen. Denn soweit ich das überblicke, seid ihr auch keine.«

»Was willst du damit sagen?«, fragte die Vertreterin der Mittelstufe.

»Ganz einfach: Ihr seid nicht berechtigt, darüber zu entscheiden, ob die Raucherecke ein Dach bekommen soll oder nicht«, erklärte Leo ungerührt. »Das steht euch nicht zu.«

»Aber selbstverständlich!«, beharrte die Mittelstufensprecherin. »Wir bestimmen hier über die Gestaltung des Schulgeländes. Und wir alle haben schon vor Langem entschieden, dass Hausenthal grundsätzlich rauchfrei ist. Rauchen ist ungesund und tötet auch Nichtraucher.«

»Da stimme ich dir zu!« Leo nickte. »Aber es wurde auch entschieden, dass die, die rauchen wollen und es vom Alter her dürfen, in der Raucherecke, und nur da, rauchen können. Richtig?«

»Richtig«, mischte sich Greg nun in seiner Rolle als Präsident des Schülerparlaments ein.

»Sie jetzt zu zwingen, im Regen im Freien zu rauchen, ist unfair«, warf Leo den Abgeordneten in der Runde vor.

»Sollen wir ihnen vielleicht ein Häuschen bauen, es ihnen richtig schön gemütlich machen oder was?«, ereiferte sich die Mittelstufensprecherin. »Wenn wir ihnen kein Dach geben, dann alleine aus dem Grund, damit sie aufhören. Keiner zwingt sie, im Regen zu stehen.«

»Doch, du!« Leo wurde ebenfalls lauter. »Das ist feige! Entweder wir beschließen, dass hier gar nicht mehr geraucht werden darf, also komplettes Rauchverbot. Bitte, wenn du

dafür die Mehrheit bekommst! Oder aber wir respektieren Leute, die anders denken und handeln als wir. Und wenn wir das machen, dann haben wir nicht das Recht, ihnen durchs Hintertürchen doch unsere Meinung aufzudrücken, weil wir ja eigentlich nicht wollen, dass sie rauchen. Sie zu zwingen, im Regen zu rauchen, heißt, sie zu bestrafen. Und soweit ich das sehe, sind wir hier im Schülerparlament, nicht beim Schülergericht!«
In der anschließenden Abstimmung wurde mit sieben zu vier Stimmen für ein Dach votiert. Leo war danach der Held aller Raucher und spielte schon mit dem Gedanken, sich als Abgeordneter ins Parlament wählen zu lassen. Doch dann entschied er, dass das nicht zu seinem neuen Image passen würde. Er hatte als erfolgreicher Musiker bereits seine Bühne gefunden, er brauchte das Parlament nicht, um zu glänzen. Außerdem, die Rolle eines Abgeordneten im Schulstaat hätte womöglich seinem Vater gefallen. Dann lieber Musiker.
Auf Drängen von Greg war Leo schließlich wegen der Weihnachtsfeier an Herrn Liebig herangetreten, der sich total begeistert gezeigt hatte. Das Programm wurde geändert, das Konzert der Schulband gestrichen und stattdessen Leo für vierzig Hataler engagiert.
Es war wie ein Rausch. Offenbar freuten sich alle über den neuen Leo. Und es wurde nicht einmal etwas Besonderes oder Herausragendes von ihm erwartet, anscheinend waren alle schon damit zufrieden, dass er etwas tat, dass er lebte. Es war so einfach und Leo bedauerte es bereits, dass es in wenigen Tagen in die Winterpause gehen würde.

Das Konzert selbst war ein voller Erfolg. Die Eltern und Lehrer, sonst an die Auftritte der Schul-Rockband gewohnt, waren von der klassischen Gitarrenmusik beeindruckt. Herr Liebig ließ es sich nicht nehmen, Leo und seine Eltern nach der Weihnachtsfeier persönlich zum Parkplatz zu begleiten, und er sagte mehrfach, wie gut sich Leo hier doch eingelebt habe. »Der Junge hat es kapiert«, erklärte Herr Liebig Leos Vater. »Aber das ist eben Hausenthal, hier reifen Schüler zu Persönlichkeiten. Bei dem einen ist es der Sport, bei dem anderen die Musik, die ihm dabei hilft. Sie können stolz auf Ihren Sohn sein.«
»Und du hast immer gemeckert, wenn der Junge in seinem Zimmer geübt hat!«, giftete Leos Mutter ihren Mann an.
»Dann habe ich mich eben getäuscht!«, gab Leos Vater knapp zurück. Zu Leos großer Freude war er über den Erfolg seinen Sohnes als Musiker nicht wirklich glücklich. Aber das hätte Leo auch nicht gewollt, ein ehrlich stolzer Vater, so weit wollte er es auf keinem Fall kommen lassen. Dann schon lieber wieder versagen.
Dementsprechend zufrieden kletterte Leo schließlich in den neuen, großen Audi, um über Weihnachten nach Hause zu fahren.

Im Januar brachte Leo seine gute Gitarre mit nach Hausenthal. Alles andere wäre seiner Meinung nach sinnlos gewesen. Er war Musiker, da gehörte ein teures Instrument einfach dazu. Leo war zeitweilig richtig sauer auf sich selbst. Wieso hatte er sich in der Vergangenheit nur so bescheuert angestellt? Er hatte geglaubt, der einzige Weg, es

seinem Vater heimzuzahlen, wäre abzustürzen, die Schule zu schmeißen. Wie konnte ihm nur so ein Fehler unterlaufen? Die ganze Zeit hatte er diese Eintrittskarte zur Rache an seinem Vater im Koffer gehabt und sie nie benutzt.
Zum Glück war er nach Hausenthal gekommen, zum Glück hatte er hier Greg getroffen, seitdem hieß es wieder leben. Wozu sich mit Crossläufen ein paar Hataler verdienen, um mal auszuschlafen, wenn man im Vorübergehen mit etwas Musik mal so eben vierzig Stück abgreifen konnte und zusätzlich noch Sonderfreistunden zum Üben bekam? Vor Leos innerem Auge zeichnete sich inzwischen ein Weg ab. Er würde Profimusiker werden. Die Schule fertig machen, dann zum Bund, zum Musikkorps, anschließend Solist. Jeder Schritt ein Schlag ins Gesicht seines Vaters. Der hatte selbst Zivildienst geleistet und sagte immer: »Das Militär ist die größte Verschwendung von Zeit und menschlichen Ressourcen, die es gibt.«

»Mal sehen, ich habe mit meiner Mutter gesprochen. Mein Gitarrenlehrer hat mir vor Jahren mal von so einer echt guten, allerdings schweineteuren Gitarrenakademie in New York erzählt. Ich denke mal, ich könnte meine Ma weichkneten, mir da ein paar Semester zu finanzieren.« Leo lag auf Neds Bett und zupfte auf seiner cherryholzfarbenen, zweitausend Euro teuren Ovation-Gitarre. »Würde meinen Vater garantiert tierisch stressen. Ich mache in New York Musik und er muss dafür löhnen. Das hat was.«
»Klingt gut!«, war Gregs Kommentar.
»Die Gitarre oder der Plan?«

»Beides!«
Leo fühlte sich in Gregs Zimmer inzwischen richtig wohl. Die großen Fotos an den Wänden störten ihn nicht mehr, sie gefielen ihm inzwischen. Sein Zimmer, das er mit dem langweiligen, ewig krimilesenden Martin teilen musste, war im Vergleich hierzu so schrecklich gewöhnlich. Überhaupt, was hätte Leo inzwischen nicht dafür gegeben, wenn er Gregs Mitbewohner gewesen wäre. Er hatte Greg schon einmal gefragt, ob nicht generell ein Tausch möglich war, doch Greg hatte verneint. »Da ist der Liebig dagegen, grundsätzlich! Er sagt, wenn man damit anfängt, hört das nicht mehr auf. Nur bei vorzeitigem Weggang geht ein Umzug.«
»Schade.«
»Ich hab mir *Best of Madonna* auf DVD besorgt.« Greg stand auf und schloss die Zimmertür. Dann zog er Neds Laptop heran. »Hast du Lust?«
Leo legte die Gitarre beiseite und nickte. Greg startete den Computer und auf dem flachen Widescreen tauchte ein Szenenfoto aus dem *Herrn der Ringe* auf. Normalerweise wurde das Gerät von Ned ausschließlich genutzt, um das Tolkien-Computergame zu spielen, auch im Netzwerk mit anderen in Hausenthal.
Greg schob die DVD ins Laufwerk und Sekunden später ging es los. Leo hatte die alten Videos ewig nicht mehr gesehen, und je länger Madonna sich auszog, in *Vogue* oder *Like a Virgin* auf dem Bildschirm puren Sex verströmte, desto unruhiger wurde Leo.
Aber noch mehr als er selbst war offensichtlich Greg ange-

tan von dem, was Madonna ihnen bot. »Puh, das war scharf!«, stöhnte der nach dem letzten Musikclip. »Ich wusste ehrlich gesagt gar nicht mehr, wie hart die Frau mal drauf war. Diese alten Teile, Wahnsinn.«

»Kann man wohl sagen.«

»Was fandest du am besten?«, fragte Greg.

»Alle.«

»Hey, komm, sag, jeder hat so seinen Favoriten!«

»Ich weiß nicht«, mauerte Leo.

»Also ich fahre ja, das darfst du aber nie jemandem erzählen, auf *Justify my Love* ab. Sie voll die Nutte und dann wie die es treiben. Wie sie da im Hotelflur steht und dann die Nummer im Bett.« Greg stöhnte. »Das ist so echt, wenn du weißt, was ich meine. Oh, sorry! War nicht so gemeint.«

»Ich muss los.« Leo wurde das etwas zu viel. Zudem hatte er Angst, dass gleich jemand die Tür öffnen könnte und auf blöde Gedanken kommen würde. Überhaupt, wieso war es Greg überhaupt möglich, seine Tür zu schließen? Wenn die von Martins und Leos Zimmer nur ein paar Minuten lang zu war, klopfte bereits der Lehrer.

»Ich muss noch üben!« Leo griff nach seiner Gitarre und verstaute sie im Koffer.

»Üben nennt man das jetzt? Ich glaube, ich muss nach den Bildern auch mal eben üben.«

»Hey, das meinte ich nicht. Ich bin Musiker!«

»Dann bleib doch hier, echt üben kannst du auch hier! Ich höre dir gerne zu.«

»Nein, das kann ich nur allein.«

»Schade, wir sehen uns!«, rief ihm Greg hinterher, als Leo die Tür öffnete und im Gang verschwand. »Du bist doch nicht sauer?«

Sechs

Bis heute ist mir nicht so ganz klar, was genau Greg damals so sehr an Leo interessierte. Warum Greg Leo unbedingt zum Freund haben wollte, regelrecht um ihn buhlte. Gut, Leo hatte diese Gabe, mit einem Lächeln die Sonne aufgehen zu lassen. Sein Gesichtsausdruck, wenn er Gitarre spielte, wenn er anschließend wie aus einer Trance auftauchte und so offen, so unglaublich verletzlich war. Leo war einer dieser wenigen Menschen, in deren Gegenwart es einem einfach besser ging. Vermutlich war auch das der Grund für Gregs Bemühungen um ihn.

Gleich und Gleich gesellt sich gern, heißt es doch. Womöglich war Greg so gerne mit Leo zusammen, weil er in ihm sich selbst wiederfand. Weil er erleben wollte, was andere in seiner Gegenwart erfuhren. Weil er gerne mit sich selbst zusammen sein wollte.

Meine Reaktion war Schmollen. Ich konnte dieses Harmoniegehabe zwischen den beiden nicht ertragen. Es nervte mich und so suchte ich mein Glück anderswo.

Beispielsweise im Schülerparlament. Ich dachte damals, es wäre gut für mich, dort etwas aktiv zu werden. Ich hatte mich fürs Oberhaus aufstellen lassen und war gewählt worden. Ich war anfangs normale Abgeordnete, schaffte es aber recht schnell in den Petitionsausschuss, ein Gremium, bei dem Schüler Hilfegesuche stellen konnten, falls sie sich ungerecht behandelt fühlten oder generell Probleme in Hausenthal hatten.

Als Präsident des Schülerparlaments hatte Greg auch den Vorsitz des Petitionsausschusses und die Aufgabe, dessen Entscheidungen zu genehmigen oder zu unterbinden. Im Klartext hieß das, Greg hatte das letzte Wort, egal, was die gewählten Abgeordneten sagten. Über ihm stand nur noch Herr Liebig.

Ich dachte anfangs, die Erfindung eines Schülerparlaments und eines Schülergerichts wären eine tolle Sache. Doch in den wenigen Wochen, bis ich den Job im Ausschuss wieder hinschmiss, erlebte ich gleich drei Vorfälle, die das Gegenteil aufzeigten. Am gemeinsten fand ich die Sache mit Miroslav. Die anderen aus seiner AG warfen ihm vor, er habe sich an der Ladenkasse des Schulshops vergriffen. Miroslav stritt das ab, behauptete, er habe mit dem fehlenden Geld Einkäufe für den Laden machen wollen. Aber er wollte nicht damit herausrücken, was er eigentlich gekauft hatte.

Das Schülergericht verurteilte ihn zu einem Monat Bann. Das hieß, er war von den AGs ausgeschlossen und die anderen Schüler durften in den Pausen und der Freizeit nicht mit ihm reden, er war unsichtbar.

Später wurde im Ausschuss gemunkelt, Miroslav habe unter der Ladentheke Zigaretten verkauft, auch an unter Sechzehnjährige. Und er habe über die Klinge springen müssen, weil er den Lieferanten nicht habe wechseln wollen. Wer das war, wurde leider nicht verbreitet. Doch an der Geschichte war wahrscheinlich was dran. Denn wer wollte, konnte anschließend weiterhin heimlich Zigaretten im Schulshop kaufen. Nur stand nun Ritchie hinter der Theke und die Ware war teurer.

Miroslav hielt den Monat nicht durch. Er verschwand nach zehn Tagen einfach. Ob er abgehauen war oder verlegt, es interessierte keinen.

Noch ein paar ähnliche Fälle bekam ich im Petitionsausschuss mit, denn Miroslav hatte sich nach seinem Urteil auch an uns gewendet. Doch seine Bitte um Strafminderung war abgelehnt worden. Ebenso wie die meisten anderen Eingaben.

Nie traute sich jemand, offen etwas dazu zu sagen. Nur Violetta beschwerte sich einmal beim Direktor darüber, dass ihre Petition abgelehnt worden war. Das Ergebnis: Ihr Fall endete mit einem Schulverweis.

Doch da war die Sachlage auch etwas komplizierter. Violetta hatte ihrer Zimmergenossin Jasmin ein Piercing gestochen, in die linke Augenbraue, und das hatte sich entzündet. Als Jasmin endlich damit zur Schulärztin ging, war es bereits so übel, dass nur noch der Weg ins Krankenhaus übrig blieb. Klar, dass sich ihre Eltern deswegen bei der Schulleitung beschwerten.

Der Fall kam vors Schülergericht und Violetta wurde zu zwei Monaten Heimfahrtverbot und vier Monaten Küchendienst verurteilt. Jasmin kam mit vierzehn Tagen Küchendienst davon. Violetta wandte sich an den Petitionsausschuss und wir teilten ihre Sichtweise, dass sie nicht dafür verantwortlich sei, wenn Jasmin erst weder den Einstich täglich gesäubert hatte noch zur Schulärztin gegangen war, als es angefangen hatte zu eitern, obwohl Violetta sie mehrfach darum gebeten hatte.

Jasmin hatte Angst vor den Folgen gehabt, denn natürlich

war es den Schülern untersagt, sich Löcher in irgendwelche Körperteile zu stechen.
Wir vom Petitionsausschuss waren der Ansicht, dass Jasmin selbst die Verantwortung für ihre Narben trug, und entschieden auf ebenfalls vierzehn Tage Küchendienst für Violetta.
Greg lehnte diese Entscheidung ab. Seiner Ansicht nach dürfe Violetta gar nicht bestraft werden, weil sie überhaupt keine Schuld trage, und er riet ihr, sich an den Schulleiter zu wenden.
Violetta ging zu Herrn Liebig.
Der reagierte mit sofortigem Schulverweis.
Die Schülerschaft, allen voran Greg, war entsetzt. Es gab Artikel in der Schülerzeitung und eine Sondersitzung des Schülerparlaments. Aber der Direktor erklärte, solange er in den Vorgang nicht direkt involviert gewesen sei, habe er auch nicht reagieren müssen. Es sei bis dahin eine schülerinterne Angelegenheit gewesen, doch als Violetta ihn hinzugezogen habe, habe er keine Alternative gehabt.
Danach hatte ich von Schülerparlament und Schülergericht im tollen Schulstaat Hausenthal die Nase voll.
Doch zumindest hatte ich mich zwei Monate davon abgelenkt, dass ich kaum noch Kontakt zu Leo hatte. Ein paar kurze Gespräche in den Pausen, ich glaube, einmal aßen wir ein Eis, das war's.
Aber Ned und ich hatten eine gute Zeit. Wir waren sozusagen ein Paar geworden. Nicht offiziell, aber die meisten wussten doch Bescheid. Bis das Drama begann, bis zu diesem denkwürdigem Nachmittag, als ich erfuhr . . .
Um zu verstehen, was sich später ereignete, muss ich zu-

nächst noch schildern, was Leo in diesen Monaten tat. Auch wenn ich selbst nichts davon erlebt habe, die späteren Erzählungen Leos erlauben es mir dennoch, auch einen genauen Bericht über diese Zeit zu geben.

Leo und Greg waren das Dreamteam von Hausenthal, die neuen Aushängeschilder. Sogar auf der Homepage im Internet fanden sich Berichte über sie: Greg, der Präsident des Schülerparlaments. Leo, der begabte Junge, der als Beispiel für erfolgreiche Integration und musische Förderung präsentiert wurde.

Abgesehen vom Unterricht waren die beiden nur noch als Duo zu haben. Leo wechselte in Gregs Internet-AG, Greg zu Leo in die Pizza-AG (einmal im Monat wurde ein italienischer Abend veranstaltet, mit Pizza und Pasta) und Leo wieder im Gegenzug zu Gregs Zeitungs-AG. Leo begann sogar damit, Artikel für die Schülerzeitung zu verfassen: Plattenbesprechungen und eine Serie über die besten Songs der Musikgeschichte.

Bei der Postausgabe im Speisesaal wurde Leo nun regelmäßig der *Rolling Stone* überreicht, seine Haare wurden länger und länger, ebenso die Fingernägel an seiner rechten Hand.

In der Mittagsfreizeit, dem Silentium, fand man Greg und Leo stets umringt von ihren Groupies, wie ich sie Ned gegenüber nannte. Ich versuchte, ihnen aus dem Weg zu gehen, aber Hausenthal war zu klein.

Man konnte ihnen und dem ihre Füße küssenden Fanklub einfach nicht entgehen.

Besonders ekelhaft erlebte ich Gregs Geburtstag Ende Februar.
Der Zweiundzwanzigste fiel auf einen Samstag, und obwohl es eigentlich ein Heimfahrwochenende war, reisten nur sehr wenige aus Hausenthal ab. Denn Greg gab einen Empfang. Ich wusste nicht, wie oder warum, aber er hatte es geschafft, vom Liebig die Erlaubnis für einen Geburtstagsbrunch, genauer einen Karnevals-Verkleidungs-Geburtstagsbrunch, im Speisesaal zu erhalten. Dieses Fest war das Ereignis des Jahres, zumindest wenn man dem Gerede und Getuschel in Hausenthal Glauben schenken durfte. Und anders als zu den Fonduerunden in Gregs Wohnung war diesmal die Gesellschaft offen. Wer gratulieren wollte, war willkommen.
Von den Kleinen trauten sich nur ein paar wenige. Jochen und Felix aus der Sechsten etwa, beide kostümiert als Gangster. Oder die Gruppe Frischfleisch aus der siebten Klasse. Jede von ihnen trug in Neonschrift *NIMM MICH* auf den Oberteilen ihrer Cheerleaderverkleidung. Ihre Tanzeinlage machte mehr als klar, dass das ernst gemeint war.
Greg war als König verkleidet, mit Krone und Umhang samt Hermelinkragen, was allgemein als wunderbar selbstironisch gelobt wurde. Ich fand es eher naheliegend. Greg war der König von Hausenthal. Er hielt Hof und alle machten ihre Aufwartung. Leo erschien, ganz fantasievoll, als Rockmusiker verkleidet. Ich weiß nicht mehr, ob Eric Clapton oder Keith Richards. Er war wie üblich komplett schwarz angezogen und trug zusätzlich eine schwarze Sonnenbrille. Seine Haare waren noch wirrer verwuschelt

und er hatte sich eine E-Gitarre aus dem Schulfundus umgehängt. Ach ja, und im Mundwinkel klebte eine Zigarette, nicht angezündet natürlich, denn im Speisesaal herrschte striktes Rauchverbot.

Der Faschingsbrunch lief merkwürdig ab, aber auch irgendwie beeindruckend. Denn es war nicht eine Party in der Form, wie ich sie kannte. Es war anders, irgendwie erwachsener, mehr ein Stehempfang. Was aber auch daran lag, dass ein Büfett an der Längsseite aufgebaut war. Große Bleche mit diversen Pizzen, Wurstplatten, Käseplatten, kalter Braten, es sprengte jeden bisherigen Rahmen. Zudem war das Ganze komplett von Greg selbst finanziert. Zwar machte der nicht viel Aufhebens deswegen, doch es hatte sich herumgesprochen. Greg hatte mal einfach so die halbe Schule eingeladen.

Ned und ich hatten uns an den Rand verzogen – wir waren als Superhelden verkleidet, zwei ausgeliehene Gymnastikanzüge, zwei Handtücher als Umhang und zwei Augenmasken – und sahen uns die Leute an.

Greg, und neben ihm Leo, schlenderte durch die Menge, grüßte nach links und rechts und nahm huldvoll Glückwünsche entgegen.

»Kennst du das Buch *Der Pate?*«, flüsterte Ned mir zu. »Gregs Lieblingsbuch. Da gibt es am Anfang eine ähnliche Szene. Als Don Corleone die Hochzeit seines Sohnes oder seiner Tochter feiert. Da kommen alle, die ihm einen Gefallen schulden, um dem Paten die Ehre zu erweisen. Das hier hat was davon.«

»Nur mit dem Unterschied, dass Greg kein Mafiapate ist,

der Leute mit Betonschuhen im See versenkt, sondern einfach nur ein cooler Typ«, entgegnete ich. »Könnte es sein, dass du neidisch bist?«

»Ich meine ja bloß«, ruderte Ned zurück. »Ich sagte nur, das hat was davon. Ich weiß selbst, Greg ist großartig. Und ich bin stolz, sein Freund zu sein.«

»Na, so toll ist er nun auch wieder nicht!«, gab ich zurück. »Hui, er kommt zu uns!«

»Hey, Sara, hallo, alter Freund und Schwede.« Greg breitete die Arme aus und drückte erst mich, dann seinen Zimmergenossen. »Alles okay?«

»Klar doch!« Ned nickte.

»Echt Wahnsinn!«, befleißigte ich mich zu sagen. »Irre, was du alles aufführst. Das Büfett, erste Sahne, wirklich!«

»Ach was!« Greg strahlte. »Das sieht nur so aus. Die Pizzen beispielsweise haben die aus der AG gespendet. Ehrlich, als Geschenk! Bei denen musst du dich bedanken. Und den Rest haben meine Eltern finanziert. Erst wollten sie mir einen Roller kaufen, aber ich verprass das Geld lieber mit meinen Leuten. Da haben alle mehr davon.«

»Nee, wirklich, total nett von dir.«

»Quatsch, total nett ist, dass ihr alle meinetwegen hiergeblieben seid.« Greg drehte sich zu Leo um, der schräg hinter ihm stand. »Leo hätte beispielsweise die Möglichkeit gehabt, mit seinem Onkel Ski fahren zu gehen. Das er wegen mir abgesagt hat, echt hart.«

»Bei mir daheim feiert heute Abend mein Kumpel Fred. Der hat einen Klub gemietet!«, meldete sich Ned zu Wort.

»Der Fred?«, fragte Greg überrascht.

Ned nickte und schob nach: »Seine Partys sind legendär, wenn ihr versteht, wie ich das meine.«

»Wahnsinn, dass du trotzdem hier bist!« Greg umarmte Ned erneut und hob ihn hoch. »Ich kann dir gar nicht sagen, wie mich das freut.«

Greg löste sich von uns dreien und eilte durch die Menge hinüber zur Küchendurchreiche. Er klopfte gegen das heruntergelassene Rollo. Sekunden später wurde geöffnet und unzählige Sektgläser, zum Teil mit Orangensaft, wurden sichtbar.

»Einen Moment Aufmerksamkeit bitte!« Greg verschaffte sich mit weit ausgebreiteten Armen Gehör. »Zur Feier des Tages, weil vor genau hundertzweiundzwanzig Jahren und siebzehn Tagen der große Frietjoff Mahlmann, der Gründer dieser Schule, geboren worden ist, hat unser geliebter Direktor Liebig allen über Sechzehnjährigen ein Glas Sekt erlaubt. Also, teilt es euch ein! Salut!« Greg ergriff ein Glas, sein Blick suchte die Augen Neds. »Auf die Freundschaft!« Er hob sein Glas und trank den Sekt in einem Zug aus.

Ned stand neben mir und war ganz blass. »Greg ist echt unglaublich. Für solche Aktionen könnte ich ihn knutschen.«

»Nicht nur du«, seufzte ich. »Nicht nur du.«

Ein paar Wochen später hatte auch Leo Geburtstag. Er wurde sechzehn, doch noch ein Fest wollte Herr Liebig nicht zulassen. Als Leo ihn fragte, gab er knapp zur Antwort: »Das war nicht Gregs Party, das war die jährliche Faschingsfete. Die halt dieses Jahr zufällig auf Gregs Geburtstag fiel. Private Feiern sind nur im kleinen Rahmen in den Wohnungen erlaubt.«

Nach etlichen Überlegungen entschied Leo, sich zu seinem Geburtstag eine neue Anlage zu kaufen. Seine Mutter hatte ihm signalisiert, dass sein Geschenk dieses Jahr gerne etwas teurer ausfallen dürfe, sie seien ja so stolz auf ihn. Leo überlegte lange, was für eine Art Anlage er sich kaufen sollte. Eine *Bang & Olufsen,* wie Mirko sie besaß, oder eine *NAD* wie Ritchie? Die meisten in Hausenthal hatten kleine MP3-Player, hörten ihre Musik vom iPod oder Computer. Aber die hören auch Rock, Metal oder Hip-Hop. Irgendwie musste er sich mit seiner akustischen Gitarrenmusik dagegen abgrenzen. Greg gab ihm schließlich unabsichtlich den passenden Hinweis.

»Ein Freund meines Vaters steht auf Jazz«, sagte Greg beiläufig, während sie im Computerraum der Schule die neuen Artikel auf die Intranetausgabe hochluden und Leo mal wieder auf das Thema Lautsprecherboxen zu sprechen kam. »Der hat noch so einen echten alten Plattenspieler, aber nicht so ein Scratcherteil, sondern so richtig mit Riemenantrieb, und er behauptet, nur so klingt Jazz. Alles andere wäre kalt und elektronisch. Sah cool aus.«

»So was habe ich auch zu Hause!«, log Leo.

»Cool«, war Gregs Kommentar. »Hätte ich mir eigentlich bei dir denken können.«

Leo hatte sein neues Geschenk gefunden.

Bereits am nächsten Nachmittag stöberte er im Internet so lange auf diversen Foren herum, bis er sich ausreichend Wissen über das Thema angelesen hatte. Über Schwingungslagerung, Tonabnehmersysteme, nass oder trocken abspielen und was zu einem teuren Plattenspieler noch alles dazugehörte.

Gebraucht bestellte er sich einen Highend Pro-Ject 9c, ein Wahnsinnsgerät. Allein der massive Acrylplattenteller wog dreieinhalb Kilo und war einfach nur groß. Mit Tonabnehmersystem musste er dafür gut siebenhundert Euro hinlegen. Er ließ ihn sich zu seinen Eltern liefern. Die nötigen Schallplatten, die er im Internet oder beim letzten Heimfahrwochenende gekauft hatte, kosteten fast das Gleiche. Aber er hatte ja das Geld seiner Mutter. Als Verstärker und Boxen brachte er einfach die alten seiner normalen Anlage ins Internat, nur den CD-Player ließ er zu Haus.

Es dauerte, bis alle Komponenten in seinem Zimmer in Hausenthal aufgebaut waren. Glücklicherweise hatte Martin nichts dagegen. Stolz führte Leo seine Anlage vor, verschwieg jedoch, was neu war.

»Ich kam einfach nicht mehr ohne sie aus. Versteht ihr!« Leo startete den Motor des Pro-Ject, langsam begann sich der Plattenteller zu drehen. »Erst dachte ich, das geht auch von CD, aber dann habe ich gemerkt, das ist nichts, ich brauche meine alten Scheiben wieder. Wenn man das einmal so gehört hat, dann will man keine CD mehr haben. Das hier, eine echte Platte, Direktschnitt, wenn man es sich leisten kann, oder zumindest erste Pressung, das ist einfach anders, dann bist du versaut. Tja, so sind wir Musiker eben.«

Greg nickte und lächelte verständnisvoll. Stolz ließ Leo langsam den Tonabnehmer auf die weiße Schallplatte sinken. *Friday Night in San Francisco* von de Lucia, di Meola und McLaughlin. Eigentlich war diese Art der spanischen Gitarre nicht ganz Leos Musikrichtung, aber die Platte war Kult.

Zwanzig Jahre alt und er hatte einen seltenen ersten Direktmitschnitt ergattern können. Damit ließen sich Punkte machen.
Mediterranean Sundance hob an, ein schier endloses, gewaltiges Duell von Gitarrenläufen der drei Topgitarristen. Perfektes Stereo, miteinander ringende Gitarrenklänge, verteilt auf die zwei großen Boxen, das Ganze in irrsinniger Brillanz und Geschwindigkeit. Es war beeindruckend.

Ich gehörte auch zu dem erlesenen Kreis der Auserwählten, die von Leo in seine Wohnung zum Geburtstagsempfang eingeladen wurden. Ob aus Mitleid, um der alten Zeiten willen oder weil er auch mir demonstrieren wollte, wer er inzwischen war. Der Grund war mir gleich, ich wollte ihn einfach mal wieder erleben.
Herr Schneider, sein Hauslehrer, hatte den sonst zu derartigen Anlässen erlaubten Sekt mit Orangensaft um einen Krug Sangria ergänzt. Natürlich auch hier viel Saft und wenig Rotwein, aber nett war es dennoch. Nun quetschten wir uns alle, der Lehrer, Leo, Greg, Ned, Franka, Paula, Martin und noch vier aus der Zehnten in Leos Zimmer und bewunderten die Anlage und den wirklich hinreißenden Klang.
Das heißt, alle außer mir bewunderten die Anlage. Mir tat Leo eher leid. Leo war definitiv eine andere Liga als Greg. Der hatte seinen Geburtstag genutzt, um mit seinen Freunden zu feiern, sein Glück zu teilen. Leo dagegen zog eine Solonummer durch, versuchte, Eindruck zu schinden. In meinen Augen wurde er immer eindimensionaler. Aber vielleicht lag das auch daran, dass mich Kerle, die nur über ihre

spezielle Musik, ihre besonderen Anlagen, Computer, Motorräder oder Skateboards und die dazugehörigen Reifen und Kugellager reden konnten, schon immer langweilten. Der Leo, mit dem ich hierhergekommen war, war anders gewesen – interessant, vielleicht spröder, weniger brillant, aber wenigstens kein Schwätzer. Diese Protzer-Highend-Anlage passte nicht zu ihm, meiner Ansicht nach zumindest. Ich verdrückte mich auch bald. Der Leo, der da sechzehn geworden war, nervte mich. Aber ich hoffte weiterhin auf ein Wunder, darauf, dass Leo aufwachen würde. Doch davon erschien der Kerl, der völlig selbstverliebt eine Schallplatte nach der anderen auflegte, Lichtjahre entfernt. Er bekam nicht einmal mit, dass mit mir zusammen noch ein paar andere die Flucht antraten. Die, wie sie mir draußen erklärten, seine Erklärungen langweilten, wie er Griffe vorführte und Schlüsselstellen nachspielte. Leo war so in sich und seine neue Rolle versunken, dass er nichts davon mitbekam. Er war ganz der Musiker. Aber kein echter Musiker. Er war eine Witzfigur: Ich bin Musiker, ich lebe Musik, ich bin Musik. Er war so sehr mit sich beschäftigt, dass er nicht merkte, dass er so geworden war wie die, über die er und ich uns noch vor wenigen Wochen lustig gemacht hatten. Aus Leo war ein Aufschneider geworden. Ein Blender.

»Sekunde noch, dann bin ich auch weg!« Greg eilte aus Leos Zimmer und kam Sekunden später mit einem Karton zurück. »Ich muss dir noch dein Geburtstagsgeschenk geben.«
»Du, das muss nicht . . .«
Doch da drückte Greg ihm bereits das dicke Paket in die

Hand. »War nicht leicht zu bekommen, aber ich denke, du weißt es zu würdigen.«
Leo und Greg waren die letzten der Nachmittagsparty. Martin hatte AG und würde frühestens in einer Stunde zurückkommen.
Neugierig packte Leo das in Packpapier eingewickelte Geschenk aus. Es war ein Buch. Ein in Metall gebundener Bildband. Leo schluckte. Er hatte es vor Jahren einmal im Schaufenster eines CD-Ladens gesehen. In den Händen hatte er es jedoch noch nie gehabt. Zögernd schlug Leo die erste Seite auf.
MADONNA SEX. Die Buchstaben bildeten ein Muster quer über die ganze Seite. *MADONNA SEX*. Leo blätterte mit zitternden Händen weiter. »I'll teach you how to fuck«, daneben Madonna in Lederwäsche mit Maske, eine Hand im Schritt, einen Finger im Mund. Madonna mit mehreren Männern, mit drei Frauen, unter dem Kreuz . . . Leo ließ den schweren Bildband sinken.
»Ich weiß nicht, was ich sagen soll.«
»Sag, dass du dich freust.«
»Ich weiß nicht, ob ich mich freue.«
»Logisch freust du dich! Erst wollte ich dir eine CD kaufen, aber dann dachte ich mir, das Buch ist besser! Du magst ja sie, nicht ihre Musik.« Greg gierte auf eine Reaktion. »Los, sag schon, ist das nicht ein geiles Geschenk!«
»Danke!« Leos Stimme zitterte. Das Buch löste Erinnerungen aus, die er nicht haben wollte. Bilder, die er vergessen wollte.
»Hey, war nicht so teuer, wie du vielleicht denkst, außer-

dem, echte Freunde sind einem was wert. Also, viel Vergnügen. Ich muss rüber. Und nicht zu viel üben, ja!«
Leo nickte, wartete, bis Greg aus dem Zimmer war, packte den Bildband wieder in die Kiste und schob ihn unter sein Bett ganz nach hinten. Doch das reichte ihm nicht. Nach einigem Überlegen quartierte er das Buch um, ganz unten in seinen Kleiderschrank. Er wollte dieses Buch nicht, es machte ihn fertig. Die Bilder lösten andere Bilder in seinem Kopf aus und er spürte Wut und Ekel in sich hochsteigen. Solange das Buch in seinem Schrank lag, konnte er nicht einschlafen. Wenn es jemand finden würde! Und es war auch nicht das, wofür Greg es hielt. Auf diese Madonna stand Leo nicht. Derart aufgesetzter Hardcore-Sex – das war abtörnend, abstoßend! Das mit der Spears damals, das war so überraschend, so unschuldig gewesen, so eben nicht Porno. Das Buch dagegen schrie förmlich SEX, SEX, SEX. Sex ohne jedes Gefühl.

Martin in seinem Bett drei Meter entfernt schlief tief und fest. Leo dagegen starrte an die Decke, war hellwach und überlegte. Er brauchte eine Weile, um herauszubekommen, was für ein Gefühl ihn augenblicklich umtrieb. Als er es dann endlich klassifiziert hatte, war er erstaunt. Seit er ein kleines Kind war, hatte er dieses Gefühl nicht mehr verspürt: Scham. Leo schämte sich. Er schämte sich für das Buch da drüben in seinem Kleiderschrank, er schämte sich, dass Greg ihn so einschätzte, er schämte sich, dass dieses bescheuerte Buch ihn beschäftigte, obwohl er es nicht wollte. Leo spürte, wie sich in ihm etwas aufbaute, größer wurde, aber was?

Er lag in seinem Bett, horchte in sich rein, fragte sich, was ihn so beschäftigte. Er kam nicht darauf, noch nicht. Das zweite unerwartete Gefühl in sich konnte er in dieser Nacht nicht identifizieren.

Am nächsten Tag in der Silentiumszeit stand Greg in Leos Zimmer.

»Martin, würdest du bitte . . .?«, forderte er den auf seinem Bett liegenden und lesenden Achtklässler auf. Der gehorchte umgehend.

»Waren wir nicht verabredet?«, fragte Greg, nachdem Martin verschwunden war. »Ich dachte, wir wollten zusammen weiter an dem Artikel über Liebig arbeiten.« Leo und er hatten Tage zuvor beschlossen, eine Satire über ihren Internatsleiter zu verfassen, aus Gründen der Sicherheit zusammen. Es war schwer einzuschätzen, wie Liebig auf öffentliche Kritik reagieren würde, daher wollten sie die Verantwortung teilen.

»Ach, habe ich vergessen!« Leo lag mit der aktuellen Ausgabe des *Rolling Stone* auf seinem Bett.

»Störe ich?« Greg ließ sich auf Martins noch warmer Matratze nieder.

»Natürlich nicht.«

»Aber du hast was!«

»Nein.«

»Hey, ich kenne dich!«

»Ich habe nichts.«

»Hast du doch!«

»Nein.«

»Ich habe dich verärgert, los, sag, was ist . . .« Greg erhöhte den Druck.
»Da ist nichts . . .« In Leo fand ein Kampf statt. Einerseits wollte er Greg sagen, was war, warum er sich über das Geschenk nicht hatte freuen können. Greg war sein Freund. Ein Freund hatte das Recht zu wissen, warum der andere sauer war. Freunde hatten keine Geheimnisse voreinander. Freunde waren offen. Andererseits wollte er genau darüber nicht mit Greg sprechen. In seinem Kopf war eine Barriere, eine Stimme, die ihm einhämmerte: Das darfst du nicht. Das ist unfair. Er hat es nicht böse gemeint, er wollte dir eine Freude machen, er ist dein Freund. Greg will nur dein Bestes und du bist so fies.
»Gib's zu, du bist sauer.« Greg beugte sich vor. »Irgendwas habe ich falsch gemacht. Los, sag was!«
»Ich sage doch, nichts!« Leos Kopf fühlte sich an, als wollte er gleich explodieren.
»Was ist?«
»Was ist? Ich sage dir, was ist!« Leo konnte nicht länger schweigen. »Mein Vater, dieses perverse Schwein!«, brach es aus ihm heraus. »Vor zwei Jahren habe ich ihn mit einer Nutte im Hotelzimmer erwischt! Und was tut dieser verfickte Saubermann? Er versucht, sich mein Schweigen zu erkaufen, indem er mir anbietet, ich könne auch mal. Verstehst du? Mein Vater wollte eine Nutte bezahlen, damit sie es mit mir treibt.« Leo schluckte. »Diese Sau! Diese Giganto-Riesen-Sau! Betrügt meine Ma und dann das. Seitdem ist er für mich gestorben.«
»Leo, das ist ja echt hart.« Greg war erschüttert. »Das ist unfassbar. Ich verstehe . . . Kann ich dir helfen?«

»Schon okay!«, beeilte sich Leo zu sagen. »Nicht mehr wirklich ein Problem. Ich hatte die Geschichte quasi vergessen, wenn nicht das Buch . . . Verstehst du? Madonna in dem Buch . . . Die Nutte bei meinem Pa war ähnlich drauf. Also Leder und so . . .«

»Ist ja ekelhaft!« Greg schüttelte sich. »Der eigene Vater! Hey, tut mir leid, wenn ich dich gestresst habe. Das wollte ich nicht.«

»Wie gesagt, schon vergessen.« Leo versuchte, möglichst schnell von diesem Thema wegzukommen. »Du kannst ja nichts dafür.«

»Trotzdem, sorry!« Gregs und Leos Augen trafen sich. Greg hatte einen Dackelblick drauf – zum Steinerweichen. »Leo, alles okay? Willst du darüber reden?«

»Nein!«

»Ich bin dein Freund. Wenn ich dir irgendwie helfen kann?«

»Nein.«

»Dann bist du auch nicht mehr sauer auf mich?«

»Nein! Verflixt noch mal!« Leo bedauerte, dieses Thema überhaupt angeschnitten zu haben. »Ich bin nicht sauer auf dich. Du kannst ja nichts dafür.« Leo machte eine Pause und irgendetwas in seinem Kopf ließ ihn plötzlich von einem anderen Thema weiterreden: »Aber, ehrlich gesagt, eine Sache nervt: dass du so darauf herumreitest, dass ich es noch nie getan habe.«

Es störte Leo zwar schon, dass er noch nie Sex gehabt hatte, doch so extrem, wie er es Greg gegenüber nun vorgab, war es nicht. Irgendetwas in seinem Kopf trieb ihn dazu, Greg diese Farce vorzuspielen. Leo schämte sich für die Geschichte mit seinem Vater und wollte davon ablenken. Und er schien Erfolg damit zu haben, denn Greg entschuldigte sich umgehend: »Hey, tut mir leid. Ich wusste nicht, dass ich dich damit gestresst habe. Sorry!« Greg hob die Arme. »Ist doch nicht schlimm, viele haben es mit sechzehn noch nicht gebracht.«

»Das weiß ich.«

»Ich höre mit dem Thema auf, ja?«

»Bitte.«

»Okay, reden wir von etwas anderem.« Greg deutete auf die neue Anlage gegenüber im Regal. »Würdest du noch mal . . . das klang so geil.«

»Klar, aber es geht nicht laut, da kriege ich Stress, es ist . . .«

». . . Silentium, Mittagsruhe, ich weiß.«

Bis zum Ende ihrer freien Zeit ließ sich Greg Gitarrenmusik von Schallplatte vorspielen, fragte immer wieder nach den Stärken und Schwächen der einzelnen Gitarristen und lenkte Leo so von seinem Ärger ab.

»Morgen wieder bei mir?«, fragte er, schon halb aus dem Zimmer raus.

Leo nickte. Doch Greg drehte sich im Flur um und kam zurück. »Danke, dass du mir gesagt hast, was Sache ist. Ehrlichkeit ist wichtig. Du bist ein guter Freund. Danke!«

Als die Wohnungstür zufiel, fühlte sich Leo beschissen. Er fragte sich wieder und wieder, was da eigentlich genau gerade geschehen war. Warum hatte er Greg von der Hotelgeschichte erzählt? Leo hatte sich damals geschworen, nie mit jemandem darüber zu sprechen. Und noch mehr irritierte Leo, warum er anschließend Greg mit dieser Story vom ersten Mal abgelenkt hatte. Warum hatte er Greg angelogen? Warum schämte er sich vor Greg? Nicht er hatte einen Fehler gemacht, sondern sein Vater! Zudem war Greg sein Freund, es gab keinen Grund, sich vor ihm zu schämen, ihn gar zu belügen. Warum hatte Leo es dennoch getan? Irgendetwas fühlte sich plötzlich falsch an.

Das falsche Gefühl blieb, egal, was Leo unternahm. Alles war merkwürdig schräg, verschoben. Als ob jemand die Welt ein paar Grade zur Seite gedreht hätte. Leo spielte weiter Gitarre, hörte seine neuen Platten, allein oder vor anderen, er traf sich mit Greg, doch auf merkwürdige Weise war die Lust weg. Und auch auf schulischer Ebene lief nicht mehr alles so rund.
Die Klausuren, die in den Tagen nach seinem Geburtstag zurückgegeben wurden, waren deutlich schlechter als die vor oder kurz nach Weihnachten. Der Unterricht begann Leo zu nerven, die Themen langweilten ihn und er gab nicht mehr, als seiner Ansicht nach unbedingt notwendig war. Und ob es daran lag, dass sein Gitarrenspiel keine Neuigkeit mehr war, oder daran, wie sehr er sich verändert hatte: Um Leo herum wurde es ruhiger. Zu seiner Verwunderung war er nicht länger ein Star. Die Hausenthaler Normalität hatte ihn eingeholt.
Greg versuchte, ihn zu trösten. »Hey, mach dir keinen Stress, Leo, du bist klug. Das mit der Schule wird nicht echt ein Problem werden«, baute er Leo ein ums andere Mal auf. »Kleiner Frühjahrsdurchhänger, mach dir keinen Kopf. Und was die anderen angeht, die sind wahrscheinlich alle nur ei-

fersüchtig, dass sie nicht so cool sind wie du. Keiner spielt so gut wie du, keiner von denen hat die Chance, Profimusiker zu werden. Du brauchst die nicht. Wenn man es genau nimmt, brauchst du nicht einmal einen Schulabschluss. Liest man doch immer von den Großen, die mussten alle den Dreck der Straße schlucken, um Erfolg zu haben. Sieh sie dir an, die mussten alle durch die Hölle gehen, damit sie später diese Gefühle hörbar machen konnten.«

»Ich weiß!«

»Ja, ist doch so!«

»Ich sagte doch, ich weiß.«

»So ist das im Leben.«

»Ja!!!«

»Darf ich noch was sagen?«, schob Greg nach.

»Was denn?«

»Vielleicht solltest du deine Musik auch noch zu etwas ganz anderem nutzen.«

»Und wozu bitte?«

»Zu was wohl . . . Frauen stehen auf romantisches Geklimper. Mach es endlich und es geht dir besser. Ein Rat unter Freunden.«

»Ich werde es beherzigen.« Das war gelogen. Und es fiel Leo nicht einmal schwer, Greg in dieser Sache einen Bären aufzubinden. Denn er fand, dass der sich in Bezug auf dieses Thema inzwischen in hohem Maße seltsam benahm. Seitdem Leo Greg am Tag nach seinem Geburtstag diesen angeblichen wunden Punkt präsentiert hatte und Greg ihm daraufhin versprochen hatte, ihn mit dieser Angelegenheit nicht mehr zu nerven, sprach Greg das »Problem« immer wieder an. Manchmal direkt, wie eben, meist aber über Umwege. Er ließ zum Beispiel in der Clique Bemerkungen fallen, die für unbeteiligte Zuhörer total unverfänglich waren, wie: »An mein erstes Mal Bacardi-Cola kann ich mich noch genau erinnern.«

Bei Leo lösten derartige Bemerkungen erst Verwunderung, dann eine immer stärker werdende Verärgerung aus. Es war nicht so, dass Greg ihn mit dem traf, was er sagte. Vielmehr war Leo verletzt, dass Greg es überhaupt sagte. Was sollte das? Warum verhielt er sich, als hätten Leo und er ein gemeinsames Geheimnis? Und überhaupt, so was tat ein Freund nicht, ständig in einer offenen Wunde herumzubohren – auch wenn sie ja nur vorgetäuscht war.

Leo war froh, dass er Greg gegenüber gelogen hatte. Denn anders als die Story um seinen Vater – über die Greg nie wieder auch nur ein Wort verloren hatte – war Leos Jungfräulichkeit für ihn keineswegs ein Problem. Zumindest nicht wirklich. Leo wusste genau, dass er etliche Frauen in Hausenthal hätte rumkriegen können. Doch das wollte er nicht. Seit dem Angebot seines Vaters, es doch im Hotel mit der Prostituierten zu machen, hatte Leo ganz bestimmte Vorstellungen, wie sein erstes Mal aussehen sollte. Nicht schnell und käuflich mit einer Nutte oder eilig und heimlich mit irgendeiner Frau hier in Hausenthal. Dazu war Leo sich zu wertvoll.

Sein Ärger über Greg stieg zudem, weil er es nicht verstand, wie sich ein Freund so verhalten konnte. In dieser Zeit tauchten erste Zweifel in ihm auf, ob Greg womöglich doch nicht so ganz der richtige Freund war. Und Leo begann, auf Distanz zu ihm gehen.

Er wechselte aus der Zeitungs-AG in die Veranstaltungs-AG. Mit seinem Zimmergenossen Martin ging Leo wieder joggen, sogar bei mir kam er eine Zeit lang wieder vorbei. Doch ich wollte zu diesem Zeitpunkt lieber mit Ned zusammen sein.
Greg bekam all dies selbstverständlich mit, aber zu Leos Erleichterung sagte er nichts. Greg beschwerte sich nicht einmal. Er kam immer wieder zu Leo ins Zimmer, fragte, ob sie zusammen Platten hören wollten. Einmal hatte er die neue Madonna-DVD dabei, und wenn Leo mit einer Begründung wie »Keine Zeit!«, »Ich muss üben!« oder »Hab was für die Schule zu machen!« ablehnte, dann nickte Greg bloß. »Schade, du meldest dich?« Und er verschwand.

Sieben

»Leo, Leo, ich . . . hast du Zeit?« Ich wusste nicht, mit wem sonst ich drüber sprechen sollte, bei wem ich mich ausheulen konnte, deshalb war ich zu Leo gerannt. »Ned ist weg, er ist geflogen!«, konnte ich noch sagen, dann brach ich in Tränen aus.

»Geflogen?« Leo sprang aus dem Bett auf, kam auf mich zu und wollte mich in den Arm nehmen.

»Lass mich!«, wehrte ich seinen Trost ab und schluchzte: »Es gab einen Überraschungs-TÜV. Und sie haben Dope gefunden. Dieser Idiot! Er war über vier Monate sauber! Warum?«

»Wie, bei ihm gefunden . . .?« Leo dachte sofort an das Gespräch damals im Wald. Daran, dass Greg das Kiffen bei Ned kontrollierte. Hatte Ned sich an Greg vorbei etwas organisiert?

»In seinem Schrank.« Ich stand in Leos Zimmer und wusste nicht mehr weiter. »Ich hab keine Ahnung, wo er es herhat. Aber vorgestern hatte er garantiert noch nichts. Ich finde das so scheiße! Seine Eltern haben ihn schon abgeholt. Ned ist weg! Ich hasse diesen Ort!«

Ich drehte mich um und rannte aus dem Zimmer, ich wollte weg, weg von Hausenthal, von den Menschen hier, ich konnte nicht mehr.

Dass Ned nicht mehr da war, ließ mich innerlich zusammenfallen. Erst hatte ich Leo an Greg verloren und nun war auch noch Ned weg. Nur anders als bei Leo konnte ich mich diesmal nicht damit trösten, dass es Ned wenigstens dabei gut ging. Wenn man aus Hausenthal flog, also selbst für das Auffanglager für gescheiterte Kinder von Eltern mit Geld nicht mehr tragbar war, dann war Ende im Gelände. Dann wurde man nirgends mehr genommen. Wer hier versagte, dem war nicht mehr zu helfen. Herr Liebig hatte es mir gegenüber damals eindeutig formuliert, meine Eltern hatten es betont und auch unter den Schülern war das allen bekannt: Unterhalb von Hausenthal kam nur noch die Gosse.

Und genau dort war Ned gelandet. Und ich kannte ihn, er war empfindsam und sensibel. Auf der Straße würde er draufgehen, für das Leben dort war er nicht hart genug.

Doch wie war das alles möglich? Ich konnte das mit dem Dope einfach nicht glauben. Ned hatte das Kiffen hinter sich. Da war ich mir hundertprozentig sicher! Erst vor zwei Wochen hatten wir darüber gesprochen und er hatte gesagt, wie froh er wäre, dass er wirklich komplett damit aufgehört habe. Sogar wenn bald wieder die Survivaltouren losgehen würden, wollte er auf das Kiffen im Wald verzichten. Er würde gar nicht mehr mitgehen, er hatte es geschafft. Ned war stolz, clean zu sein!

Wieso war er dennoch rückfällig geworden? Er wusste zudem, dass ich das scheiße fand. Ich war ihm wichtig geworden. Ned war definitiv sauber gewesen.

Wieso, wieso, wieso? Ich zermarterte mir das Hirn. Wenn ich etwas aß, rannte ich anschließend aufs Klo, um mich zu übergeben. Mein Magen spielte verrückt, so wie ich langsam überhaupt das Gefühl bekam, verrückt zu werden.

Das Allerschlimmste war, ich konnte Ned nicht fragen,

wieso! Ich hatte mich nicht einmal von ihm verabschieden können.

Ned war weg.

Verschwunden.

Wie vom Geheimdienst abgeholt. Und ich wusste nicht einmal seinen Nachnamen. Hier in Hausenthal war man Ned, Sara, Leo und so weiter. Wie man mit vollem Namen hieß, woher man kam, wer man im Leben draußen war, spielte in diesem Langzeitferienklub für Versager keine Rolle. Und wenn hier jemand seinen Nachnamen angab, etwa wie die bescheuerte Sophia von Thurn und Taxis, da war jedem klar, das war Fake. Ich wusste nur, dass Ned aus Hessen stammte.

Ich ging zu Greg in der Hoffnung, Ned hätte ihm gegenüber vielleicht mal etwas über seine Familie erzählt. Oder Briefe oder so etwas in seinem Zimmer vergessen.

»Sara, komm rein.« Neds Bett war abgezogen, der zweite Schreibtisch leer. Greg kam auf mich zu und umarmte mich. »Ist das nicht schrecklich«, flüsterte er und drückte mich. »Es ist so, als wäre er gestorben, nicht?«

Ich nickte und schluchzte. »Hast du . . . seine Adresse?«

Greg schüttelte den Kopf. »Ich weiß nur, er kommt aus Aschaffenburg, sein Vater hat dort einen Sportladen.«

»Seinen Nachnamen?«, hauchte ich.

Greg schluckte. »Er hat mir gesagt, er heiße Ned Weiß . . . Ich habe versucht, mal die Nummer herauszubekommen. Es gibt keinen Ned Weiß. Es hat etwas gedauert, bis ich das Ganze verstanden habe. Ned hat auch mal gesagt, sein zweiter Vorname wäre Sam. Ned Sam Weiß. Das ist eine

Anspielung auf den *Herrn der Ringe.* Samweis, Frodos bester Freund. Mein bester Freund!«
»Dieser Idiot mit seinem *Herrn der Ringe!«*, schrie ich auf. »Er kann doch nicht einfach so verschwinden!«
»Doch, Sara. Ned ist weg. Der Einzige, der seinen wahren Namen weiß, ist der Liebig. Und der sagt ihn nicht. Ich war schon bei ihm, habe wirklich alles versucht. Aber er sagte lediglich, Ned habe seine Chance gehabt, wenn er sie nicht genutzt habe, sein Pech.«
»Ich konnte mich nicht einmal von ihm verabschieden.«
»Ich habe ihn noch gesehen.« Greg hielt mich auf Armeslänge vor sich. »Und er hat mir gesagt, ich soll dich grüßen. Wenn er darf, dann wird er dir schreiben.«
»Wie, wenn er darf?«, stammelte ich.
»Hast du das nicht gewusst? Ned stand unter so was Ähnlichem wie Bewährung. Anscheinend lief da ein Verfahren wegen Dealerei gegen ihn. Und Hausenthal war Teil der Bewährung. Kann sein, dass er jetzt . . .« Greg stockte.
»Ned ist im Knast?« Ich war fassungslos.
»Wenn, dann Jugendgefängnis«, versuchte Greg, mich zu trösten.
Ich konnte nicht mehr, ich rannte raus, wollte weg, weg, weg.

Doch ich bekam die Kurve, zwang mich zur Ruhe. Ich fing nicht wieder damit an, irgendwelchen Müll in mich hineinzustopfen, ich begann nicht wieder mit dem Frustfuttern. Ich hielt meinen Schwur. Nie wieder wollte ich dick werden.
Vielleicht sollte ich an dieser Stelle einmal etwas über mich

erzählen. Es ist ganz einfach. Ich, Sara Kamphoeven, sechzehn Jahre alt, war einmal fett. Also richtig fett, nicht etwas dicker oder so. Ich hatte früher dreißig Kilo mehr drauf. Wann immer ich Probleme hatte, Streit mit der Freundin, Stress mit der Schule, war ich heimgerannt und meine Mutter hatte mir was Leckeres gekocht. Anfangs war es weniger Frustfuttern, es schmeckte einfach zu gut. Deshalb war ich fett geworden. Als ich klein war, hatte mich das nicht gestört, doch so mit elf, zwölf Jahren wurde es für mich zu einem Problem. Denn nun, als alle anderen in der Schule anfingen, sich zu verabreden, war ich eins dieser Mädchen, mit denen niemand etwas zu tun haben wollte, eben die Dicke. Das frustete mich und ich begann, mich mit Essen zu trösten. Ein Teufelskreis. Essen, Frust, wieder Essen – das bestimmte mein Leben, nur das war wichtig. Kein Wunder, dass ich keinen Kopf mehr für die Schule hatte und immer weiter absackte.

Aber ich war das Fett wieder losgeworden. Mit strenger Diät und Sport und ich hatte mir geschworen, niemals wieder zuzulegen. Das hatte bislang prima geklappt. Nie wieder hatte mir ein Kerl einen Korb gegeben, weil er mich zu dick fand, weil es ihm peinlich war, mit einer fetten Freundin gesehen zu werden. Die Jungs fanden mich heiß und ich war stolz darauf, wenn sie mich, meinen schlanken Körper begehrten.

Seitdem ich in Hausenthal war, hatte ich die Situation komplett im Griff. Der volle Tagesplan, der Sport und die AGs ließen einfach keinen Raum, um heimlich zu futtern. Zudem gab es wahrscheinlich keinen zweiten Ort auf der Welt, an

dem so schlecht gekocht wurde. Hier konnte nur jemand ohne jede Geschmacksnerven zunehmen.
Trotzdem zeigte meine Waage plötzlich zwei Kilo mehr an. Aber was sind schon zwei Kilo, wenn dein Leben zerstört worden ist?

»Ich muss mit dir reden!« Vier Tage später stand Leo in meinem Zimmer. »Komm mit, da ist was, was du wissen solltest.«
Ich war zwar völlig überrascht, nickte aber, zog meine Jacke an und wir gingen los.
Leo schwieg, bis wir die eigentlichen Schulgebäude hinter uns gelassen hatten, er schwieg, als wir durch den blühenden Schulgarten gingen, er schwieg, als er mich in den Wald hineinführte, der langsam wieder grün wurde.
»Ich dachte, du wolltest mit mir reden?«, fragte ich schließlich, während ich ihm durch die Bäume hindurch hinterherstolperte.
»Ja, das muss ich.«
»Kannst du dann vielleicht auch damit anfangen?«
Leo nickte. »Das ist nicht so leicht.«
»Mach schon!«
»Was ich sage, wird dich womöglich schocken, aber es ist wahr.«
»Ich höre!« Ich blieb stehen. »Leo, halt an und red endlich. Sonst gehe ich!«
»Es ist wegen Ned.«
Natürlich ging ich nicht. Und Leo erklärte mir, was ihm Greg damals auf dem Survivalwochenende erzählt hatte. Dass

Greg Neds Kiffen kontrolliert hatte, dass Ned nicht ganz hatte aufhören können, von den Druckablass-Wochenenden im Wald.
»Das weiß ich doch alles!«, regte ich mich auf, nachdem Leo mit seinem Bericht fertig war. Deswegen hatte er mich in den Wald gezerrt? »Das ist Schnee von gestern. Ned brauchte Greg nicht mehr, er hat aufgehört, komplett!«
»Sara, was ich dir jetzt sage, klingt vielleicht verrückt.« Leo kam auf mich zu und versuchte, mich an der Schulter anzufassen. »Aber das Dope, das bei Ned gefunden wurde, war von Greg. Hundertpro. Greg hat Ned reingelegt.«
»Aber warum sollte er das tun?«, schrie ich Leo an und stieß seine Hand weg. »Warum sollte Greg Ned jetzt plötzlich so reinlegen? Er war sein Zimmergenosse, sein Freund.«
»Weil es nicht um Ned geht.« Leo zögerte. »Gut, Greg war auch sauer auf Ned. Er sagte neulich mal, dass Ned ihn langweile. Er könne ihn nicht mehr überraschen. Alles Mögliche. Außerdem störte er sich daran, dass Ned so viel mit dir zusammen war. Aber ich denke, der Hauptgrund, warum Greg Ned hat über die Klinge springen lassen, ist, weil er mir drohen will.«
»Wie bitte?« Ich war kurz davor zu explodieren. »Natürlich, es geht um dich, wie es ja immer nur um dich geht«, regte ich mich auf. »Logisch, Greg schickt Ned in den Knast, um dir eins auszuwischen. Du hast sie nicht mehr alle!«
»Wieso Knast?«, fragte Leo verdattert.
Ich klärte ihn darüber auf, was mir Greg erzählt hatte.
»Das stimmt alles nicht, garantiert«, empörte sich Leo. Er

strich sich die Haare so energisch aus dem Gesicht, als wollte er sie sich ausreißen. »Das hat Greg nur gesagt, weil er dich fertigmachen will. Er war sauer darüber, dass Ned nur noch an dir Interesse hatte. Und jemand wie Greg mag so was nicht. Der will, dass seine Freunde ihm treu sind. Er duldet nicht, dass man sich von ihm abwendet.«

»Du spinnst!«

»Das tue ich nicht.« Leo atmete hektisch und ich hatte für einen Augenblick Angst, er würde vor mir hier mitten im Wald umfallen. »Wenn ich dir verrate, was Greg vorhin zu mir gesagt hat, wirst du mir glauben.«

»Und was hat Greg so Schlimmes gesagt?«, entgegnete ich entnervt.

»Wir sprachen über Ned und er meinte: ›Tja, so kann es kommen, wenn man seinen Freund im Stich lässt.‹« Leo stockte.

»Und was ist an diesem Satz so schlimm?«

»Im Zusammenhang mit dem, was er noch hinzufügte . . .« Leo verstummte, ich wusste aber genau, dass er mir alles erzählen würde. Warum sonst war er zu mir gekommen?

»Also, ja . . .«, druckste Leo, dann sah er mich trotzig an. »Greg war sauer auf Ned, weil er ihn gebeten hatte, die Finger von dir zu lassen, und der Idiot Ned hat das nicht getan.«

»Warum sollte Greg das machen?« Ich war wirklich platt. Da schoss mir ein krasser Gedanke durch den Kopf: »Will Greg was von mir? Ist der Kerl etwa eifersüchtig?«

»Nein.« Leo blickte zu Boden. »Also, er wollte schon . . .« Seine Stimme wurde leiser. »Greg hat gesagt, das mit

Ned wäre für mich. Weil . . . er hat mich mal gefragt, ob er es bei dir versuchen dürfe oder ob ich was dagegen habe.«

»Ich fasse es nicht!«, schrie ich Leo an. »Habt ihr sie noch alle? Machen Kerle das? Sich absprechen, wer randarf? Womöglich auch, wer draufdarf, oder was? Hey, ich, ich . . .« Ich war kurz vor dem Ausrasten.

»Sara, so war das nicht gemeint!« Leo war über meinen Ausbruch überrascht und wollte mich beruhigen. »Das war anders. Greg sagte nur, dass er dich nett fände . . .«

»Nett?«

»Er sagte, dass du attraktiv bist. Ich hab nur gemeint, das wüsste ich schon länger. Logischerweise wollte er dann wissen, ob zwischen uns was laufe. Und da antwortete ich Nein. Aber als er fragte, ob er dann sein Glück bei dir versuchen dürfe, hab ich ihn gebeten, das zu lassen.«

»Du hast es ihm verboten?«

»Ja!« Leo sah niedlich aus, wie ein trotziger Vierjähriger, der genau weiß, dass er etwas Falsches macht, es aber genauso will. »Greg wäre nicht gut für dich.«

»Wann war das Gespräch?«

»Ist schon länger her.«

»Ich fasse es nicht!« Ich versuchte, mich abzuregen. »Ist ja schön zu hören, wer da alles Interesse an einem hat. Aber wer bei mir Chancen hat, entscheide ich selbst. Klar?«

»Klar.« Leo sah mich müde an. »Aber wie gesagt, es geht im Grunde auch gar nicht um dich. Und auch nicht um Ned. Es geht um mich. Wichtig war der Satz mit dem im Stich gelassenen Freund. Ich bin Greg in den letzten Wochen aus dem Weg gegangen und jetzt hat er mir gezeigt, was passiert, wenn man sich von ihm löst. Du bist für Ned wichtig geworden, wichtiger als Greg, und er hat sich von ihm abgewendet. Das nimmt jemand wie Greg nicht einfach so hin.«

»Und deswegen schickt er Leute in den Knast?« Ich schüttelte den Kopf. »Schwachsinn!«

»Sara, bitte glaube mir.« Leo sah mich durchdringend an. »Soll ich dir von Sven erzählen? Was meinst du, wer dahintersteckte, dass die damals den Bacardi bei ihm gefunden haben? – Greg. Dass Luca mich damals beim Crosslauf ausgebremst hat? – Greg!«

»Woher weißt du das?«, unterbrach ich ihn geschockt.

»Das mit Sven hat Greg mir selbst verraten. Wie sich die Geschichte im Wald zugetragen hat, weiß ich seit letzter Woche von Luca. War nicht schwer. Etwas gedroht und er hat ausgepackt. Ich war seit Neds Abgang recht aktiv. Und wenn man nur etwas an der Oberfläche kratzt und die Augen aufmacht, dann kapiert man recht schnell: Greg hat hier in Hausenthal die Fäden in der Hand. Warum, denkst du, ist Marion vom Schülerparlament zurückgetreten? Warum hat Marvin seine Koffer gepackt und ist weg? Glaubst du ernsthaft, dass er schwul ist und hier gemobbt wurde? Sara, Marvin war bei uns in der Klasse. Hat sich da irgendjemand an seinem Schwulsein gestört?«

Ich schüttelte den Kopf.

»Ich könnte dir noch stundenlang weitere Beispiele aufzählen. Hast du gewusst, dass Greg Geld verleiht? Eine Menge Leute in Hausenthal haben bei ihm Schulden! Man kann über ihn von Franka Einkäufe erledigen lassen. Greg hat in Bad Hersfeld in einer Packstation ein Postfach. Sara, Greg manipuliert die gesamte Schule. So sieht es aus.«

»Kannst du das irgendwie beweisen?«, gab ich zurück.

»Nein. Aber das muss ich auch nicht. Denn ich weiß genau, was da abläuft. Weil er mich auch so manipuliert hat. Du und ich, wir sind Teil seines Spiels.«

»Wie – manipuliert?«, fragte ich irritiert. »Ich dachte, du und Greg, ihr seid total eng.«

»Waren wir auch. Bis ich kapiert habe, was für ein Schwein der Kerl ist. Der tickt nicht richtig. Greg spielt mit Menschen. Der will alle kontrollieren. Und das macht mir Angst.«

»Du spinnst!«, entgegnete ich. »Warum sollte er?«

»Warum, weiß ich nicht. Noch nicht.« Leo zuckte mit den Schultern. »Aber Fakt ist, du musst aufpassen, du und ich, wir müssen ganz, ganz vorsichtig sein. Wenn Greg was merkt, sind wir auch dran. Dann passiert uns was Ähnliches wie Ned.«

»Pah, ich kiffe nicht! Das damals im Wald war die Ausnahme.«

»Es reicht, wenn sie was bei dir finden.«

»Wieso sollten sie?«

»Weil es dir jemand untergejubelt hat.«

Ich schwieg.

»Dass Ned gehen musste, war eine Warnung für mich. Greg ist sauer auf mich, weil ich nicht mehr nur der Musiker sein will, den er aus mir gemacht hat.«

Ich schwieg weiter, wusste jedoch, dass er zumindest mit dieser Aussage recht hatte.

»Ich habe mich wegen Greg verändert und, ehrlich gesagt, ich gefalle mir nicht mehr.«
»Hättest du mich gefragt, hätte ich dir das schon früher sagen können.«
»Das denke ich mir.«
»Und nun?«
»Ich möchte wieder zurück zu mir, aber nun weiß ich, Greg wird das nicht zulassen.«
Ich dachte an meine erste richtige Begegnung mit Greg zurück, an den Abend mit dem Käsefondue. Damals hatte Greg wie ein Zeremonienmeister die Runde gesteuert. Oder an den Geburtstag, die Faschingsparty. Mit Greg als König inmitten seiner Untergebenen. Andere Situationen fielen mir ein, in denen er Sven, John, Franka oder Jennifer herumkommandiert hatte. Ich dachte an den armen Ned. Ich sah Leo neben mir, erinnerte mich daran, wie er früher war, und jetzt mit seiner Matte, dem lächerlichen Flaumbärtchen, den Klamotten, die lebende Karikatur eines Gitarristen, und sagte: »Das muss aufhören.«
»Genau der Meinung bin ich auch. Aber wie?«
»Das ist die Frage.«

Doch zuerst wollten Leo und ich versuchen, Neds Rausschmiss rückgängig zu machen. Leo wollte mit Herrn Liebig sprechen. Seit seinem Konzert hatte er einen guten Draht zum Schulleiter. Und dann, wenn wir Ned geholfen hätten, würden wir uns Greg vornehmen. Wir waren uns einig: Wir würden diesen Typen fertigmachen.
»Sorry, Leo, ist ja sehr honorig, dass du dich für Ned so ein-

setzt. Aber das ist unmöglich. Wenn ich bei Ned eine Ausnahme mache, fordern das die anderen auch ein. Bei Rauschgift ist Ende, das erwarten die Eltern von mir.«

Leo saß Herrn Liebig gegenüber auf dem Besucherstuhl an dessen großem, leerem Schreibtisch.

»Aber Ned war doch auf einem so guten Weg.«

»Das sehe ich auch so, umso mehr bedauere ich seinen Weggang. Tut mir leid. Ach, und noch eins, was anderes . . . Ist ja schön, dass du dich um Ned kümmern willst. Aber, Leo, ich fange an, mir Sorgen über dich zu machen. Deine Noten sacken ab, die Lehrer sind mit deinem Engagement im Unterricht und bei den AGs nicht zufrieden. Was ist los mit dir?«

»Kleiner Frühjahrsdurchhänger.«

»Das will ich hoffen.«

»Und was machen wir nun?«, fragte ich Leo, als wir uns anschließend in seinem Zimmer trafen.

»Ich weiß, was am Ende stehen soll, aber ich habe nicht einmal den Hauch eines Planes, wie wir das schaffen wollen.«

»Greg wird dafür bezahlen, was er Ned angetan hat«, ereiferte ich mich. »Ich will, dass er flennt wie ein kleiner Junge. Wie in der Bibel. Auge um Auge, Zahn um Zahn.«

»Willst du ihm etwas unterjubeln?«

»Warum nicht?«, entgegnete ich locker, während ich auf Martins Schreibtischstuhl saß und mich langsam um mich selbst drehte. »Etwas Dope im Schrank und ab nach Hause!«

»Vergiss es.« Leo schüttelte den Kopf. »Erstens habe ich keine Möglichkeit, an Drogen zu kommen, du etwa?«

Jetzt war ich es, die den Kopf schüttelte.
»Und zweitens glaube ich nicht, dass sich Greg so leicht reinlegen lässt.« Leo stand am Fenster und sah hinunter auf das Schulgelände. »Der ist klug und hat einen verdammt guten Draht zum Liebig. Zwischen denen läuft auch irgendetwas, garantiert.«
»Wie meinst du das?«
»Keine Ahnung, aber ich weiß, dass es so einfach wie bei Ned nicht gehen wird. Greg ist darüber im Bilde, dass er Feinde hat, eine Menge Leute hier sind vermutlich sauer auf ihn. Aber an ihn ist kein Rankommen.« Leos Stimme wurde sarkastisch. »Greg ist *der* Vorzeigehausenthaler! Ein tadelloser Ruf, keine Drogen, keine Probleme, alles supertoll! Ihm was anhängen zu wollen, grenzt an Hochverrat!«
»Dennoch werden wir es durchziehen«, beharrte ich trotzig. »Das bin ich Ned schuldig. Und du auch!«
»Wieso ich?«
»Du hast selbst gesagt, dass Greg mich für dich vorgesehen hatte. Du hast damals gesagt, du hättest Interesse . . .«
»Aber deswegen bin ich doch nicht schuld, wenn Greg . . .«
»Doch!«, schrie ich ihn an. Lauter und heftiger, als ich es gewollt hatte.
»Wenn ich damals Nein gesagt hätte«, verteidigte sich Leo weiter, »dann hätte Greg Ned abgeschossen, weil er dich für sich haben wollte . . .« Leo stockte. »Das ist so krank«, flüsterte er, wandte sich vom Fenster ab, ging zu seinem Bett und sackte kraftlos darauf zusammen. »Das ist alles so krank . . .«
Ich murmelte: »Aber er wird dafür bezahlen. Und wir müs-

sen auch verhindern, dass Greg das Spiel fortsetzt. Mit dir, mit mir, egal mit wem.«

»Bloß wie?«

»Tja, nicht verzagen, Sara fragen.«

»Gut, ich frage!« Leo sah mich müde an.

»Ganz klar, du musst dich in seiner Nähe halten. Werde sein neuer Ned. Du musst seine Illusion, du wärst sein bester Freund, aufrechterhalten, noch verstärken. Gib ihm, was er verlangt. Irgendwann wird er einen Fehler machen und dann . . .«

»Was dann?«

»Weiß ich nicht, aber irgendetwas wird passieren.«

»Ich weiß nicht, ob ich das kann.«

»Hast du eine bessere Idee? Vergiss nicht, du sagst selbst, er hat dir gedroht. Mach es für Ned. Mach es für mich!«

Leo nickte.

Acht

Mit diesem Nicken begann, so formulierte Leo es später, die widerwärtigste Zeit seines Lebens. Aber so krank das auch klingt, gerade seine immer größer werdende Abscheu vor Greg half ihm, diese Zeit durchzustehen. Leo passte sich Greg von Tag zu Tag mehr an, wurde wieder ganz so, wie Greg es wollte. Der Kumpel und Musiker, der Mitläufer und Jasager, der bewundernde Freund und Untergebene.

Greg und er waren wieder *Buddys,* wie Greg es ausdrückte. Und er genoss es offensichtlich, Leo wieder um sich zu haben. Man sah die beiden nur noch zusammen. Egal wo Greg in Hausenthal auftauchte, ob als Präsident im Schülerparlament, bei den diversen Abendveranstaltungen oder im Freigang, fast immer hatte er Leo im Schlepptau. Absurderweise hatte Leo auch noch meist seinen Gitarrenkoffer unterm Arm, immerhin war er ja Musiker. Greg und er waren ein schräges Duo, über das viel gekichert wurde. Doch nie in Gregs Gegenwart, das traute sich niemand.

Wenn man es einmal durchschaut hatte, war es unglaublich, wie offen Greg in Hausenthal den Paten gab. Ein Pate ohne kriminelle Ansätze zwar, aber eindeutig jemand, der Macht hatte und noch mehr Macht wollte. Ein Menschenfänger und offensichtlich war Greg davon überzeugt, Leo wieder unter Kontrolle zu haben. Ich fragte mich damals oft, womit Greg glaubte, Leo kontrollieren zu können. Bei Ned, so wusste ich inzwischen, war es das Kiffen gewesen. Aber was war Leos Geheimnis? Leo musste eine Leiche im Keller haben, von der Greg wusste. Ein Geheimnis, das Leo mit mir nicht geteilt hatte. Als ich Leo danach fragte, gab er mir keine Antwort. Na ja, ich verschwieg ihm ja auch, wieso ich in Hausenthal gelandet war.

Heute, mehr als ein halbes Jahr später, verstehe ich natürlich, welches bösartige Spiel da zwischen Greg und Leo lief. Und ich bereue zutiefst, dass ich Leo auch noch dazu gedrängt hatte. Denn inzwischen sehe ich die Zusammenhänge und weiß, wie es zu diesem bitteren Ende kam. Ich kenne jetzt Gregs Absichten, weiß, warum Ned wirklich hatte gehen müssen, und vor allem, warum Leo die nachfolgenden Monate verbissen durchhielt.
Zum Glück kann ich dank dem, was heute zwischen Leo und mir ist, von Situationen berichten, bei denen ich nicht selbst dabei war. Damit man versteht, was Leo fühlte und dachte, kurz, wie es ihm in dieser Zeit erging.

Leo wusste inzwischen, was das zweite Gefühl war, das er seit seiner Geburtstagsfeier immer wieder verspürte. Neben Scham war es Zorn. Zorn auf Greg und dessen Verlogenheit, Zorn auf Hausenthal und diese perverse Welt, wo Eltern ihre Kinder entsorgten, Zorn auf sich selbst, dass er sich von Greg so hatte verführen lassen. Momentan konnte er das ungewohnte Gefühl noch kontrollieren, aber er wusste, dass es irgendwann herausplatzen würde.
Und noch ein weiteres Element dieses Gefühls brach sich mit aller Macht Bahn: der lang aufgestaute, fast zwei Jahre unterdrückte Zorn auf seinen Vater. Aber dieser Zorn, mehr

noch die daraus resultierende Wut, hatten für Leo etwas Befreiendes.
Er genoss diesen Zorn richtiggehend, er gab ihm Kraft, die er dringend benötigte. Denn nach seiner Rückkehr an Gregs Seite hatte sich dieser verändert. Leo erlebte zwei völlig verschiedene Gregs: In Gegenwart anderer war Greg großartig, charmant, zuvorkommend, präsentierte Leo als seinen Freund, verwies andere an ihn, baute ihn in Gespräche ein, brachte Leo in Gesellschaft zum Glänzen. Und immer wieder bat er ihn, Gitarre zu spielen. Aber dosiert, ein Stück höchstens, und dann wechselte Greg schnell das Thema, damit Leo nicht zu sehr im Mittelpunkt stand. Er führte und beschützte ihn, passte auf ihn auf.
Ganz anders dagegen war Greg, wenn Leo und er alleine waren. Dann fehlte die Herzlichkeit, die Brüderlichkeit und Greg behandelte Leo wie seinen Untergebenen, von Tag zu Tag mehr wie ein Spielzeug.
»Meine Fresse, was kotzt mich das alles hier an.« Greg lag in seinem Zimmer auf seinem Bett, Leo hockte auf Neds verwaistem Bett und harrte der Dinge, die kommen würden. Wenn er dort Platz nahm, fragte er sich oft insgeheim, ob es Ned am Ende auch so ergangen war.
Gerade erst hatte Ritchie das Zimmer verlassen. Er war wieder einmal wegen Geld hier gewesen. »Bitte, Greg, nur noch zwei Wochen, dann hab ich die Kohle«, hatte Ritchie gebettelt. »Leih mir heute nur noch die zwanzig und ich gebe dir hundertfünfzig zurück.«
»Und woher willst du die nehmen?« Greg hatte den Jungen, der vor ihm stand, eiskalt gemustert. »Du hast selbst gesagt,

deine Eltern haben den Hahn abgedreht. Sie zahlen dir nicht einmal mehr Taschengeld!«

»Aber ich hab nach wie vor das Geld vom Shop. Geraucht wird immer! Und ich habe da noch einen Deal am Laufen.«

»Was für einen Deal?«

»Das kann ich nicht sagen!«

»Brauchst du das Geld oder nicht?«

Leo konnte von seinem Platz aus richtig sehen, wie es in Ritchies Kopf arbeitete. Es war klar, es war nur eine Frage der Zeit, bis er auspacken würde.

»Geben und Nehmen!«, erhöhte Greg noch einmal kurz den Druck. »Meine Freunde können alles von mir haben, das weißt du. Doch ich verlange Ehrlichkeit. Ich ertrage es nicht, wenn mich jemand hintergeht.«

»Okay.« Ritchie knickte ein. »Christian hat von Rebecca heimlich Fotos gemacht. Im Waschraum. Eine echt abgefahrene Serie. Und die hat er an eine dieser Pay-Seiten im Netz verkauft. Nächste Woche kommt das Geld, garantiert. Und davon kriege ich die Hälfte, denn ich habe ihm das mit der Seite gesteckt. Der Idiot wollte das einfach so rummailen.«

»Okay. Das klingt überzeugend. Reichen dir zwanzig?«

Greg war aufgestanden, ging zu seinem Schreibtisch und schloss die Schublade auf. Aus einem dunkelblauen Portemonnaie zog er einen Fünfziger. »Ich habe gerade nichts klein. Leo, kannst du wechseln?«

Der schüttelte den Kopf.

»Am Wochenende ist Disco . . .«, überlegte Ritchie.

»Kein Problem. Nimm die fünfzig.«

Ritchie schnappte das Geld und war verschwunden.

Leo wartete, während Greg den Betrag in seinem kleinen elektronischen Notizbuch vermerkte. »Ritchie ist so blöd«, erklärte er nebenbei. »Jeder Depp weiß, dass diese Sexseiten nie zahlen. Kassieren, ja, aber die löhnen nie! Firmensitz Karibik oder so, keine Chance. Und wenn die solche Bilder haben, dann haben sie sie. Dann sind sie futsch. Idiot!« Er kam zurück aufs Bett, den aufgeklappten Palm noch immer in der Hand. »Mal sehen, wie Christian reagiert, wenn ich ihn darauf anspreche.«

»Und Rebecca? Sollte man der nicht . . .«

»Hey, auch nicht dumm gedacht!« Greg sah Leo überrascht an. »Du lernst dazu! Logisch, wenn ich der das stecke mit den Bildern, dann schuldet sie mir was.«

»Ich meinte eher, dass wir das doch noch stoppen könnten. Was meinst du, wie dankbar sie dir dann wäre?« Leo mochte Rebecca zwar nicht, aber nackt im Internet, das hatte sie nicht verdient.

»Bringt nicht viel mehr.« Greg schüttelte den Kopf. »So ist das lohnender. Dann haben wir Ritchie, Christian und Rebecca, weil sie dankbar ist. Und wie dankbar sie erst sein wird, wenn ich ihr eventuell noch verrate, wer dafür verantwortlich ist . . .«

»Und das Geld?«

»Abgeschrieben. Da kommt er nicht mehr raus. Aber okay, es ist immer gut, falls es einem mal nicht so gut geht, Leute zu haben, die einem was schulden.«

»Mein Vater hat immer gesagt: Sei vorsichtig mit Leuten, die du beim Aufstieg überholst. Beim Abstieg siehst du sie wieder.«

»Dein Vater ist zwar ein Arsch, aber ein schlauer Mann.«
Dazu sagte Leo nichts.
»Weißt du, was mich hier am meisten nervt?«, setzte Greg zu einer seiner Ansprachen an.
Leo verneinte.
»Diese allgemeine Dummheit. Die sind alle so bescheuert hier, mit denen kannst du machen, was du willst. Da geben sie den dicken Macker, aber wenn du weißt, welchen Knopf du drücken musst, dann fressen sie dir aus der Hand. Die sind so austauschbar, so unwichtig. Wenn eines Tages ein Meteorit auf Hausenthal stürzt, dann wäre es nicht um einen Einzigen hier schade. Von dir und mir natürlich abgesehen. Aber sonst? Das hier ist menschlicher Müll. Sind außer uns alle Jugendlichen heute so bescheuert?«
Leo zuckte mit den Schultern. Er wusste inzwischen, dass Greg in diesen Momenten keine Antwort erwartete, sondern einfach nur jemanden haben wollte, dem er das alles erzählen konnte. Also gab Leo ihm, was er brauchte. Er war Gregs ergebener Jünger, der inzwischen gelernt hatte, sich nicht gegen seinen Herrn und Meister aufzulehnen. Denn ansonsten konnte es einem ja ergehen wie Ned.
»Ich will jetzt mal gar keine Namen nennen, die einzelnen Schwachköpfe sind alle gleich bescheuert und austauschbar. Oder nicht, Leo? Los, sag mir einen einzigen hellen Kopf in Hausenthal. Siehst du irgendwen, der mir das Wasser reichen kann? Los, sag, Leo, du bist mein Freund, du kennst mich am besten, gibt es hier noch jemanden wie mich? Ist jemand so klug wie ich?«
Leo schüttelte den Kopf. Er hätte schon eine Antwort gehabt:

Dass Greg hier nur so glänzen konnte, weil es eben Hausenthal war. Für Leo war auch klar, dass dies der Hauptgrund war, warum Greg hier war. Woanders hätte er sich nicht so aufspielen können. Greg war in Hausenthal, weil er vor ebenbürtigen Jugendlichen Angst hatte. Unter den Blinden war der Einäugige König, so sagte man doch. Aber Leo schwieg. Seine Stunde würde noch kommen, später, irgendwann.

»Selbst der Liebig ist mir nicht gewachsen«, berauschte sich Greg weiter. »Sogar der Arsch hat kapiert, das hier ist *meine* Schule. Er und alle anderen haben noch Glück.«

Leo wusste genau, was er in solchen Momenten fragen musste: »Wieso Glück?«

»Weil ich nichts Böses plane. Das ist das Glück der vielen Arschlöcher hier. Ich bin jemand, der es gut mit seinen Mitmenschen meint. Ich versuche, den Leuten zu helfen, ich führe sie zu ihrem angestammten Platz im Leben. Da fällt mir ein, wir müssen unbedingt dafür sorgen, dass du endlich eine Frau bekommst. Ist doch kein Zustand! Du bist sechzehn!«

Leo senkte den Kopf. Aber nicht aus Verlegenheit, sondern aus Angst, seine Wut könnte sich auf sein Gesicht mogeln und ihn so verraten.

»Aber keine Angst, Leo, ich kümmere mich darum. Ich habe da schon wen für dich im Auge.« Greg rollte sich auf den Rücken. »Wo war ich . . . Ach ja. Stell dir doch mal vor, ich würde meine Fähigkeiten nutzen, um all diese Wichser hier fertigzumachen. Einfach so. Weil sie es verdient haben, weil sie mies sind, Abschaum.«

Eine Pause entstand. Schließlich wandte sich Greg wieder Leo zu.
»Aber das mache ich nicht. Ich bin ja ein Guter.«
»Zum Glück«, murmelte Leo.
»Du sagst es.«

Später in seinem eigenen Bett musste Leo über Gregs Ausbruch nachdenken. Sollten diese Worte bedeuten, dass er etwas vorhatte? Wenn ja, was? Greg war beileibe kein Guter, aber hatte er wirklich etwas Böses im Sinn?
Je länger Leo darüber grübelte, desto weniger konnte er sich das vorstellen. Greg war zwar krank, aber er war kein Terrorist oder Amokläufer, der eine ganze Schule umbringen wollte. Es ging ihm einfach nur um Macht. Er sammelte Menschen, um sich zu beweisen, dass er sie haben konnte. Greg hatte sich in Hausenthal seine eigene Welt erschaffen. Leo war ein Teil dieser Welt geworden und er hatte keine Ahnung, wie er da herauskommen sollte. Er steckte schon tief drin, und wenn er ehrlich mit sich war, dann war er auch längst nicht mehr nur unbeteiligter Zuschauer.
Situationen wie heute mit Ritchie erlebte Leo inzwischen fast täglich. Früher hatte Greg noch versucht, derartige Szenen vor ihm zu verbergen, doch mittlerweile hatte er sich Leo gegenüber sozusagen geoutet. Es war wirklich wie beim *Paten.* Greg hatte Leo den Roman empfohlen. Der hatte das Buch jedoch nicht zu Ende lesen können. Es hatte ihm Angst gemacht, doch er hatte dadurch eine Menge verstanden. Zum Beispiel, warum er für Greg so wichtig war.
Der Mafiaboss Don Corleone hatte im Buch einen Freund

namens Tom Hagen, seinen *Consigliore.* Das bedeutete Berater, doch Hagen war auch ein bester Freund, jemand, der den Don bei Konferenzen mit Kaffee, Sandwiches und Zigarren versorgte. Aber auch sein Aushilfshirn, jemand, der nahezu alles wusste, was dem Don bekannt war. Im Buch war er der einzige Mensch, der den Don zu Fall bringen konnte. Aber er tat es nicht, denn er wusste, dass er durch Loyalität Macht und Achtung erlangen, eventuell sogar der Nachfolger des Don werden konnte. Doch wehe, der *Consigliore* würde Verrat begehen – dann würde die Rache des Mafiabosses fürchterlich sein. An Hagen selbst, seiner Familie, seinen Freunden.

Was Tom Hagen für den Paten war, war Leo für Greg. Und mehr noch, obwohl sich Greg nie wieder so drohend wie nach Neds Abgang geäußert hatte. Greg glaubte, Leo im wahrsten Sinne des Wortes an den Eiern zu haben. Und Leo tat auch nichts, dieser Überzeugung entgegenzuarbeiten. Denn solange Greg glaubte, mit der Jungfräulichkeit Leos wunden Punkt zu kennen, fühlte sich dieser nicht wirklich gefährdet. Von Tag zu Tag gewährte Greg Leo mehr Einblick in das System seiner Herrschaft. Und es war erschütternd, wie sehr Greg die Schule kontrollierte und manipulierte.

Franka beispielsweise. In ihrer Gegenwart gab Greg den Verliebten, Franka hier, Franka dort. Er unterstützte sie in ihrem Sport, sagte, wie stolz er auf sie wäre, dass sie, wenn sie weiterhin so hart trainieren würde, es sicher bis zu den Olympischen Spielen schaffen würde. Und in der Zeit, wenn sie für das Training durch die Gegend joggte oder bis nach Bad Hersfeld skatete, hatte er das eine oder andere Mädchen aus

der Siebten bei sich auf dem Zimmer. Während Franka sich quälte und nebenbei Dinge für Greg einkaufte oder aus der Packstation abholte, war der am Poppen. Leo wusste inzwischen auch, wieso Greg die Tür zu seinem Zimmer ohne Probleme geschlossen halten durfte. Der Grund war ein Brief, in dem ein Mädchen behauptete, dass sie von Herrn Ebert – dem verantwortlichen Hauslehrer in Gregs Wohnung – sexuell belästigt worden sei. Das war zwar gelogen und das Mädchen hätte das auch von sich aus niemals geschrieben, doch sie hatte Greg einen Gefallen geschuldet. Das Mädchen hatte sich heimlich über ihn etwas gegen Kopfläuse bestellt. Wenn in Hausenthal von jemandem bekannt wurde, dass er Läuse hatte, war der Betroffene gesellschaftlich so gut wie tot. Also hatte das Mädchen getan, was Greg verlangte. Der war dann an Herrn Ebert herangetreten, hatte ihm das Schreiben gegeben und behauptet: »Vivian ist damit zu mir gekommen. Sie wollte den Brief über das Schülerparlament an den Direktor weiterleiten. Ich habe sie davon abbringen können, denn ich kenne Vivian. Die ist der Typ, der sich so etwas ausdenkt. Und ich habe von einer Freundin erfahren, dass sie in Wahrheit in Sie verliebt ist.«
Herr Ebert war Greg natürlich sehr dankbar. Ein derartiger Vorwurf, egal ob zutreffend oder nicht, machte einen Lehrer in Hausenthal sofort unmöglich. Zwei Kollegen hatten in den letzten Jahren wegen genau solcher Vorwürfe gehen müssen. Ob etwas dran gewesen war, wurde nie bekannt. Der Verdacht allein hatte ausgereicht.
Jedenfalls, dank der Geschichte mit dem Brief hatte Greg in seiner Wohnung alle Freiheiten.

Leo war manchmal fast beeindruckt, mit welcher Eleganz Greg die Leute manipulierte. Denn es war nie so, dass er sie direkt mit seinem Wissen konfrontierte. Das ging immer über Umwege. Wie mit dem Brief: Greg erpresste nicht, er half. Greg tat den Leuten einen Gefallen und mit dem, was sie ihm im Gegenzug gaben, spielte er woanders weiter.

Paula zum Beispiel hatte wirklich ein Kind, eine zwölf Monate alte Tochter. Paula hatte sie direkt nach der Geburt an ihre eigene Mutter gegeben, hatte selbst einen Kokainentzug durchgezogen und war auf Anraten ihrer Mutter nach Hausenthal gegangen, um den Schulabschluss zu machen. Doch dann plötzlich hatte ihre Mutter sich gegen sie gewendet. Hatte das Sorgerecht für das Baby erstritten, da Paula angeblich depressiv und nicht zurechnungsfähig und darum mit der Erziehung des Kindes überfordert sei. Seitdem lag Paula im juristischen Clinch mit ihrer Mutter. Sie wollte ihr Baby zurück. Dazu brauchte sie Geld.

Greg brachte sie mit Micha zusammen. Der war überglücklich, dass Paula unter ihrem Namen eine Briefkastenfirma gründete und er so endlich wieder seine merkwürdigen Finanzanlagedinge unters Volk bringen konnte. Der Gewinn, den er damit erzielte, interessierte Micha nicht, ihm ging es nur darum, dass er so das richterliche Verbot des Internethandels umgehen und endlich wieder zocken konnte. Und Paula konnte sich eine ganze Truppe von hochkarätigen Anwälten leisten, die gegen ihre Mutter klagten. Was sonst noch an Gewinn anfiel, gab Paula an Greg weiter. Wobei der Leo gegenüber betonte, dass er dieses Geld keineswegs nötig hätte, denn er würde ja von seinen Eltern aus München

schon genügend Kohle kriegen. Das wäre halt einer der Vorteile so erfolgreicher Eltern.
Greg beherrschte dieses Spiel großartig, musste Leo bei aller Wut und Verachtung eingestehen.

»So geht das nicht weiter!« Leo joggte neben mir den Waldweg entlang.
»Warum nicht?«, gab ich zurück. Joggen war unsere Form der konspirativen Begegnung geworden. Zweimal die Woche, jeweils dienstags und samstags, liefen wir getrennt los, trafen uns im Wald und kehrten getrennt zurück.
»Das ist doch sinnlos, was wir hier machen.« Leo war so geladen, wie ich ihn schon lange nicht mehr erlebt hatte. »Das ist wie aus einem billigen Krimi! Wer bitte ist Greg, dass wir so ein Theater machen? Seit ein paar Wochen spiele ich jemandem Freundschaft vor, den ich in Wirklichkeit hasse. Warum das Ganze? Er ist schließlich kein Mafiaboss, er tut nichts wirklich Kriminelles!«
»Er ist aber trotzdem gefährlich.«
»Und wennschon. Der Kerl ist einfach nur verrückt. Soll ich dir was verraten? Greg führt Buch über Hausenthal.«
»Wie – Buch?«, fragte ich verständnislos. Leo hatte mich zu dieser Zeit noch nicht vollständig eingeweiht in das, was er inzwischen alles wusste. Leider, wie ich heute sagen muss. Vielleicht hätte uns das einige schmerzhafte Erfahrungen erspart.
»Na, er hat so ein kleines elektronisches Notizbuch. Und da trägt er alles fein säuberlich ein. Wer ihm was schuldet, wie er die einzelnen Schüler einstuft, Hobbys, Charakter und so.

Außerdem noch ihr Geheimnis, oder wie Greg es nennt, den wunden Punkt. Die Stelle, an der er ansetzen kann.«
»Das ist ja krank!«
»Bei Ned war es das Kiffen. Bei Marvin, dass er insgeheim schwul ist. Und Steffen hat gar keinen reichen Vater, der ist Vertreter.«
»Na und, das haben wir doch auch gemacht. Versucht herauszubekommen, wer lügt. Liegt doch auf der Hand bei den vielen Legenden hier. Und vor allem, da alle wissen, dass die meisten hier eine erfundene Vergangenheit vorgeben. Der Liebig sagt das doch jedem!«
»Du siehst das zu harmlos. Greg treibt das in anderem Stil.« Leo schüttelte sich. »Es gibt zum Beispiel einen Kerl an der Schule, der auf eure Höschen steht. Und Greg hat das mitbekommen. Frag bitte nicht, was der Kerl mit den Dingern macht. Keine Ahnung, ob er die selbst anzieht oder was auch immer. Jetzt könnte man denken, Greg erpresst den Kerl mit dem Wissen. Aber falsch! Greg versorgt ihn noch mit den Teilen. Der Kerl kapiert gar nicht, dass er sich mit jedem Mal Greg immer weiter ausliefert. Greg muss ihn nicht mehr erpressen, der ist so dankbar, dass er von selbst macht, was Greg will. Greg hat sie alle in der Hand. Er verführt die Leute dazu, sich ihm anzuvertrauen, und dann hat er sie. Verstehst du, Sara? Was wir augenblicklich machen, bringt uns jedenfalls nicht weiter. Soll ich das für den Rest des Schuljahres durchziehen? Bis Greg den Abschluss hat und weggeht? Nee, das halte ich nicht durch.«
»Und Ned hätte auch nichts davon«, stimmte ich Leo zu.

»Irgendetwas muss passieren.«
»Aber was?«

Auch in den folgenden Tagen fanden Leo und ich keine Antwort auf diese alles entscheidende Frage. Wir hatten einfach nie Zeit zum Nachdenken. Herrn Liebigs Konzept griff, der Unterricht, der Sport, die AGs, all diese vielen verbindlichen Aktivitäten führten zumindest bei mir dazu, dass ich abends froh war, wenn wieder ein Tag vorbei war.
Es dauerte fast drei Wochen, bis sich die Sache weiterentwickelte, und es war Greg selbst, der dafür sorgte, dass es weiterging. Seine Survival-AG setzte ein neues Waldwochenende an. Als ich davon erfuhr, waren die acht Teilnehmerplätze bereits vergeben. Neben Greg, Leo, John und Franka standen Sven und Jonny sowie Jan und Rebecca, zwei aus der siebten Klasse, auf der Liste. Ich sprach Leo an, warum er mir nicht Bescheid gegeben habe.
Er antwortete: »Ging nicht. Wenn ich Greg gegenüber etwas gesagt hätte, dann hätte er garantiert geschnallt, dass wir noch Kontakt haben, und wir waren uns doch einig, dass wir dich vorsichtshalber draußen lassen.«
»Ja, das waren wir, aber ich kann doch trotzdem mit in den Wald.«
»Sorry, Sara, aber ich habe das Gefühl, es ist besser, wenn nicht. Das ist mein Ding, da muss ich durch.«
Ganz offensichtlich wollte Leo mich zurzeit außen vor lassen. Und ich hatte den Eindruck, dass er mir meine kurze Beziehung mit Ned doch übel genommen hatte. Obwohl er das immer abgestritten hatte. Doch da er Greg verboten

hatte, sich an mich ranzumachen, lag auf der Hand, dass er selbst Interesse hatte. Den Quatsch, dass Greg nicht gut für mich sei, nahm ich ihm nicht ab.

Da ich nicht im Internat herumsitzen und warten wollte, fuhr ich übers Wochenende nach Hause. Ich hatte das lange genug vor mir hergeschoben. Bei meinem Anblick wurde meine Mutter blass. Sie fragte mich, ob ich krank sei, und warf mir vor, ich hätte abgenommen. Ja, sie verstieg sich sogar zu der schwachsinnigen Unterstellung, ich sei unterernährt. Klar, in den Augen eines dicken Menschen ist jeder mit einer einigermaßen akzeptablen Figur magersüchtig.
Die Folge war jedoch, meine Mutter gab sich an diesem Wochenende besonders viel Mühe in der Küche. Sie kochte mein altes Lieblingsgericht, Backhähnchen mit Pommes, ein Fettmacher ohnegleichen. Zwar hatte ich sie oft genug gebeten, genau dies nicht mehr zu kochen, doch auf diesem Ohr war sie einfach taub.
Ich war heilfroh, als das Wochenende endlich rum war.

Am Montag darauf bekam ich Leo kurz im Unterricht zu Gesicht. Er war bleich und sah richtig fertig aus. Ganz offensichtlich war während des Survivalwochenendes etwas geschehen. Doch wegen Herrn Liebigs vollem Beschäftigungsprogramm und weil Greg in der unterrichtsfreien Zeit und den Pausen nicht eine Sekunde von Leos Seite wich, konnten wir uns erst am Dienstag im Wald sprechen.
»Hey, Leo, alles klar?«, begrüßte ich ihn, als er endlich angetrabt kam.

»Wie man es nimmt«, antwortete Leo.
»Wie war's im Wald?«, fragte ich.
»Ich weiß nicht, ob ich darüber reden möchte.«
»Leo, bitte!«
Leo schluckte und sagte dann: »Wirklich, Sara, das geht nicht gegen dich. Aber wenn ich dir erzähle, was geschehen ist, dann . . .«
»Was dann?«, hakte ich nach.
»Dann muss ich dir etwas erzählen, von dem ich nicht genau weiß, ob ich es dir erzählen möchte.«
»Leo, du kannst mir alles erzählen.«
»Wirklich?«
Nun musste ich schlucken. »Ehrlich. Leo, ich mag dich. Sehr sogar. Ich glaube manchmal fast, ich . . .«
»Warte, lieber nicht«, unterbrach mich Leo. »Wenn du jetzt das sagen willst, von dem ich denke, dass du es sagen willst, dann möchte ich das jetzt nicht hören.«
»Okay.«
Wir joggten schweigend den Waldpfad entlang. Ich wusste, dass ich nicht mehr fragen durfte. Leo würde von alleine auspacken. Endlich würde ich erfahren, was Greg gegen Leo in der Hand hatte. Endlich würde ich in das Geheimnis eingeweiht werden. Und so kam es auch.
»Also, es war der Horror. Wir sind los, so wie im Dezember auch. Der erste Abend war wie bei uns. Kopenke besoffen und im Unterschlupf, ebenso die Kleinen. Dann verschwand Franka, um die Plastiktüte zu holen. Nur war diesmal kein Gras drin, sondern ausschließlich Alk. Sven und Jonny haben sich zugedröhnt, Greg und ich nicht.« Leo lachte bitter

auf. »Ich war nämlich anderweitig beschäftigt, ich habe Gitarre gespielt.«
»Du hast deine Gitarre mitgeschleppt?«, rief ich überrascht.
»Greg hat mich darum gebeten, was sollte ich machen?«, fauchte Leo. »Natürlich nicht die Ovation, ich hab die kleine mitgenommen. Ganz der brave Idiot, der Hofmusiker, der Arsch!«
»War bestimmt nett. Lagerfeuer, Gitarre, habt ihr auch gesungen?« Ich musste mir ein Feixen verkneifen.
»Noch ein Wort und ich bin weg«, drohte mir Leo und beschleunigte sein Lauftempo.
Ich konnte gerade so mit ihm Schritt halten, wenngleich ich wusste, lange würde ich das nicht durchhalten. »Entschuldige, war nicht so gemeint. Erzähl weiter, bitte.«
Zu meiner Erleichterung verlangsamte Leo seinen Sprint nach knapp hundert Metern wieder.
»Ja, wie gesagt, Lagerfeuer, Gitarre, Sven und Jonny, die sich besaufen, und . . .« Leo unterbrach sich selbst. »Greg selbst trinkt nicht, hast du das gemerkt? Ich habe das erst beim letzten Käsefondue gecheckt. Greg hat doch immer seinen speziellen Becher, aber da ist Wasser drin. Echt! Wenn du darauf achtest, merkst du, er lässt sich einschenken, trinkt einen Schluck, dann muss er woanders was erledigen. Er nimmt den Becher mit, und wenn er sicher ist, niemand achtet auf ihn, dann gießt er den Wein weg und lässt Leitungswasser in den Becher laufen. Deshalb auch ein Zinnbecher und kein Glas, damit niemand sieht, was drin ist.«
»Ist mir nicht aufgefallen.«

»Ist aber so. Glaub mir, ich kenne diesen Kerl inzwischen in- und auswendig. Am Feuer hat er, wenn niemand hinschaute, einfach den Rum neben sich ins Gras gegossen. Das ist seine Masche. Andere abfüllen und selbst die Kontrolle behalten.«

»Komm zur Sache, Leo«, drängte ich. Es war klar, er schob das, was er eigentlich erzählen musste, vor sich her.

»Mach ich ja. Natürlich waren Franka und Greg in der Nacht zusammen, zumindest glaube ich das, denn ich bin diesmal vor ihnen ins Bett. Richtig interessant wurde es am Tag danach. Denn zu meiner Überraschung sollten plötzlich Franka und ich ein Team bilden. Ich hab Greg gefragt, was Sache sei, da meinte er nur: ›Ich muss was mit Sven bequatschen. Hast du ein Problem?‹ Das hatte ich natürlich nicht, und wenn, dann hätte ich das nicht gesagt.«

»Aber wieso?«, fragte ich. »Was bitte hat Greg davon, dass du und Franka zusammen los seid?«

»Das fragte ich mich anfangs auch.« Leo zog das Tempo wieder etwas an. »Greg hatte Franka sogar sein GPS überlassen, wie sich später zeigte.«

»Ist ja nett.«

»Ja, Greg ist unfassbar nett! Dieses Schwein!«, schnaufte Leo.

»Was ist denn?«

»Frag nicht! War komisch, ich mit Franka so im Wald allein. Dabei ist sie wirklich nett. Also echt nett, nicht wie Greg. Franka war auch ganz anders, als ich sie kannte. Bislang hatte ich sie ja nur zusammen mit Greg erlebt, jetzt waren wir allein. Sie hat vom Sport erzählt und dass sie Greg schon lange kennt und dass sie später zusammen eine Familie gründen wollen. Dass sie, wenn sie den Abschluss haben, zusammenziehen wollen und sie froh ist, wenn hier endlich Schluss ist.«

»Interessant!«

»Viel interessanter war, was in der Hütte passierte.«

Leo machte eine Pause vom Joggen und Sprechen. Er lehnte sich an einen Baum und sah zu Boden. Ich wusste, von welcher Hütte er sprach, Gregs und Frankas Liebeslaube, wie man so schön sagte, Leo hatte mir davon erzählt. Eine unangenehme Vorahnung machte sich in mir breit und ich war mir plötzlich nicht mehr sicher, ob ich wirklich hören wollte, was als Nächstes geschehen war.

Anscheinend konnte man mir ansehen, was ich dachte, denn Leo meinte: »Genau. Aber anders, als du denkst. Franka wollte, wie soll ich sagen – mich verführen. Klingt komisch, aber es war so. Als wir in der Hütte waren, bat sie mich, Gitarre zu spielen, und während ich das machte, lag sie plötzlich nackt auf dem Bett.«

Ich schloss die Augen, ich wollte nicht hören, was er weiter berichten würde.

»Ich fragte sie, was das soll, sie sagte, sie will mich. Und noch viel mehr . . . Ach, auf jeden Fall, wir haben es nicht getan. Und dann . . .«

»Ihr habt es nicht getan?«, juchzte ich.

»Ja, also nein. Warum freust du dich so darüber?«

»Weil, weil . . . weil das doch bestimmt Gregs Idee war, oder?«

»Willst du damit andeuten, keine Frau will von sich aus mit mir ins Bett?« Leo war gekränkt.

»Natürlich nicht«, versuchte ich zu erklären. »Aber Greg und Franka sind ein Paar, warum sollte sie plötzlich . . . ist doch naheliegend! Noch dazu, wenn Greg sie dir vorher quasi aufs Auge gedrückt hat.«

»Du hast ja recht.« Leo schluckte. »Aber es kommt noch härter. Franka hat mir dann gestanden, dass Greg sie mir geschickt hat, damit ich es endlich bringe.« Leo redete immer schneller, als ob er auf diese Art verhindern wollte, dass ich ihn unterbrechen könnte. »Ich habe Greg mal erzählt, dass ich noch Jungfrau bin und dass das ein Problem für mich sei. Was es aber nicht ist. Ich finde das okay so. Wenn ich ein Problem damit habe, dann weil Greg seitdem immer darauf herumreitet. Kleine Andeutungen, Anspielungen und so. Seine Tour eben, Interesse zeigen, falsche Nähe und totales Verständnis heucheln. Und anschließend, unter dem Deckmäntelchen der Freundschaft, immer wieder den Finger in genau diese Wunde legen. Um auf diese Weise dafür zu sorgen, dass das Problem garantiert ein Problem bleibt. Nur, in meinem Falle war es ja nie mein echtes Problem. Klar?«

Ich nickte. Aber was war dann Leos echtes Problem?

»Ich hätte 'ne Menge Frauen haben können, aber ich wollte bislang nicht. Verstehst du? Ich hatte schon Freundinnen, klar, aber ich habe noch nie gefickt!«

Ich nickte, verstand, warum Leo so hart sprach, und schwieg.

»Und dieses Schwein Greg wollte nun Franka dazu zwingen, es mit mir zu treiben.« Leo spie auf den Waldboden. Seine Worte klangen bitter. »Das muss man sich mal reinziehen. Diese Sau hält sich wohl für Gott persönlich. Was weiß ich, was er sich davon versprochen hat, aber er hat Franka echt dazu gebracht, es mit mir zu bringen. Also, es anzubieten. Denn ich wollte nicht.«

»Ich fasse es nicht.«

»Es kommt noch dicker. Franka hat geheult, gebettelt, dass wir es tun müssten. Sonst wäre Greg sauer auf sie. Es war so erniedrigend. Ich kam mir so mies ihr gegenüber vor. Sie hat erst Ruhe gegeben, als ich ihr versprochen habe, Greg zu sagen, dass wir es getan hätten. Sie hat behauptet, wenn sie sich geweigert hätte, dann hätte er Schluss mit ihr gemacht. Die Sau hat sie voll in der Hand.«

»Dieses Arschloch.«

»Franka meinte, wenn Greg mit ihr Schluss macht, macht sie auch Schluss. Sie erzählte, schon als kleines Mädchen, schon im Kindergarten habe sie gewusst, dass Greg der Mann ihres Lebens sei. Greg sei der erste und einzige. Ohne ihn könne sie nicht leben.«

»Arme Franka.«

»Ja, aber kein Grund für mich, mit ihr zu schlafen. Ich selbst entscheide, wann und mit wem ich mein erstes Mal habe.«

»Richtig.« Wobei ich gestehen muss, dass ich in diesem Moment ganz konkrete Vorstellungen davon hatte, mit wem Leo seinen ersten Sex haben würde. Noch nie war mir Leo so begehrenswert vorgekommen wie in diesem Moment. Wenn es möglich gewesen wäre, hätte ich ihn auf der Stelle abgeknutscht.

»Wir sind dann weiter. Und dann kommt der zweite Hammer«, nahm Leo seinen Bericht wieder auf. »Wir kommen an die Schlucht und da erzähle ich Franka von Gregs und meinem Abenteuer am Abhang. Sie lacht nur: ›Hat er das bei dir auch gebracht?‹ Das waren ihre Worte. Sie hat dann gemeint, dass Greg das mit dem *angeblichen Retten* auch mit Sven und John gemacht hat. Und dass Greg ein erfahrener Bergsteiger ist, dass sie im Sommer zusammen in den Bergen ganze Touren geklettert sind.«

»Wahnsinn!«, staunte ich.

»Du sagst es, der Mann ist wahnsinnig! Das war alles Fake, nur damit ich glaube, er wäre mein Freund. Greg hat von Anfang an mit mir gespielt!«

»Nicht nur mit dir!«, versuchte ich, ihn zu beruhigen.

»Na und!« Leo sah mich entrüstet an. »Kannst du dir vorstellen, wie es mir ging, als wir uns am Nachmittag trafen? Er tat so, als ob gar nichts gewesen wäre. Er fragte nur: ›Alles okay? Gab es was Besonderes?‹«

»Was hast du geantwortet?«

»›Klar, alles okay. Keine besonderen Vorkommnisse.‹ Greg hat nur genickt und gesagt: ›Weißt du, Leo, ich hätte meine Franka nicht jedem anvertraut, aber bei dir wusste ich sie in sicheren Händen.‹«

»Leo, du bist ein Held.« Und das meinte ich ernst.

»Von wegen, ich kann dir sagen, wie es weitergehen wird. Greg wird irgendwie versuchen, das zu benutzen, um mich zu irgendetwas zu bewegen. Denn im Prinzip ist es ja nun so, dass ich mit seiner Freundin geschlafen habe. Das könnte heikel werden. Irgendwas wird Greg mit diesem Wissen anfangen.«

»Er wird davon ausgehen, dass du ihm gegenüber ein

schlechtes Gewissen hast, dass dir die Sache unangenehm ist . . .«

»Jedenfalls, jetzt weißt du alles über mich!« Leo versuchte sich an einem Grinsen, doch es war merklich schief. »Zumindest weißt du jetzt so viel über mich wie Greg. Mein Geheimnis, meinen angeblichen wunden Punkt.«

»Mach dir keine Gedanken. Ich kann den Mund halten.«

»Glaub nur bitte nicht, dass ich mit dem . . . also, dass ich deswegen Probleme hätte«, fühlte sich Leo offensichtlich bemüßigt, mir erneut zu versichern. »Greg glaubt das, aber damit lag und liegt er falsch. Ich hätte, wie gesagt, schon oft gekonnt. Aber ich wollte eben noch nicht. Ich habe das Greg nur erzählt, weil ich wusste, er will irgendwas hören, von wegen Freunde, Geheimnisse teilen und so. Zum Glück habe ich damals aus irgendeinem Grund nicht die volle Wahrheit gesagt, hat sicher was mit meinem Vater zu tun. Der hat mir beigebracht, dass du niemandem trauen darfst. Und da habe ich ihm das angeboten.«

»Kann man so oder so sehen«, antwortete ich knapp und sah auf die Uhr. »Wir sollten weiter, oder?«

Leo setzte sich, anstatt zu antworten, in Trab.

Ich folgte ihm. »Also, wenn man das Ganze jetzt mal nüchtern betrachtet, dann sind wir doch jetzt klüger.«

»Wie meinst du das?«

»Greg hat einen Fehler gemacht«, sagte ich betont leichthin. »Aber das weiß er nicht. Er denkt nun, er hätte dich noch mehr in der Hand, da er es . . . er es dir mit Franka besorgt hat. Er denkt sicher, du hast ihm gegenüber ein total schlechtes Gewissen. Und wirst dadurch noch mehr vor ihm

kuschen. Und abhängig, denn er verfügt ja über Franka. Angenommen, ihr hättet wirklich, und angenommen, es hätte dir gefallen, dann würdest du doch wieder wollen. Aus seiner Sicht ist nun Franka für dich, was das Dope für Ned war.«
»Dieses Schwein.«
»Mal sehen, wie wir dieses neue Wissen einsetzen können.«
Leo schwieg.
»Wie ist das zwischen dir und Franka jetzt?«, fragte ich.
»Weiß nicht genau. Sie ist froh über den Deal, zumindest sagt sie das.«
»Dann solltest du versuchen, mehr über sie herauszubekommen.«
»Meinst du wirklich?«
»Aber sicher doch.« Ich wurde langsamer. »Wir trennen uns jetzt besser. Da vorne ist schon wieder die Schule. Wenn Franka Greg von früher kennt, dann musst du sie unbedingt aushorchen. Das passt doch alles nicht zusammen. Greg kommt aus München, Franka, soweit ich weiß, aus dem Allgäu. Überhaupt, das fällt mir erst jetzt auf. Wie sollen die sich dann schon seit dem Kindergarten kennen?«
»Und wenn Greg was mitbekommt?«
»Wennschon. Wenn er davon ausgeht, dass du und Franka es gebracht haben, ist das doch völlig normal, dass du mehr von ihr willst. Immerhin war es doch dein erstes Mal.«
»Ich hasse dieses Thema. Ist das denn so wichtig?«
»Für manche schon. Tschüss!«, antwortete ich und legte einen Spurt nach links ein. Ich war kaum verschwitzt und musste das vor meiner Rückkehr unbedingt ändern. Außer-

dem musste ich nachdenken. Über Leo, Greg, Franka und mich. Darüber, was es für uns bedeutete, dass Leo nun Greg angeblich mit seiner Freundin betrogen hatte. Beziehungsweise dass Greg eingefädelt hatte, dass er betrogen werden würde. Zudem musste ich eine Entscheidung treffen, wie ich mich weiter verhalten sollte. Leo gegenüber. Auch und besonders, was sein erstes Mal anging.

Neun

Leo tat mir in den kommenden Wochen oft leid. Und ich muss ehrlich anerkennen, er ertrug das Ganze heldenhaft. Leo mutierte, wenn das überhaupt möglich war, noch mehr zu Gregs Jünger als zuvor. Leo spielte den Fan, den blind ergebenen, dankbaren Anhänger perfekt, fast schon übertrieben dick. Für mich war es nur noch ein Frage der Zeit, wann er Greg damit lästig werden würde. Doch zu meiner Verwunderung schien Greg das zu genießen.

Wahrscheinlich hatte Leo recht, wenn er behauptete: »Greg glaubt, mich bei den Eiern zu haben. Er denkt, nun gehöre ich endgültig ihm. Wie du gesagt hast. Was bei Ned das Kiffen war, ist seiner Ansicht nach bei mir die Tatsache, dass ich endlich gebumst habe. Verstehst du? Wäre die Situation so, wie er denkt, dann würde ich mir den ganzen Tag vor Angst in die Hose machen. Das wäre so, als wäre ich Hitlers Sekretär und hätte mit Eva Braun geschlafen! Da bist du ganz brav und so klein mit Hut. Wenn der wüsste!«

Leo hatte außerdem entschieden, dass ich mich zurückhalten sollte, denn nach wie vor befürchtete er, dass Greg auch mir etwas anhängen könnte. Daher sollte ich zunächst abtauchen. Leo sagte, später würde ich sicher mithelfen können, doch momentan müsse er das alleine durchziehen.

Ich war damit natürlich ganz und gar nicht einverstanden. Ned war mein Lover gewesen, ich wollte daran beteiligt sein, wenn wir diesen Arsch fertigmachten. Doch mit Leo

war zu dieser Zeit kein Diskutieren möglich. Also entschied ich, ohne seine Erlaubnis aktiv zu werden.
Ich hatte auch schon einen Plan, denn Leo hatte mir ja erzählt, dass Greg ihm gegenüber Interesse an mir geäußert hatte. Dass er quasi auf Ned sogar eifersüchtig gewesen sei. Nur aus diesem Grunde suchte ich Greg wenige Tage später in seinem Zimmer auf. Leo übte Gitarre, das wusste ich.
»Tag.«
»Was für eine Überraschung, Sara!« Greg sprang von seinem Bett auf und kam auf mich zu. »Du siehst gut aus. Hast du was mit deinen Haaren gemacht?«
»Gewaschen!«, versuchte ich, möglichst knapp zu antworten, obwohl ich in Wahrheit eine Stunde im Badezimmer verbracht hatte, um so auszusehen. Doch ich dachte mir, dass man es Greg nicht zu leicht machen durfte. Er war der Große. Er war der Macher. Er war niemand, der reagierte. Greg agierte.
»Was kann ich für dich tun?«
»Einen Kaffee vielleicht?«
»Da bist du genau beim Richtigen. Mein Kaffee ist legendär.« Greg führte mich in die Küche, goss aus einer Thermoskanne etwas in einen Becher. »Soweit ich mich erinnere, mit Milch, richtig?«
»Genau.«
»Und zweimal Süßstoff.«
»Sehr gut beobachtet.«
Greg stellte den Becher in die Mikrowelle und drückte den Startknopf.

Sekunden später reichte er mir den Becher. Ich probierte und stöhnte: »Ekelhaft! Was bitte ist daran legendär?«
»Sagte ich legendär gut?« Greg lachte und schüttelte seine brauen Locken. »Ich bin ein legendär miserabler Kaffeekocher.«
»Muss ich das jetzt trinken?«
»Niemand muss irgendetwas!« Greg legte mir den Arm um die Schultern. »Was ist los? Du bist doch sicher nicht gekommen, um mit mir über schlechten Kaffee zu reden.«
»Das stimmt!« Ich versuchte, möglichst klein und unsicher zu klingen. »Ich, ich brauche deinen Rat.«
»Aber gerne doch. Wie kann ich dir helfen?« Er führte mich zurück in sein Zimmer und schloss die Tür hinter uns.
»Es geht um Leo«, begann ich.
»Ein Problem?«
»Nein, na ja, doch . . .«, stammelte ich.
»Wie nun?« Greg setzte sich neben mich auf Neds ehemaliges Bett.
»Es . . . kann ich ehrlich sein?«
Greg nickte. »Du musst, wie könnte ich dir sonst helfen?«
»Also gut.« Ich tat so, als würde ich mir innerlich einen Ruck geben, während ich doch in Wahrheit nur haarklein genau das sagte, was ich mir in den letzten Tagen zurechtgelegt hatte. »Leo . . . Ich . . . Also, er will plötzlich nichts mehr von mir wissen.«
Ich sah auf den Boden, während ich diese Lüge losließ, doch aus den Augenwinkeln konnte ich sehen, dass Gregs Mundwinkel für eine Sekunde zuckten.
»Wieso . . .? Warte, das verstehe ich nicht.« Greg gab of-

fensichtlich vor, diese Neuigkeit erst einmal verarbeiten zu müssen, bevor er fortfuhr: »Also, du bist in ihn verliebt?«
Ich nickte verschämt.
»Leo aber nicht in dich?«
Ich nickte erneut und schluchzte dann unvermittelt los: »Noch vor ein paar Wochen dachte ich, er will auch. Aber plötzlich nicht mehr! Er behandelt mich, als ob ich Luft wäre. Und ich ertrag das nicht. Ich will ohne Leo nicht sein.«
Es war für mich absolut befriedigend, wie Greg diese Lüge schluckte. Und was dieser so verflucht attraktive Mistkerl noch merken würde, es war eine Lüge auf mehreren Ebenen. Denn zum einen würde Greg jetzt hoffentlich versuchen, mich zu erobern. Dieser Kerl gierte nach Herausforderungen, er wollte spielen! Zum anderen aber war damit Leo aus der Schusslinie. Greg sollte denken, dass Leo sich ganz ihm beziehungsweise seiner Franka verschrieben hatte.
»Soll ich mal mit ihm reden?«, fragte Greg.
»Würdest du das machen?«
»Hey, wenn ich dir damit helfen kann. Aber . . .« Greg legte die Stirn in Sorgenfalten. »Aber ich befürchte, das wird nichts bringen.«
»Wie meinst du das?«
»Ich will dir nicht wehtun. Und Leo ist mein Freund.«
»Deshalb bin ich ja hier!«, hauchte ich. »Weil Leo mir gesagt hast, dass du sein bester Freund bist.«
»Gerade weil ich sein bester Freund bin, muss ich dir sagen, Leo ist momentan in einer echt schwierigen Phase. Weißt du, da ist dieser Musiker in ihm. Der will raus, der will sich zeigen und . . .«

»Ja, das verstehe ich ja!«, unterbrach ich Greg. »Genau diesen neuen Leo finde ich ja auch so toll. Er ist so . . . cool!« Ich seufzte.
»Das kann ich nachvollziehen.« Greg schob sich näher neben mich. »Aber, Sara, glaub mir, das sage ich jetzt nicht gerne. Leo ist inzwischen niemand mehr . . . wie drücke ich das aus . . . also, die Beziehungen mit Musikern sind selten von Bestand. Verstehst du?«
»Wie meinst du das?«
»Sara, jetzt tu nicht so. Liest du nie Zeitungen? Musiker sind Stars, die haben viele Frauen, nie Familie, die leben ein wildes Leben, nichts mit Liebe und so. Sex, Drogen, Rock 'n' Roll.«
»Ist Leo jetzt echt so?«
»Hey, Sara, vergiss ihn lieber. Manche hier in Hausenthal sagen, er ist inzwischen voll der Stecher. Wenn du verstehst, was ich meine.«
An dieser Stelle brach ich in Tränen aus (ich musste nur an Ned denken, dann lief es von ganz allein) und ließ mich von Greg nur sehr, sehr langsam trösten. Schließlich stand ich auf und schluchzte: »Danke, das hat zwar wehgetan, aber macht es irgendwie leichter.« Ich spielte erneut eine Heulattacke vor und rannte aus dem Zimmer.
Die nächsten zwei Tage wartete ich gespannt, was passieren würde. Doch zu meiner Verwunderung tat sich gar nichts. Weder kam von Leo ein Rückmeldung (demnach hatte Greg ihm nichts von unserem Treffen gesagt) noch von Greg, womit ich eigentlich gerechnet hätte. Offensichtlich hatte Greg auf mich als Köder nicht angebissen, was mich doch ziemlich kränkte, wie ich jetzt eingestehen kann.

Beim Joggen mit Leo ein paar Tage später jedoch gab es den ersten Hinweis, dass meine Initiative doch Wirkung gezeigt hat. Aber womöglich lagen die Gründe auch ganz woanders, denn genau genommen hatte Leos Äußerung nur wenig und höchstens indirekt etwas mit mir zu tun.

»Es ist voll komisch«, empörte sich Leo. »Aber Greg hat mir vorgestern noch einmal Franka quasi auf den Bauch gebunden. Also nicht direkt. Aber er hat gesagt, dass Franka ihm gestanden hätte, dass sie sich in mich verliebt hätte.«

»Wie bitte?« Damit hatte ich nicht gerechnet. »Wie hast du reagiert?«

»Gar nicht, ich habe den total Überraschten gegeben.«

»Und weiter?«

»Dann fing Greg an, davon zu reden, dass . . .«

»Dass was?«

»Dass ich mir deswegen keine Gedanken machen sollte. Ich sei sein bester Freund. Und wenn zwischen mir und Franka was entstehen würde, dann sei das für ihn okay.«

»Ist der Kerl Zuhälter?«, empörte ich mich.

»So in etwa.« Leo schüttelte sich. »Und er sagte dann, sie sei ja wirklich ziemlich gut im Bett. Worauf ich sagte: Das denke ich mir! Worauf Greg wissen wollte, wieso.«

»Und was hast du gesagt?«, drängte ich ihn.

»Was wohl? Ich habe ihm Honig ums Maul geschmiert.« Leo grinste. »Ihm erklärt, dass ich ihn so einschätze, dass er da schon hohe Ansprüche haben würde, und dass Franka ja auch echt gut aussieht. Also nicht, dass mir das bisher besonders aufgefallen sei.«

»Leo!«, entfuhr es mir. »Spinnst du?«

»Greg hat gegrinst. Ich glaube, die Antwort hat ihm gefallen. Und er hat gesagt, ich solle mal in mich gehen. Mir würde er Franka jederzeit überlassen, bei mir wisse er sie gut aufgehoben.«

»Vielleicht will er sie loswerden!«, mutmaßte ich.

»Vermutlich der Hauptgrund«, antwortete Leo ausweichend. »Ein anderer wäre, dass Greg weiter an seiner kleinen Welt bastelt.« Leo sah starr nach vorne. »Ich habe ihn da inzwischen einigermaßen kapiert. Das ist wie Stratego, Sims oder meinetwegen auch Schach. Greg hat für jeden von uns eine bestimmte Rolle vorgesehen. Und er bringt uns dazu, so zu werden, wie er uns haben will. Aus mir hat er den Musiker gemacht. Verstehst du? Sicher, Gitarre spielen war immer ein Teil von mir. Aber eben nur ein Teil. Ich bin noch viel mehr, das weiß ich. Doch Greg sorgt dafür, dass wir nur noch eindimensional sind. Er erschafft sich Typen, stellt uns auf und dann lässt er uns miteinander leben. So wie sich jemand ein Aquarium kauft und einrichtet, so richtet sich Greg Hausenthal ein. Ned der Kiffer, Franka die Nutte, Micha der geniale Internetbetrüger und so weiter und so fort.«

Ich nickte. Besser konnte man das System Greg kaum beschreiben.

»Er versucht inzwischen sogar, Sven und mich zu verkuppeln!« Leo schnaufte. »Also nicht so frankamäßig, sondern er will Freunde aus uns machen! Ich soll Sven Gitarrenunterricht geben! Ehrlich! Er sagt, dass Sven ihn gebeten hätte, dass er mich fragen solle, ob ich das machen würde. Sven selbst würde sich nicht trauen. Da lache ich doch! Hundertpro soll Sven mich bespitzeln. Greg geht gerne auf Nummer sicher. Er vertraut mir zwar, aber immerhin habe ich ihn ja seinem Glauben nach mit seiner Freundin betrogen. Greg verkuppelt mich mit Sven, um mich auf diese Weise noch besser zu überwachen, wenn er nicht anwesend ist, wenn ich denke, alleine Dinge mit meinem *Freund* Sven zu machen. Wie dem auch sei, jedenfalls ist neuerdings immer öfter auch Sven zufällig da, wenn Greg und ich verabredet sind. Und Greg ist total bemüht, uns zu zeigen, wie viele angebliche Gemeinsamkeiten wir haben. Musik, Hi-Fi-Anlagen etwa. Was mir mein Plattenspieler ist, sind bei Sven die Boxen.«

»Hast du mit Franka schon gesprochen?«, fragte ich.

»Ja, wobei ich nichts von dem, was ich weiß, ausgepackt habe. Sie hat lediglich gesagt, dass Greg erneut von ihr verlangt, mit mir ins Bett zu gehen. Ein Mal noch. Und dass sie, wenn sie ihn liebt, ihm diesen Gefallen tun muss. Er sagt, es sei für mich wichtig . . .« Leo rutschte fast die Stimme weg. »Er meinte wohl, es sei ein Akt der Barmherzigkeit. Und ein Liebesbeweis ihm gegenüber. Sie weiß echt nicht mehr weiter. Sie sagt, sie will Greg auf keinen Fall verlieren.«

»Würde mich ja echt interessieren, womit Greg Franka in der Hand hat«, überlegte ich.

»Ich denke, mit gar nichts.« Leo sah kurz zu mir rüber und zog zugleich das Lauftempo an. »Sie liebt ihn. Das ist der Grund. Viele Menschen machen deshalb die irrsten Sachen. Franka will mit Greg zusammen sein, jetzt, später, ihr Leben lang. Dafür ist sie zu allem bereit.«

»Klingt so, als wäre sie echt arm dran.«

»Ist sie auch.«
»Und jetzt?«
»Weiter wie bisher«, gab mir Leo zur Antwort. »Was sonst?«
»Meinst du nicht, wir sollten mal mit dem Liebig sprechen?«
Ich hatte in den letzten Tagen oft darüber nachgedacht, ob nicht womöglich hier ein Ausweg aus unserer verzwickten Lage liegen würde. Oder warum nicht alles einfach öffentlich machen? Ein offener Brief am Schwarzen Brett und Greg wäre erledigt.
Doch Leo war anderer Meinung. Zum einen würde uns niemand glauben, behauptete er, denn Greg hatte ja fast alle in Hausenthal irgendwie in der Hand. Und vermutlich sei auch zwischen ihm und Herrn Liebig ein Ding am Laufen. Ich solle doch nur an die Geburtstagsparty denken.
Leider musste ich ihm recht geben, Greg hatte seine Leute überall, warum nicht auch den Direktor?
Zudem war Leo eine derartige Rache nicht persönlich genug. Er wollte es Greg direkt heimzahlen. Er wollte ihn am Boden sehen.
»Hoffentlich«, gab ich zur Antwort. »Wenn ich bloß wüsste, wie wir das schaffen wollen.«
Ein merkwürdiges Taktieren hatte begonnen. Selbst heute, aus der Distanz heraus, ist es mir nicht immer möglich festzustellen, wer in Hausenthal welches Spiel spielte. Spielten wir mit Greg oder er mit uns? Welche Rolle hatte Franka, welche Funktion Sven?
Neben dem großen gemeinsamen Krieg gegen Greg führten Leo und ich ja noch unsere eigenen kleinen Neben-

kämpfe. War es falsch, dass ich mein Ding mit Greg alleine durchzog? Wäre die Geschichte weniger dramatisch verlaufen, wenn ich Leo von Anfang an informiert hätte? Andersherum gefragt, muss ich mir heute vorwerfen, dass ich womöglich sogar Anteil an der weiteren Entwicklung hatte, muss ich mir selbst zuschreiben, was geschah?
Es wäre bitter. Denn dann wäre der weitere Verlauf der Ereignisse, über die ich hier Rechenschaft abliefern muss, meine Schuld.
Aber ich habe mir vorgenommen, nicht in Selbstmitleid zu versinken. Dies ist keine Beichte mit der Hoffnung auf Absolution, es ist Leos Geschichte, die ich erzählen will.
Und nicht ich tat den nächsten Schritt, Greg selbst wurde aktiv.
Aber um das, was Greg sich ausgedacht hatte, zu schildern, muss ich wieder auf Leos Erinnerungen zurückgreifen. Denn bei den nachfolgenden dramatischen Vorfällen war ich selbst wieder einmal nicht dabei. Doch Leo hat mir später geschildert, wie er diese albtraumhafte Zeit erlebt hat.

Greg und er saßen zusammen in Gregs Zimmer. Fast jeden Tag verbrachten die beiden inzwischen die Mittagsfreizeit dort. Greg las meist und Leo saß auf Neds früherem Bett und zupfte auf seiner Ovation.
»Komisch«, bemerkte Leo nach einer Zeit des Schweigens. »Ich hätte nie gedacht, dass ich mich an diese Bilder mal gewöhnen könnte. Inzwischen gefallen sie mir regelrecht.«
Es war nicht gelogen, auf eine sonderbare Art und Weise hatten die Bilder von Gerhard Richter für Leo inzwischen ei-

ne Bedeutung bekommen. Je öfter Leo das Bild von der Zelle ansah, umso mehr verstand er, warum Greg es in seinem Zimmer hängen hatte. Greg hatte ihm inzwischen viel über diese Zeit, die späten Siebzigerjahre, erzählt. Und was Leo sonst noch darüber wissen wollte, hatte er sich aus den Lexika in der Schulbibliothek angelesen.

»Geht mir nicht anders!« Greg ließ seinen Kriminalroman sinken und betrachtete versonnen die Bilder. »Ist doch auch kaum zu glauben. Da saß der Kerl in seiner Zelle im Knast! Und doch hat er das ganze Land am Gängelband gehabt.«

Leo nickte. »Sogar sein Selbstmord hat noch jahrelang für Stress gesorgt. Das muss man sich mal reinziehen! Alle Versuche, ihn freizupressen, gehen schief, er bringt sich um, inszeniert das aber so genial, dass die ganze Welt denkt, er wäre im Knast von Agenten des Staates hingerichtet worden. Total abgefahren.«

»Echt bewundernswert!«, stimmte Greg ihm zu. »Freut mich, dass du das auch so siehst! Ist echt schade, dass ich erst so spät geboren bin. Das hätte ich gerne miterlebt. Deutschland in Angst, die Entführung von Schleyer, das mit dem Flugzeug in Mogadischu, laufend irgendwelche Attentate auf Politiker, da war echt was los. Und alles gesteuert aus dieser Zelle im Hochsicherheitsgefängnis Stammheim.«

»Also nicht, dass ich das für gut halte!«, erwiderte Leo. »Aber ich finde es abgefahren, dass so etwas möglich ist. Der Kerl, also nicht er allein, die ganze RAF hat damals die Bundesrepublik echt verändert! Sogar aus dem Knast, sogar noch aus dem Sarg heraus!«

»Genau deshalb liebe ich diese Bilder so sehr.« Greg fuhr sich mit der rechten Hand über den Nacken. »Bei Baaders Beerdigung sind Tausende hinter dem Sarg hergelaufen. Das muss man sich mal geben, der Mann war Terrorist, hat Menschen gekillt! Und die heulen, weil er tot ist. Wenn du die, die das damals miterlebt haben, danach fragst, dann spürst du noch heute bei vielen Zweifel, ob er jetzt gut oder böse war. Der Mann war einfach genial.«

»Ja, war eine merkwürdige Zeit.«

»Vielleicht haben wir ja Glück und erleben so etwas auch noch.«

»Vielleicht!«, antwortete Leo, und während er das sagte, wurde ihm klar, dass er im Kleinen es bereits jetzt erlebte. So wie Andreas Baader damals die Bundesrepublik manipuliert hatte, so spielte Greg jetzt mit Hausenthal. Diese Erkenntnis traf ihn wie ein Schlag. Das war auch der wirkliche Grund, warum ihn das Bild der Zelle so ansprach. Hausenthal war auch ein Knast und Gregs Zimmer eine Zelle. Und so, wie Baader am Ende vermutlich seine Mitgefangenen zu einem solidarischen Selbstmord gedrängt hatte, brachte auch Greg die Leute dazu, nach seinen Plänen zu funktionieren. Für Baader und seine Ideale waren Mitgefangene in Hungerstreik getreten, einer dabei gestorben. Leo zweifelte nicht daran, dass Franka sich genauso verhalten würde, wie es beispielsweise Irmgard Möller getan hatte. Die einzige Überlebende der inhaftierten Terroristen von Stammheim war mit Stichwunden in der Brust in ihrer Zelle aufgefunden worden. Stichwunden, die sie sich selbst zugefügt hatte! Es wäre für Greg sicherlich ein Leichtes, Franka zu einer vergleichbaren Aktion zu bringen. Greg zuliebe war sie ja bereits zu Sex mit Leo bereit gewesen.

»Sag mal!« Greg unterbrach Leos Gedankengang. »Ich muss da gerade an etwas denken, worüber wir vor ein paar Wochen gesprochen hatten.«

»Was denn?«, antwortete Leo.

»Du hast doch mal gesagt, du würdest gerne hier einziehen.«

»Und du hast gemeint, das erlaubt der Liebig nicht.«

»Ich habe gesagt, der Liebig erlaubt keinen Tausch. Aber seit Neds Abgang ist das Bett frei. Ich denke nicht, dass er etwas dagegen hätte. Und ich hätte dich gerne als Zimmergenossen. Wäre doch geil, oder?«

»Sicher. Total gerne«, stammelte Leo, der durch diesen Vorschlag ziemlich durcheinanderkam. »Lohnt sich das denn überhaupt für die paar Monate? Du machst im Sommer den Abschluss!«

»Ach, weißt du . . .« Greg wartete einen Moment, bevor er Leo die nächste Überraschung präsentierte. »Wenn ich mir das so überlege, dann . . . Dann gefällt mir das hier in Hausenthal so gut, dass ich um ein Jahr verlängern werde.«

»Wie – verlängern?« Leo verstand nicht gleich.

»Ich komme zu dir, ich verlängere, ich bleibe hängen!«

»Wie das?«

»Ich werde den Realschulabschluss versauen. Ist doch easy!« Greg war von seinen eigenen Worten von Sekunde zu Sekunde mehr begeistert. »Hey, Leo, denk doch mal, das wird cool, dann haben wir noch ein ganzes Jahr hier zusammen. Wir zwei, du und ich auf einer Bude, das wird super, wir werden eine tierisch gute Zeit haben. Wie wär's, du lässt dich auch ins Schulparlament wählen oder noch besser ins Schülergericht und ich werde Schulsprecher, dann gehört uns Hausenthal komplett.«

»Wahnsinn«, murmelte Leo, dem bei dieser Vorstellung heiß und kalt wurde. »Das wäre echt der Wahnsinn!«

»Und was mir da noch einfällt: Ich werde doch nächstes Jahr achtzehn! Dann kann ich den Führerschein machen und mir eine Karre kaufen. Leo, hey, das ist die Idee! Ich kaufe ein Auto und parke das unten im Dorf bei irgendeinem Bauern. Miete eine Scheune dafür oder so. Dann sind wir sogar motorisiert.«

»Und was ist mit Franka?«

»Was wohl!« Greg spie die Worte fast aus. »Die ist dann weg. Für mich ist Franka schon lange Geschichte. Eine nette Matratze, aber, Leo, ich bin siebzehn, denkst du, ich gehe jetzt schon was Langfristiges ein? Dazu hat dein Jahrgang viel zu süße Mädels.«

»Das wird echt der Wahnsinn«, flüsterte Leo.

»Du sagst es.«

Während des Joggens erzählte mir Leo von diesen Neuigkeiten und natürlich war meine erste Frage: »Und wirst du bei ihm einziehen?«

Leo nickte.

»Das wird hart.«

»Sicher wird das hart. Aber ich sehe keinen anderen Ausweg. Wenn ich jetzt ablehne, dann wird Greg mich fallen lassen, dann weiß er, dass ich nicht wirklich sein Freund bin, und wir kommen nicht mehr an ihn ran.«

»Und was ist mit dem Verlängern?«, rief ich fast schon verzweifelt. »Stell dir das doch bloß vor. Dann sitzt der Arsch neben uns in der Klasse! Das ist der Horror!«
»Dazu wird es nicht kommen«, antwortete Leo gleichgültig. »Denn ich werde dafür sorgen, dass Greg diese Schule verlässt.«
»Und wie bitte?«
»Ich habe den perfekten Weg gefunden, es ihm heimzuzahlen.« Leo sah mich mit eiskalten Augen an. »Ich werde dafür sorgen, dass er seinen Abschluss macht.«
»Wie?«
»Ich weiß noch nicht, wie, aber ich sorge dafür, dass er die mittlere Reife bekommt und gehen muss. Stell dir doch sein Gesicht vor, wenn er überraschend erfährt, dass er die Zehnte bestanden hat. Wenn er zur Abwechslung mal erfährt, wie das ist, wenn andere für einen entscheiden.«
»Auch wenn ich mich damit wiederhole«, hielt ich entgegen. »Wie willst du das machen? Was tust du, wenn er in den Klausuren mit Absicht Mist schreibt?«
»Und wenn ich nachts beim Liebig ins Büro einbreche«, verkündete Leo, »ich verspreche dir: Greg wird bestehen!«
»Okay, dann haben wir jetzt immerhin einen Plan. Es ist zwar ein bescheuerter Plan, aber ein Plan.«

Leo blieben genau vier Wochen Zeit, seinen Plan mit Inhalt zu füllen. Zwar dauerte das Schuljahr bis Anfang Juli, doch die Prüfungen für die mittlere Reife waren bereits im Mai. Anders als Leo sah ich wenig bis keine Aussichten, auf diese Art Erfolg zu haben. Was war, wenn Greg einfach die Prü-

fungen schwänzte, ein leeres Blatt abgab? Meiner Ansicht nach gab es keine Möglichkeit, jemanden, der durch eine Prüfung fallen will, daran zu hindern.
Aber Leo war wie besessen von seiner Idee. »Ich werde Greg entlassen!«, erklärte er stur. »Das ist das Problem, wenn deine Welt der Knast ist, wenn du dort der Chef bist. Wirst du begnadigt, musst du raus und draußen bist du wieder ein Niemand. Greg ist nur hier in Hausenthal der King! Draußen ist er nur eine kleine Nummer. Nur hier, in so einer kleinen Welt voller Abhängigkeiten, kann er sein Spiel spielen. Deshalb will er ja auch unbedingt verlängern.«
Das sah ich zwar auch so, aber diese Erkenntnis würde Greg meiner Einschätzung nach nicht zum Realschulabschluss verhelfen. Daher verfolgte ich meinen eigenen Plan weiter. Ich wollte, ohne Leo damit zu belasten, mehr über Greg erfahren. Wenn Greg aus den Leuten ihre wunden Punkte herausquetschen konnte, dann musste doch bei ihm unter Garantie auch etwas zu finden sein.
Und das wollte ich tun. Wenn ich es bei all den anderen geschafft hatte, dann sollte es für mich kein Problem darstellen, Gregs Legende zu knacken.
Meiner Überzeugung nach musste auch Greg ein Geheimnis haben, und zwar ein ziemlich dickes, etwas, vor dem er Angst hatte. Tierische Angst, denn letztendlich war all dieses Spielen, dieses Manipulieren doch nur eins: Greg lenkte die Leute von sich ab, beschäftigte sie untereinander, sodass niemand auch nur auf die Idee kam, sich ihn einmal genauer anzusehen.
Denn wenn man einmal kapiert hatte, dass Greg kein Guter

war, sah man unvermittelt ganz Hausenthal mit anderen Augen. Man verstand plötzlich so viel.
Ich wusste inzwischen, warum Greg Violetta dazu geraten hatte, sich an Herrn Liebig zu wenden. Er wollte sie in die Pfanne hauen. Greg wusste sicher schon damals, was die anderen im Petitionsausschuss erst anschließend kapierten. Herr Liebig handelte, was den Schulstaat mit all seinen Institutionen anging, wie folgt: Was die Schüler intern regelten, war für ihn bindend. Er trat erst dann auf den Plan, wenn er gerufen wurde. Greg hatte also Violetta mit dem Tipp, beim Direktor um ein noch günstigeres Urteil zu bitten, ins offene Messer laufen lassen. Damals habe ich Greg einfach für unwissend gehalten.
Heute weiß ich von Leo, was Sache war. Violetta und Jasmin waren beide Teil des Systems Greg. Violetta hatte im Geheimen in Hausenthal einen regelrechten Piercingshop betrieben, wobei Greg die Ringe und Stecker für sie über sein Postfach in Bad Hersfeld besorgte – wofür er sich selbstverständlich bezahlen ließ.
Jasmin war eins der vielen Mädchen, die für Greg als Informantinnen unterwegs waren. Leos Aussage nach hatte sie einfach von Greg eingefordert, dass Violetta für die Narbe büßen müsse. Sie soll Greg sogar gedroht haben. Greg hatte entschieden, dass er auf Violetta leichter verzichten konnte, und dann via Liebig die Sache geregelt. Offiziell wusch Greg seine Hände in Unschuld.
Ach ja, und letzte Woche war dann auch Jasmin fällig. War etwas kurzsichtig gedacht von der Kleinen. Greg drohte man besser nicht. Sie hat eine Art Abreibung bekommen.

Von wem und wieso, blieb natürlich unklar. Jedenfalls haben sie Jasmin mit Klebeband gefesselt in den Duschen bei der Sporthalle gefunden. Nackt. Einen Tag später ist sie von ihren Eltern abgeholt worden. Wieder hatte Greg selbstverständlich nichts damit zu tun.
Und Miroslav, die Sache mit den Zigaretten? Ich weiß inzwischen, wer Ritchie seit Miroslavs Abgang mit der heißen Ware versorgt. Greg natürlich.

Ganz klar, selbst wenn ich noch nicht wusste, wie er das geregelt hatte, Greg war auch schuld an Neds Abgang. Und dafür würde er zahlen müssen. Ich startete eine zweite Attacke.
Von Leo wusste ich, dass Franka Greg schon lange kannte, angeblich seit Kindergartentagen, also trug ich mich probehalber in ihre AG für Krankenpflege ein. Franka hatte diese AG gegründet und leitete sie. Ihr Vater war Arzt in irgendeinem Kaff in Bayern und beim Roten Kreuz aktiv. Franka hatte die Hälfte ihrer Kindheit bei Rettungsübungen, Schulungen oder in irgendwelchen Erste-Hilfe-Zelten auf Dorffesten oder vor Sportstadien verbracht. Sie kannte sich aus, was Verbände anging, Notfallrettung, aber auch jede Art von Medikamenten. »Was ja im Leistungssport nicht unbedingt von Nachteil ist«, wie sie mir wissend lächelnd erklärte, während wir zusammen die Erste-Hilfe-Kästen in den einzelnen Klassenzimmern und Wohnungen kontrollierten. Haltbarkeitsdatum, Vorratsmenge, Verbrauch. Das gehörte zu den Aufgaben der AG-Teilnehmer.
»Du meinst Doping?«, fragte ich unschuldig.

»Nicht doch!«, gab Franka zur Antwort. »Ich meinte das eher umgekehrt. Mir kann es nicht passieren, dass ich wegen irgendwelcher Asthmamittel gesperrt werde. Ich weiß, was in den Flaschen drin ist. Ich bin clean und will das auch bleiben.«
»Schön zu hören.«
Wir waren mit den Medikamentenschränken in den Wohnungen des Biberbaus fertig und machten uns mit unserem Kontrollzettel und den Nachschubkörbchen auf den Weg ins Adlernest. Zuerst unten die Wohnung der Mädchen, dann oben die von Greg und nun auch Leo. Gestern war er umgezogen, ich hatte seitdem noch nicht mit ihm gesprochen.
»Warum bist du eigentlich hier?«, fragte ich Franka beiläufig. Es war AG-Zeit, die anderen Schüler und Schülerinnen waren auf dem Sportplatz, in den verschiedenen Werkräumen oder sonst wie beschäftigt.
»Warum sollte ich dir das erzählen?«, gab mir Franka zur Antwort. Ihr Gesichtsausdruck war, während sie das sagte, völlig neutral. Sie nahm mir die Frage offensichtlich nicht übel, sondern wollte nur den Grund wissen.
»Ich hab mich das einfach gefragt. Du bist klug, du bist talentiert, du gehörst auf ein Sportgymnasium, nicht hierher.«
»Mag sein.« Franka schüttelte den Kopf. »Aber ich möchte einfach nur Sport machen, vielleicht auch mal professionell, aber nicht nur. Bei uns zu Hause hieß es immer, leg dich nicht fest. Nimm so viel wie möglich vom Leben mit.«
»Noch ein Grund mehr zu fragen, was du hier machst.«
»Ach, das hat viele Gründe«, wich Franka mir aus. »Und jetzt lass uns lieber den Schrank checken.«

Bei den Mädchen fehlten die Mittel gegen Regelschmerzen und Fersenpflaster, bei den Jungen oben die Tabletten gegen Sodbrennen und Kopfschmerzen. Franka und ich füllten die Bestände wieder auf und dann ging es weiter.
»Wenn man es genau nimmt«, begann Franka unvermittelt, während wir durch den Schulgarten das nächste Haus ansteuerten, »dann gibt es nur einen Grund, warum ich hier bin. Und der heißt Greg.«
»Wie?«, entgegnete ich. »Habt ihr euch nicht hier kennengelernt?«
»Nein.« Franka wurde in ihrem Gang langsamer, sie stoppte und sah sich um. »Lust auf 'ne Pause?«
Ich nickte und folgte ihr zu der Bank neben den Erdbeerbeeten. Es war Anfang Mai, die Sonne schien, genau die richtige Zeit für ein kleines Sonnenbad im Grünen.
»Also, eigentlich kenne ich Greg, seit ich ein Baby war.«
»Bitte?«, staunte ich.
»Also nicht direkt, etwas älter war ich schon.« Franka lächelte. »Wir waren schon zusammen im Kindergarten. Außerdem kennen sich unsere Väter. Aus dem Schützenverein.«
»Gregs Vater ist im Schützenverein?«
»Nicht nur der Vater! Gregs Mutter, seine Brüder, die sind alle dort. Greg selbst auch! Und ich auch. Da habe ich schießen gelernt. In dem Kaff, aus dem Greg und ich kommen, sind alle im Schützenverein.«
»Ehrlich? Aber kommt Greg nicht aus München?«
»Wie kommst du denn darauf?« Franka sah mich einen Moment verwundert an. »Greg kommt wie ich auch aus . . .«

Sie stockte und sagte dann: »Bad Tölz. Und da ist man entweder im Schützenverein oder bei der freiwilligen Feuerwehr. Meist aber beides.«
»Und aus Bad Tölz kennt ihr euch?«
»Du hast es erfasst.«
Es dauerte, bis ich diese Neuigkeit verarbeitet hatte.
»Und wie war Greg früher so?«, schob ich nach. »Aber, wen interessiert das . . .« Ich tat so, als ob ich über meine eigenen Gedanken verärgert wäre. »Wie war das bei dir? Ach, Quatsch. Ehrlich gesagt, so ganz habe ich immer noch nicht kapiert, warum du hier bist.«
»Ganz einfach.« Franka seufzte. »Aber das darfst du nie jemandem erzählen, okay? Greg ist das peinlich und ich musste ihm versprechen, es niemandem zu sagen.«
Ich nickte, offenbar wollte auch Franka endlich ihre wahre Geschichte loswerden.
»Du bist die Allererste, der ich das erzähle. Greg musste hierher und ich wollte eben bei ihm bleiben! Meinen Eltern hat das erst gar nicht gepasst, aber sie haben es hingenommen. Mein Vater ist zwar über meine Wahl nicht glücklich, aber er kennt Gregs Vater ja. Die beiden sind Freunde. Da kann er ja schlecht etwas dagegen haben, wenn ich mit dessen Sohn meine Zukunft plane.«
»Echt, das ist bei euch so richtig fest?« Ich spielte die Überraschte. »Also, dass da was zwischen euch abgeht, war klar. Spätestens seit dem Wochenende im Wald vor einem halben Jahr, ich bin ja nicht blöd. Aber warum seid ihr nicht ganz offiziell zusammen? Ist doch nicht verboten.«
»Wir hielten das für unklug, so als Paar aufzutreten. Wir

waren uns einig, dass es besser ist, wenn jeder, solange wir in Hausenthal sind, seine Freiräume hat.« Es war offensichtlich, was Franka da anführte, waren Gregs Argumente, nicht ihre. »Wir sind noch zu jung, um uns so nach außen hin zu binden. Was allerdings nicht heißt, dass das zwischen uns nicht fest ist. Wenn wir im Sommer hier fertig sind, dann geht es heim ins Allgäu.« Frankas Gesicht wurde plötzlich freier, offener. »Das ist alles schon geklärt. Greg fängt im Betrieb seiner Eltern die Lehre an und ich werde in Sonthofen aufs Gymnasium gehen. Später werde ich studieren, Sport und Medizin, und dann wollen wir aus dem Gasthof von Gregs Eltern ein Sporthotel machen. So richtig mit Kursen, Nordic Walking, Klettern, Paragliding . . . aber auch Reha und so.«

»Echt, Gregs Eltern haben ein Hotel?«

»Mehr einen Gasthof in Bad Tölz«, korrigierte mich Franka. »Aber neben dem Haupthaus ist ein Anbau mit vier Ferienwohnungen. Ich habe das mit Gregs Mutter bereits geklärt, eine davon können Greg und ich ab dem Sommer haben.«

»Klingt ja super! Und keine Angst, das bleibt unter uns«, schaffte ich, voller Bewunderung zu sagen, während mir in Wahrheit die Worte fehlten. Das gab es doch nicht! Dann war alles, was Greg Leo im Wald erzählt hatte, gelogen! Die reichen, geschiedenen Eltern, das Aufwachsen in München. Von wegen! Greg stammte vom Land, aus einem Kaff, und war seiner Jugendliebe versprochen. Er war Mitglied bei der Feuerwehr und im Schützenverein und würde den Familienbetrieb übernehmen. Er würde mit Franka zu seinen Eltern ziehen. Seine Zukunft war vollständig verplant. Gregs Entschluss zu verlängern, wunderte mich nun nicht mehr. Hausenthal war Gregs Fluchtort, und indem er hierblieb, konnte er sich sauber und ohne eigene Schuld von Franka trennen. Ich war platt.

»Und du? Warum bist du hier?«, unterbrach Franka meine Gedankengänge. Und ohne groß zu überlegen, antwortete ich spontan und ehrlich: »Weil ich mal fett war. Also nicht, dass ich jetzt dünn wäre, aber ich hatte mal so richtig viel drauf. Dreißig Kilo mehr.« Franka war mir gegenüber so offen gewesen, ich konnte sie jetzt nicht anlügen.

»Wie bitte?« Jetzt staunte Franka und der ungläubige Blick ihrer großen Augen ging mir runter wie Öl. »Du und dick? Hey, Sara, du bist dünner als ich! Das glaube ich nicht!«

»Doch, ich hab früher gefressen, das kannst du dir gar nicht vorstellen. Ehrlich, ich war eins dieser dicken Mädchen, über die sie im Fernsehen berichten. Wahrscheinlich esse ich einfach zu gerne. Und meine Mutter kocht so gut. Mein Vater und sie sind heute noch dick. Einfach weil bei uns zu Hause immer richtig gut gegessen wird. Und viel, gut und viel, eine tödliche Kombination. Alle Versuche, meiner Mutter Diätküche oder so was nahezubringen, vergiss es. Sie will nicht. Also gab es für mich letztlich nur eine Rettung: weg. Und da ich mit Schule noch nie so viel anfangen konnte, du weißt schon, schwänzen, keinen Bock und so . . . Nach zwei Stationen hieß es eben Hausenthal. Für mehr hat es nicht gereicht. Mein Patenonkel bezahlt das Schulgeld, er hat keine eigenen Kinder. Aber wenn ich hier fertig bin, dann werde ich auf ein anderes Internat gehen. Ich will wie du auch das Abi machen. Ich will studieren. Aber frag bitte nicht, was. Hauptsache, weit weg von zu Hause.«

»Was willst du denn studieren?«, fragte Franka logischerweise.

»Ernährungswissenschaft!« Bei dieser Antwort musste ich kichern und konnte damit nicht mehr aufhören.

Denn Franka kicherte ebenfalls: »Diätberaterin? So dünn, wie du jetzt schon bist, hast du da sicher Erfolg.«

Ihr Lachen und das Kompliment über meine Figur verstärkten mein Lachen und das wiederum spornte sie an. Es tat gut, dieses Giggeln im Gemüsegarten. Irgendwann hatten wir uns leer gelacht, waren wieder ins Internat zurückgekommen, standen auf und machten uns auf den Weg zu den nächsten Wohnungen.

Zehn

Obwohl ich Franka versprochen hatte zu schweigen, brannte ich natürlich darauf, Leo von meinem Wissen zu berichten, doch seit seinem Umzug war der Kontakt zwischen uns noch schwieriger geworden. Nicht einmal eine E-Mail konnte ich ihm schreiben. Greg war der Boss der Linux-AG und hatte mit seiner Gruppe als Projekt das Schulnetzwerk eingerichtet – somit hatte er den vollen Zugriff auf die Mails der gesamten Schule. Mitzulesen war zwar verboten, aber Leo wusste, dass Greg es dennoch tat.

Der selbst hatte es ihm verraten. Es war kurz vor Leos Umzug gewesen. Sie waren mal wieder bei Leo im Zimmer, Musik hören.

»Wirklich ein geiles Teil. Und der Klang, eins a«, hatte Greg irgendwann gesagt. »Aber Leo, was mich etwas kränkt . . . Warum hast du mir erzählt, dass du alles, das Gerät, die Platten schon lange hättest, wenn du sie dir doch in Wahrheit erst zu deinem Geburtstag gekauft hast? Warum hast du mich angelogen?«

»Woher weißt du . . .?« Leo war knallrot angelaufen. »Ich, ich wollte dich beeindrucken.«

»Leo, wir sind doch Freunde«, entgegnete Greg mit einem bedauernden Unterton, so als ob er zu einem unartigen Kind spräche. »Und lügen Freunde einander an, spielen sie einander etwas vor?«

»Nein. Machen sie nicht«, sagte Leo kleinlaut. »Tut mir leid, ich werde es nie wieder machen. Woher weißt du es?«

»Soll ich es dir wirklich verraten?« Greg genoss Leos Unsicherheit. »Okay, du bist mein Freund. Und wie gesagt, Freunde haben keine Geheimnisse voreinander.« Greg machte eine kleine Pause. »Ich bin der Administrator.«
»Und das heißt?«, fragte Leo verdattert.
»Ich habe den totalen Überblick, was die Leute hier in Hausenthal im Internet machen. Schüler, Lehrer, alle! Wo sie sich im Netz herumtreiben, ihre Mails – vor mir gibt es keine Geheimnisse.«
»Wahnsinn!« Leo bekam plötzlich Angst. Einmal mehr wurde ihm klar, wie weit gespannt und eng geknüpft das Netz war, das Greg über der Schule ausgebreitet hatte.
Auch ich war platt, als Leo mir davon erzählte. Und mit diesem neuen Wissen fühlte ich mich in Hausenthal noch mehr wie in einem Gefängnis. Wurde nicht auch dort die Post mitgelesen, gab es nicht dort sogar Zensur?
Also hieß es warten, bis ich mit Leo Kontakt aufnehmen konnte. Unser nächstes gemeinsames Joggen war am Samstag, drei lange Tage.
Die Zeit erschien mir umso schlimmer, da ich ja Leo immer im Unterricht vor mir hatte. Wir konnten in den kurzen Pausen Hallo sagen, etwas Smalltalk machen. Doch da wir nie unter uns waren, war jedes richtige Gespräch ausgeschlossen. Gut, wir hätten uns in diesen Augenblicken Zettel zustecken können, Briefchen, aber was wäre, wenn so einer irgendwie Greg in die Hände gefallen wäre. Man konnte gar nicht vorsichtig genug sein. Und was wussten wir denn überhaupt? Garantiert hatte Greg irgendwelche Spione in unserer Klasse. Sven vielleicht oder andere Mitschüler, die

mit ihm in einer seiner AGs waren oder gegen die er sonst etwas in den Händen hatte und die ihm alles, was Leo und ich taten, umgehend verrieten. Uns blieben nur die gemeinsamen Joggingtermine dienstags und samstags.

Endlich war Samstag und bereits kurz nach eins stand ich an unserem Treffpunkt. Doch Leo kam nicht. Ich wartete und wartete, aber kein Leo. Eine volle Stunde stand ich im Wald, dann sah ich ein, Leo würde nicht kommen. Also lief ich zurück zur Schule. Und was sah ich da? Vor dem Hauptgebäude standen Greg und Leo, beide nass geschwitzt und in Laufkleidung, und machten am Geländer Dehnungsübungen.

»Ach, du auch?«, begrüßte Greg mich, als ich die Hauptpromenade herangetrabt kam. »Leo und ich waren auch laufen. Tut mir altem, faulem Sack ganz gut, mich mal wieder etwas zu bewegen. Geht doch nicht, dass mein jüngerer Zimmergenosse mich, was Kondition angeht, plattmacht.«

»Geht mir genauso. Ich muss einfach laufen. Mach ich jeden Tag!«, gab ich ihm zur Antwort.

»Ich denke, ich werde Leo in Zukunft immer beim Joggen begleiten.«

»Ist auch eine gute Möglichkeit, mal etwas Pause von dem Kasten hier zu bekommen.« Ich vermied, Leo anzusehen, ich hatte Angst, mich beim direkten Augenkontakt zu verraten.

»Ein nicht zu unterschätzendes weiteres Argument«, pflichtete mir Greg bei. »Und außerdem lässt es einen nicht fett werden. Auch nicht zu verachten. Oder?«

»Du sagst es. Und jetzt muss ich unter die Dusche.«

War die letzte Bemerkung von Greg Zufall gewesen? Hatte ich etwa zugenommen? Oder hatte Franka ihm von mir erzählt? Was geschah hier? Ich wusste es nicht. Was ich jedoch sicher wusste, die Treffen von mir und Leo im Wald waren von nun an Geschichte. Ob es sich auch hier um Zufall oder Absicht handelte, war letztlich egal, Leo und ich mussten uns eine neue Art der Kommunikation überlegen. Nur wie? Und wie ging es Leo, was gab es Neues, was machte sein Plan? Es war für mich unerträglich, ihn so vor der Nase zu haben und doch meilenweit entfernt von ihm zu sein. Leo ging es nicht anders, wie er mir später erzählte. Und wie er mir außerdem gestand, war sein Leben in dieser Phase nicht mehr nur wie in einem normalen Gefängnis. Leo kam sich inzwischen vor wie in einem Hochsicherheitsknast in Isolationshaft. Nur von Greg geduldete Menschen wie Sven oder Franka kamen noch an ihn heran. In den Pausen standen Micha, Ritchie oder Paula bei Leo. Er gehörte zum inneren Kreis, das führte dazu, dass sich Leute wie Martin oder Björn einfach nicht mehr an ihn herantrauten. Und wenn nicht die Clique bei Leo stand, war Greg da. Auf diese Art wurde Leo in eine fast vollständige Isolation gedrängt.
Doch nur, wer Leo nicht richtig kannte, konnte glauben, dass er dies hinnehmen würde. Ein Fehler, wie Greg später erkennen sollte.

Leo hatte sich direkt nach dem Vorschlag Gregs, zu ihm zu ziehen, auf den Weg zu Herrn Liebig gemacht und diesen um Erlaubnis gebeten. Zu seiner Überraschung war der

Schulleiter sofort damit einverstanden gewesen. »Wenn du das wirklich willst, bitte! Du weißt vermutlich, worauf du dich da einlässt.«

Einen Tag später war Leo umgezogen.

Greg überließ Leo die Wahl, welchen Schrank er haben wollte, ebenso, welchen der beiden Schreibtische. Er half seinem neuen Mitbewohner beim Aufbau der Musikanlage und dabei, das Bett frisch zu beziehen. Und doch machten auch all diese Angebote klar, wer der Herr und wer der Neuzugang war. Es war Gregs Haus. Greg war Gastgeber und Leo bestenfalls Untermieter.

Leo hatte sich über Franka eine Flasche Sekt organisiert und als er und Greg fertig ein- und umgeräumt hatten, schlug er vor: »So, und nun wird angestoßen. Wie heißt es doch in *Casablanca:* ›Auf den Beginn einer wunderbaren Freundschaft.‹« Ohne Gregs Antwort abzuwarten, ließ Leo den Korken knallen und goss Greg und sich ein. Er war gespannt, wie Greg darauf reagieren würde. Denn Greg trank ja nie.

»Zum Wohle!« Greg hob das Glas, sie stießen an und tranken einen Schluck. »Puh, was ist denn das für 'n Zeug?« Greg schüttelte sich. »Viel zu süß. Ich . . . ich bin da besseren Stoff gewöhnt.«

»Extra trocken, aus Spanien«, verteidigte Leo sein Getränk. »Der teuerste, den du im Laden bekommst.«

»Ja, im Dorfladen vielleicht.« Greg stellte sein Glas ab. »Sorry. Aber das bekomme ich nicht runter.«

»Aber allein schaffe ich die Flasche nicht.«

»Oh, Mist!« Greg schien plötzlich etwas einzufallen. »Leo,

ich hatte ja noch einen Termin für heute Abend. Schülerparlament. Ist zwar garantiert langweilig, aber ich muss hin.«
»Kein Problem«, gab Leo zur Antwort. »Wir haben ja noch viele derartige Abende vor uns.«
»Du sagst es!« Greg nickte und eilte hinaus.
Leo suchte sich eine ruhige Schallplatte von Pepe Romero heraus, legte sie auf und nahm an seinem neuen Schreibtisch vor dem Fenster Platz. Nach einer Weile sah er Sven, der sich ihrem Haus näherte und zu Leos großer Verwunderung Sekunden später an der geschlossenen Zimmertür klopfte.
»Hey, Greg sagt, bei dir wäre ein kleiner Umtrunk!«
»Umtrunk ist gut«, blockte Leo ab. »Geplant war Greg und ich und eine Flasche.«
»Greg bat mich, dir Gesellschaft zu leisten, weil er wegmusste.« Sven wechselte von einem Fuß auf den anderen. »Aber wenn du lieber allein bist, gehe ich wieder.«
»Nein, gerne, du weißt doch, man soll nie alleine trinken.« Leo machte eine einladende Handbewegung. »Komm rein. Mi casa es su casa!«
»Das heißt?«, fragte Sven, während er sich an Leo vorbeischob.
»Mein Haus ist auch dein Haus!« Leo zeigte auf Gregs Bett. »Nimm Platz.«
»Ich dachte, das wäre Gregs Zimmer.« Sven ließ sich auf Leos Schreibtischstuhl sacken.
»Ist es ja auch.« Leo goss ein drittes Glas ein und reichte es Sven.
»Prost!« Nach dem ersten Schluck nahm Sven gleich einen zweiten, tieferen und seufzte: »Das tut gut.«

Sie sprachen über Musik, den neuen BMW und über die anstehenden Klausuren, ihre Lehrer und was sonst in ihrer Klasse anstand. Zwischendurch hielt Sven Leo immer wieder das Glas hin, Nachschub.

Als die Flasche fast geleert war, bemerkte Sven: »Komm, gib mir den Rest auch noch. Greg trinkt ja sowieso nichts.«

»Echt nicht?« Leo tat so, als wäre ihm das völlig neu.

»Jetzt tu doch nicht so. Klar weißt du das!« Sven sah ihn gereizt und zugleich amüsiert an. »Denk ja nicht, du wärst der Einzige, der hier Augen im Kopf hat. Und ich bin auch nicht blöd! Selbst wenn das so aussieht.«

»Wer sagt das?«, wich Leo aus.

»Jedenfalls gratuliere, du hast es geschafft!«

»Was geschafft?«

»Du bist direkt im Zentrum aufgeschlagen. Gestern noch der Neue, heute schon der Thronfolger.«

»Sven, du spinnst!«

»Nee, ist ja okay, mir wäre der Job zu anstrengend, ich bin lieber der Arsch. Da lebt es sich leichter.«

»Hey, ist alles okay?«

»Sicher doch.« Sven sah über Leos Kopf hinweg auf die Wand. »Und was ich schon seit Langem loswerden will. Tut mir leid wegen damals im Wald.«

»Schon okay.«

»Nee, wirklich. Und das sage ich jetzt nicht, weil ich etwas angetrunken bin.« Er starrte weiter ins Nichts. »Das war mies. Und ich bin zwar ein Arschloch, aber nicht mies. Wenn du verstehst, wie ich das meine.«

»Wie gesagt, Geschichte.«

»Nee, echt.«
»Echt Geschichte!«
»Leo, das . . .« Sven suchte den Blickkontakt zu Leo, und erst als er ihn gefunden hatte, sprach er weiter. »Das war nicht meine Idee. Ehrlich. Ich brauchte nur dringend die Hataler, sonst wäre ich geflogen.«
»Sven, bitte, das habe ich längst vergessen.«
»Ich wollte es auch nur gesagt haben.« Sven stand auf. Im Rausgehen sagte er: »Aber das mit dem Gitarrenunterricht ist meine Idee, nicht die von Greg.«
Bevor Leo nachfragen konnte, wie das gemeint war, war Sven schon weg.
Kurze Zeit später kam Greg wieder, so als ob er für seine Rückkehr das Weggehen des von ihm eingeladenen Besuches abgewartet hätte. »Und, hattet ihr einen netten Abend?«
»Doch, schon. So schlimm finde ich Sven inzwischen gar nicht mehr. Eigentlich ist er recht nett.«
»Das freut mich.« Greg ließ sich auf sein Bett fallen. »Stört mich übrigens nicht, wenn ihr euch öfter hier trefft.«
»Danke!«
»Da nicht für!«
Unter normalen Umständen hätte Leo diese Bemerkung geärgert, denn es war ja offiziell genauso sein Zimmer, seine Bude, in der er sich treffen konnte, mit wem er wollte – von Damenbesuch bei Nacht einmal abgesehen. Doch in Wahrheit war es, wie Sven gesagt hatte: Das hier war Gregs Zimmer.
Über Svens Worte musste Leo an diesem Abend, als er das

erste Mal zwei Meter von Greg entfernt einzuschlafen versuchte, noch lange nachdenken. Der Auftritt beschäftigte ihn.

»Willst du echt Gitarre lernen?«, fragte Leo, nachdem er sich mit einer Tasse Kaffee und einem Stück Kuchen in der Hand neben den noch suppelöffelnden Sven gesetzt hatte. Gegessen wurde getrennt nach Wohnungen, jeder Schüler, jede Schülerin hatten einen festen Platz an den Tischen, und erst nachdem Herr Liebig die jeweilige Mahlzeit offiziell beendet hatte, durfte in Hausenthal der Stuhl gewechselt werden. Ursprünglich hatte Leo Sven in der Klasse ansprechen wollen, dann jedoch lieber die Mittagszeit abgewartet. Dass er und Sven außerhalb des Unterrichts miteinander sprachen, war ja nicht verboten, würde Greg womöglich eher freuen als beunruhigen.

»Ja, will ich«, antwortete Sven fast mit trotziger Stimme.

»Klassische Gitarre?«

»Du wirst es kaum glauben, klassische Gitarre.«

»Gut. Wenn du willst!«

»Echt?« Überrascht, ja ungläubig hörte Sven auf zu löffeln. »Das machst du? Ich habe aber keine Ahnung, ob ich das hinbekomme!«

»Und ich habe keine Ahnung, ob ich ein guter Lehrer bin, aber ich werde es versuchen.«

»Geil!«

»Von mir aus können wir gleich anfangen. Was hältst du von der Mittagsfreizeit?«

»Gerne!« Sven sprang auf und brachte seinen noch halb vollen Teller an die Durchreiche zur Küche.

»Was hat er denn?« Greg stand auf einmal hinter Leo.
»Der freut sich!«, erklärte Leo grinsend. »Ich habe ihm gesagt, ich gebe ihm Unterricht. Wenn der wüsste, was auf ihn zukommt!«
»Echt? Du machst das? Finde ich gut.«
»Na ja, du hast mich doch quasi drum gebeten.«
Diese Bemerkung schien Greg Genugtuung zu bereiten. »Aber nicht, dass du ab jetzt nur noch mit ihm herumhängst, ja?«, schob er gespielt tadelnd hinterher.
»Nein, natürlich nicht!«, beeilte sich Leo zu versichern.
»Dann ist ja gut.«
So kam es noch am selben Tag zu Svens erster Gitarrenstunde. Er war im Übungsraum unterm Dach echt bei der Sache. Offenbar war Sven doch nicht in einer geheimen Bespitzelungsmission unterwegs. Oder nicht nur. Er wollte wirklich Gitarre lernen. Die gängigen Griffe für die linke Hand konnte er bereits, was Sven aber große Probleme bereitete, waren die Bewegungen mit der Rechten, das Zupfen und Picking.
»Ich hab bislang nur mit Plektrum gespielt«, erklärte Sven. »An das andere hab ich mich nie rangetraut.«
»Das schaffst du!«, ermutigte Leo seinen neuen Schüler. »Morgen wieder?« Er war fest entschlossen, dieses Projekt durchzuziehen. Leo wollte bei Sven landen, er hatte das Gefühl, dass es einiges gab, was er von diesem Jungen erfahren konnte. Außerdem wollte er Verbündete finden, wenn es demnächst im Kampf gegen Greg auf die Zielgerade ging.
»Morgen wieder!« Sven streckte ihm die Hand entgegen. »Danke!«
»Da nicht für.« Sven war schon fast draußen, da rief Leo

ihm nach: »Und, Sven, ich habe gehört, du mixt so coole Cocktails. Halb Hausenthal schwärmt von deinem Long Island Ice Tea. Wie wär's, als Honorar für den Unterricht, bei der nächsten Party bin ich dabei?«
»Klar, Mann! Aber logo.« Sven strahlte. »Ich mixe dir den besten Ice Tea der Welt.«
»Ich kann es kaum abwarten.« Leo wandte sich wieder seinem Gitarrenkoffer zu. Kurze Zeit später fiel die Tür zu und Leo war alleine. Er genoss diesen Moment der Ruhe, dann schlenderte er ans Fenster und sah hinunter auf den Schulhof. »Geht doch!«, murmelte er. Und gratulierte sich innerlich, dass sein erster Versuch, die »Methode Greg« anzuwenden, so gut funktioniert hatte. Wenn man Gregs Tricks einmal durchschaut hatte, dann war alles plötzlich so einfach. Und warum nicht einfach mal selbst den Greg geben? Mit genau diesem Gehabe hatte Greg Leo bekommen. Das bekam er auch hin. Nachdem eigentlich alles gesagt ist, nachdem man sich verabschiedet hat, noch einmal zurückkommen und dem anderen für einen Augenblick die besondere Aufmerksamkeit schenken. Ihn nach etwas fragen, am besten überraschend um etwas bitten, was nicht jeder wusste, das war der Dreh. So gewann man Freunde.

Als Greg sich einen Tag später anschickte, ihn, so als wäre dies längst abgesprochen, bei seiner Joggingrunde zu begleiten, da dachte Leo erst, dass Greg hinter diese Form der Treffen mit mir gekommen wäre. Und er fragte sich, womit er sich verraten hätte, wodurch Greg darauf gekommen war, ihn zu verdächtigen.

Aber dann wurde Leo bewusst, dass eher das Gegenteil zutraf. Von wegen Verdacht! Greg war sich seiner Hörigkeit inzwischen so sicher, dass er es gar nicht mehr für nötig hielt, Leo zu fragen. Was Leo wollte oder beabsichtigte, spielte keine Rolle mehr. Für Leo gab es auch kein Privatleben mehr. Ganz selbstverständlich verlangte Greg inzwischen Auskunft darüber, was Leo tat, was er im Unterricht erlebte, was er dachte und was er vorhatte. Leo musste über jeden Schritt Rechenschaft ablegen. Er hatte dabei das Gefühl, dass er vollständig ehrlich sein musste, was die Sache erschwerte, zugleich aber auch auf hausenthaleigene Art und Weise erleichterte. Leo war sich sicher, dass Greg Mittel und Wege hatte, die Wahrheit herauszubekommen. Eine einzige geplatzte Lüge und alles war umsonst.

Daher tat Leo, als ob er sich über die überraschende Joggingbegleitung freuen würde. Er wählte eine andere Strecke aus und versuchte, mir nicht zu begegnen. Als wir uns dann zufällig dennoch trafen, hoffte er einfach, dass ich sofort sehen würde, was Sache war, und mich nicht verraten würde. Vorsichtshalber mühte sich Leo jedoch nach meinem Abgang, Greg zu vermitteln, wie wenig er noch mit mir anfangen konnte. Und er nutzte auch die Situation, um sich mit einem, wie er meinte, genialen Schachzug endgültig Gregs Vertrauen zu erschleichen.

»Meine Fresse, die nervt!«, stöhnte Leo.

»Wie?«, fragte Greg verwundert. »Hattest du mir nicht mal gesagt, dass du Interesse an dieser Frau hättest?«

»Das war . . .« Leo schluckte. »Das war . . . Greg, ich muss dir was sagen!«

»Was denn?« Greg sah Leo erwartungsvoll an.
Dieser wischte sich den Schweiß von der Stirn und sah den Hügel hinunter auf den Parkplatz.
»Ich habe einen Fehler gemacht.«
»Was für einen Fehler?«
»Einen großen Fehler. Wenn ich dir jetzt etwas sage, versprichst du mir, nicht sauer zu sein?«
»Oh Mann, da verlangst du aber 'ne Menge . . .« Greg machte ein paar Stretchingmoves für die Arme. »Aber okay, wir sind Freunde. Egal was, ich bin dir nicht böse. Was ist?«
»Ich hab mit Franka geschlafen!«, eröffnete Leo und schob eilig nach: »Ich weiß, es war falsch, aber neulich in der Hütte, im Wald, da ist es einfach passiert. Versteh mich, ich . . . ich konnte einfach nicht Nein sagen.«
»Oh, puh, das ist hart!« Greg war bei Leos Worten in sich zusammengesackt. »Sekunde, das muss ich erst verkraften. Ich habe gedacht, ich könnte dir trauen!«
»Es tut mir ja so leid.« Leo legte noch eins drauf. Innerlich war er am Kochen, denn er wusste ja, dass Greg im Moment schauspielerte, dass er Franka beauftragt hatte, genau das zu machen. Und nun gab Greg hier den Gehörnten. »Und, und Greg . . . es ist noch schlimmer. Ich glaube, ich habe mich in Franka verliebt.«
»Du mutest mir 'ne Menge zu, alter Freund.« Greg schüttelte sich. »Ich weiß nicht . . . Okay, Leo, ich sag dir was. Ich verzeihe dir!« Er atmete laut aus. »Es fällt mir schwer, aber ich verzeihe dir. Und weißt du, warum? Weil du ehrlich bist und es mir sagst. Ehrlichkeit schätze ich über alles, wer mich

aber belügt, den mache ich fertig. Und ich sag dir noch eins: Ich habe das alles gewusst!«

»Wie?« Leo war ehrlich überrascht. Mit dieser Antwort hatte er nicht gerechnet. »Wieso, woher denn?«

»Glaubst du, Franka belügt mich?« Greg streckte sich. »Ich weiß, dass ihr gebumst habt. Und ich weiß auch, dass es nicht nur einmal passiert ist. Warum, glaubst du, habe ich dir neulich Franka angeboten? Dir gesagt, dass zwischen ihr und mir Schluss ist, dass sie mir gestanden hat, sie habe sich in dich verliebt, und dass du sie haben kannst? Ich wollte dir eine Brücke bauen, damit du mit deinen Lügen aufhören konntest. Verstehst du, ich wollte es dir leichter machen. Doch du hast mich schmoren lassen. Darüber, nur darüber bin ich wirklich traurig.«

»Greg, versteh doch!«, bettelte Leo. »Bitte, du bist mein bester Freund, sie deine Freundin, nur, Franka ist so . . . geil. Und ich hatte doch noch nie, das war so gut und ich wollte wieder und will weiterhin . . .«

»Ach, Leo!« Greg legte ihm die Hand auf die Schulter. »Keine Angst, du bist ehrlich, das zählt. Jetzt weiß ich, ich kann dir doch trauen, denn du hast es endlich gebeichtet. Tut gut, die Wahrheit zu sagen, oder?«

»Ja, es geht einem besser.« Leo nickte. »Und du bist dann echt nicht mehr böse?«

»Als Franka es mir gestanden hat . . .« Greg zögerte eine Sekunde. »In dem Moment war es wie ein Messer im Rücken. Ein Stich, es tat weh. Da tauchten diese Bilder im Kopf auf, du und sie, in meiner Hütte. Das war hart. Aber dann habe ich mir gesagt, Franka ist jung, sie hat noch so viel vor sich. Außerdem, ich habe dir ja bereits erzählt, dass ich von Franka so langsam genug habe. Mach, was du denkst.«

»Wenn es für dich okay ist.«

»Kein Problem. Aber wenn wir schon mal bei diesem Thema sind . . .« Greg lächelte. »Ich hab es dich ja schon mal gefragt. Ist es für dich okay, wenn ich dann mal mein Glück bei Sara versuche?«

»Alles, was du tust, ist für mich okay«, antwortete Leo.

»Na ja, im Moment hab ich noch anderes im Kopf. Aber vielleicht nächstes Jahr.« Greg streckte sich. »Doch, das könnte mir gefallen. Sara könnte meine neue Matratze werden, was denkst du?«

»Klingt gut.« Leo musste sich beherrschen, um nicht über Greg herzufallen. Möglichst unbeteiligt versuchte er anzumerken: »Aber an deiner Stelle würde ich die Finger von ihr lassen. Die kann echt nerven. Die ist wie eine Klette, sei einmal nett zu der und du wirst sie nie wieder los.«

»Diesen Typ Frau kenne ich. Aber die bieg ich mir so hin, wie ich sie haben will.«

»Wenn du meinst!«

»Ist ja noch etwas Zeit bis zum nächsten Semester. Abwarten.«

»Du sagst es.« Leo setzte sich heimwärts in Bewegung. »Und jetzt brauche auch ich eine Dusche.«

»Wer zuerst da ist, duscht zuerst!«, rief Greg und spurtete an Leo vorbei. Der wechselte ebenfalls auf Sprint, konnte und wollte Greg jedoch nicht mehr einholen.

Am nächsten Tag saßen Sven und Leo wieder zusammen oben unterm Dach im Übungsraum, und nachdem der Un-

terricht eigentlich beendet war, fragte Sven: »Sag mal, Leo – was willst du eigentlich wirklich von mir?«
»Wie meinst du das?«, wich Leo aus, von dieser Frage völlig überrumpelt.
»Jetzt stell dich nicht blöd.« Sven hielt noch immer die schuleigene Konzertgitarre in Schräglage vor seinem Körper. Auch ruhten seine Finger noch immer auf dem Griffbett und über dem Schallloch. »Was ist der Grund, dass du plötzlich so freundlich zu mir bist?«
»Bin ich freundlich?«, versuchte Leo erneut, das Gespräch auf ein anderes Gleis zu setzen. Die Frage, der Tonfall, ja das gesamte Wesen Svens war anders, so ungewohnt ehrlich. So, als ob er es ernst meinen würde.
»Verscheißere mich nicht.« Sven sah Leo bittend, ja fast schon flehend an. »Ich, ich . . . Ändert sich was, wenn ich dir sage, dass . . . Ach lass. Du würdest mir nicht glauben.«
»Was willst du?«
»Ich denke, das weißt du.«
»Ich habe keine Ahnung, wovon du sprichst.« Leo stand auf, drehte Sven den Rücken zu und legte seine Ovation in den Gitarrenkoffer.
»Ned war auch mein Kumpel«, sagte Sven einfach so, ohne jede weitere Betonung.
»Ach?«
»Und ich weiß, dass Greg ihn geschasst hat. So wie er auch mich fast geschasst hätte.«
»Echt?« Leo kniete weiter gebeugt über dem offenen Gitarrenkoffer.

»Das mit der Flasche Rum war er. Also nicht direkt er. Aber er hat dafür gesorgt, dass es möglich war. Und er kannte mich, er wusste, wenn er mir sagt, Franka kann dir was besorgen, dann mache ich das sofort. Ich weiß noch nicht, wie er das hingekriegt hat, dass der Liebig dann so überraschend kontrolliert hat, aber wie ich Greg einschätze, kennt er auch da keine Skrupel.«

Leo schwieg.

»Mit Ned ist der Fall eindeutig. Du hast es selbst erlebt.« Sven sprach halblaut weiter. »Für Ned war Greg Dealer und Suchttherapeut in einem. Ohne Gregs Erlaubnis ist Ned nicht mal aufs Klo.«

»Warum erzählst du mir das?«, flüsterte Leo.

»Weil ich Angst habe. Angst vor Greg.«

»Wir alle haben Angst.«

»Aber ich muss hier den Abschluss schaffen, sonst ist es für mich vorbei.«

»Das geht auch vielen von uns so.«

»Sonst sagst du nichts?«

Leo schwieg.

»Erzählst du Greg davon?«

»Wenn ich so drauf wäre, wie du jetzt denkst, dann würde ich Nein sagen und dich dennoch verpfeifen.«

»Also tust du es?«

»Nein.«

»Wie nein?« Sven hob müde den Kopf.

»Nein, nein.« Leo drehte sich um. »Ich werde nichts sagen. Und du?«

»Nein.« Sven stand auf. »Sehen wir uns morgen wieder?«

»Ich werde da sein.«
»Ich auch.«

Tatsächlich fanden sich beide am nächsten Tag wieder pünktlich im Übungsraum oben unter dem Dach ein. Und so, als wäre nichts geschehen, ging es mit dem Unterricht weiter.
Doch als sie wieder darangingen, die Instrumente zu verstauen, bemerkte Leo: »Ich hab dich ganz anders eingeschätzt. Ich hab gedacht, du bist ein Spitzel.«
»Das bin ich auch.« Sven versuchte zu lächeln. »Oder war ich bisher. Aber ich will nicht mehr.«
»Warum?«, fragte Leo.
»Zuerst wollte ich hier nur überleben.« Sven zögerte. »Das will ich auch jetzt noch, daher werde ich Greg weiterhin brav Bericht erstatten. Aber ich werde lügen.«
»Warum?«, wiederholte Leo seine Frage.
»Wegen Ned, wegen mir«, erklärte Sven. »Ich habe das Gefühl, du hast was vor. Was Greg angeht. Und da will ich dir . . . nicht direkt helfen . . . Ich wünsche dir Glück. Mehr darfst du aber nicht von mir erwarten. Ich will hier überleben.«
»Also bist du gar nicht so, wie du bist? Warum spielst du ausgerechnet diesen Sven?«
»Weil mir der andere zu wichtig ist. Den muss ich schützen. Jeder spielt hier eine Rolle. Du doch auch!«
»Du bist echt hart!« Leo schüttelte ungläubig den Kopf. »Dann ist das alles Fassade?«
»Nicht nur . . . Ich besaufe mich schon gerne und ge-

raucht habe ich schon vorher. Aber nicht so, wie es hier rüberkommt. Warum . . . ganz einfach, auf meinem letzten Internat hab ich gesehen, dass man als Alkoholikerarsch recht gut durchkommt. Die Leute glauben, dich zu kennen, und lassen dich in Ruhe. Das funktioniert prima. Außerdem wird man auf jede Party eingeladen. Und wenn auch nur, weil alle wissen, der bringt was zum Saufen mit. Obwohl, ehrlich gesagt, letztes Semester habe ich die Rolle etwas übertrieben.« Sven lachte bitter. »Irgendwie hatte ich die Kontrolle verloren. Aber okay, ein Jahr mehr, was soll's. Passiert mir nicht wieder, ich habe die Sache im Griff.«

»Und Greg?«

»Diese Typen gibt es überall. Und an Orten wie Hausenthal erst recht. Meiner Erfahrung nach musst du zusehen, dass du die nicht zum Feind hast.«

Leo verspürte das Bedürfnis, Sven gegenüber reinen Tisch zu machen. »Die Cliffhanger-Nummer beim Survival von Greg war gespielt.«

»Ich wusste es zwar nicht, aber ich habe es vermutet. Danke.«

»Keine Ursache. Hat er mit mir auch durchgezogen.«

»Im Gegenzug solltest du wissen, dass das im Wald beim Crosslauf Gregs Idee war.«

»Das weiß ich bereits von Luca. Trotzdem danke.«

»Keine Ursache.« Sven feixte. »Sei vorsichtig, Greg ist gefährlich.«

»Das weiß ich.«

»Er traut dir nicht. Nicht von hier bis zur Tür.« Dabei beließen sie es. Sven und Leo hatten sich gegenseitig vergewissert, dass sie es nicht böse miteinander meinten. Beide hatten jedoch auch kein Interesse weiterzugehen.

Elf

Von dieser Annäherung, ebenso von all dem, was Leo sonst erlebte, bekam ich nichts mit. Ich wusste weder, dass Leo Greg von Franka erzählt hatte, noch von Gregs Plänen mit mir. Im Grunde wusste ich in dieser Phase der Geschichte gar nichts. Und was ich wusste, konnte ich Leo nicht mitteilen. Wie gerne hätte ich ihm von meinem Gespräch mit dem Direktor erzählt. Denn irgendwann hatte ich es nicht mehr ausgehalten, ich war zu Herrn Liebig gegangen.

»Sara, wie kann ich dir helfen?« Herr Liebig saß hinter seinem Schreibtisch und zeigte auf einen der freien Stühle. Ich folgte seiner Aufforderung und setzte mich ihm gegenüber.
»Ich habe da ein Problem.«
»Oh, da hoffe ich, ich kann dir helfen. Hoffentlich nichts Ernstes! Erzähl!«
»Also, Herr Liebig . . . Es ist so. Es ist nicht direkt mein Problem, aber ich denke, Sie sollten davon erfahren. Hier in Hausenthal passieren Dinge, die nicht okay sind.«
»Wie meinst du das?« Der Schulleiter beugte sich vor. »Geht es um den Unterricht?«
»Nein, mehr so die Schüler, einen Schüler . . .«
»Worum geht es?«
»Also, angenommen . . .« Ich hatte mir das in meinem Zimmer so genau zurechtgelegt. Ich war wieder und wieder durchgegangen, was und wie ich es sagen wollte. Und jetzt hier, als ich Herrn Liebig unmittelbar gegenübersaß, fiel mir

kein einziges meiner Worte mehr ein. »Angenommen, jemand erschleicht sich das Vertrauen der anderen Schüler, missbraucht das und manipuliert so die Schülerschaft . . .«
»Bitte etwas genauer, Sara!«, unterbrach mich Herr Liebig.
»Das Dope bei Ned beispielsweise, das ist ihm untergejubelt worden!«
»Ned ist Vergangenheit«, bügelte mich der Direktor ab. »Und ich werde diesen Fall nicht wieder aufrollen.«
»Aber da passiert noch so viel mehr. In Hausenthal existiert ein System von Erpressung und Willkür, jemand manipuliert andere. Horcht sie aus, bringt sie dazu, sich ihm gegenüber zu öffnen, und dann erpresst er sie.«
»Kannst du irgendwie beweisen, wovon du sprichst?«
»Ja, also fast. Im Schulladen werden Zigaretten verkauft. Es gibt jemanden, der verleiht Geld und versorgt andere mit Drogen.« Ich wusste nicht, was ich noch anführen konnte. »Einer der Schüler beherrscht die anderen. Der baut sich hier ein System auf und . . .«
»Also, Sara, es ist ja an und für sich sehr begrüßenswert, dass du zu mir kommst. Doch das klingt alles etwas übertrieben, wenn ich das so sagen darf. Illegaler Zigarettenverkauf, Geldverleih, jemand, der andere beeinflusst . . . Sara, Hausenthal wirkt vielleicht wie ein Feriendorf, doch auch hier ist Alltag wie in der Welt draußen.«
»Aber, Herr Liebig, das hier ist mehr . . .«
»Ich bin mir ganz sicher, dass in meiner Schule nicht gedealt wird! Das steht fest! Du weißt selbst, wie oft wir hier testen! Also pass auf, was du behauptest. Klar!?«
Ich nickte kleinlaut.

»Und sonst gilt . . . Sara, ich habe mir zum Motto gemacht, mich nicht in alles einzumischen. Ich denke, Schüler können viel mehr selbst regeln, als ihnen gemeinhin von den Erwachsenen zugestanden wird. Darum habe ich Schulstaat, Schülerparlament, ja sogar ein Schülergericht eingesetzt und ich werde den Teufel tun, mich in deren Befugnisse einzumischen. Was ihr Schüler unter euch regelt, ist für mich bindend. Selbst wenn ich hinter manchen von euren Beschlüssen, zum Beispiel was den Bann angeht, ganz und gar nicht stehe. Aber wenn ihr das so wollt, bitte. Wenn du also ein Problem hast, dann wende dich an die zuständige Stelle. Sara, du warst doch selbst im Petitionsausschuss!«

»Aber, Herr Liebig, das geht nicht. Der Schüler, von dem ich spreche, kontrolliert bereits den ganzen Schulstaat: Parlament, Gericht . . .«

»Sara, das klingt doch jetzt sehr paranoid. Sag mal, hast du Probleme? Hast du irgendwelche Tabletten geschluckt?«

»Nein, Herr Liebig, bitte! Sie müssen mir glauben!«

»Soll ich dir sagen, was ich denke?« Herrn Liebigs Tonfall wurde ekelhaft verständnisvoll. »Sara, du hast die Geschichte mit Ned nicht verkraftet und nun suchst du dafür einen Schuldigen. Aber es gibt keinen, außer Ned selbst. Hätte er nicht gekifft, wäre er nicht . . .«

Obwohl ich wusste, dass das die falsche Reaktion war, bin ich einfach aufgesprungen und rausgestürmt.

Wie gerne hätte ich Leo von diesem Gespräch berichtet. Aber es war kein Treffen unter vier Augen möglich. Greg hielt Leo von mir fern, er isolierte ihn regelrecht. Anfangs glaubte ich noch an einen Zufall, doch nach einigen Tagen war mir klar, Greg riegelte Leo mit voller Absicht ab. Offensichtlich nahm er uns nicht ab, dass wir miteinander gebrochen hatten. Warum sonst sollte er Leo so von mir fernhalten?

Heute weiß ich, dass Sven recht hatte. Greg traute Leo nicht wirklich. Doch traute er mir?

Gerade in dieser Phase wäre eine offene Kommunikation zwischen Leo und mir elementar wichtig gewesen. Wenn ich gewusst hätte, was um Leo herum vorgegangen war, wenn er gewusst hätte, welchen Wahnsinn ich durchlebte, wäre sicher alles anders verlaufen. Garantiert.

Doch leider war dem nicht so.

Ich musste dringend erfahren, wie es Leo ging und was er vorhatte. Und ihm von meinen Plänen erzählen.

Wie gerne hätte ich ihm außerdem anvertraut, dass Greg inzwischen immer häufiger bei mir auf der Matte stand. Aber okay, ich hatte mit diesem Spiel alleine angefangen. Jetzt musste ich es auch alleine durchziehen.

Es war komisch, plötzlich so von Greg umworben zu werden. Regelmäßig, wenn Leo mit Sven am Üben war, besuchte Greg mich in meinem Zimmer. Er brachte einmal sogar Blumen mit, meist aber schenkte er mir einfach Eis vom guten, alten Giovanni, der wieder jeden Mittag mit seinem Eiswagen vor der Schule stand.

»Das ist zu viel, Greg!«, beklagte ich mich schließlich. »Ich esse zwar gerne Eis, aber nicht so oft!«

»Hast du Angst, du wirst zu dick?«

»Findest du mich zu dick?«, fragte ich reflexartig zurück und ärgerte mich im selben Moment tierisch über mich selbst.
»Nein.« Das war gelogen, das hörte ich.
»Sei ehrlich!«, bat ich ihn.
»Wenn ich ehrlich sein soll, dann bist du auch ehrlich nicht zu dick. Zumindest nicht für mich. Ich mag es etwas mollig.«
Das war die falsche Antwort. Mollig, ein Horrorwort, dem ich nichts entgegensetzen konnte. Mollig machte mich fertig, mollig hatte mich mehrfach fast in den Wahnsinn getrieben. Ich hasste dieses Wort wie kein anderes. Selbst fett war besser, mollig war . . . tödlich.
»Sorry, bin gleich wieder da. Mal eben für kleine Mädchen!« Ich musste aus diesem Zimmer raus, und nachdem ich mir den Finger in den Hals gesteckt hatte, ging es mir wieder besser. Während ich auf der Waage stand und mir die Zähne putzte, überlegte ich, was ich Greg sagen würde. Doch als ich in mein Zimmer zurückkam, war der verschwunden.
In meinem Kopf war Chaos, zwei Gedanken lagen im Clinch gegeneinander. Bin ich wirklich wieder zu dick? Mein Gewicht hatte sich inzwischen bei achtundfünfzig Kilo eingependelt. Bei meiner Größe von eins sechsundsiebzig war das ein sehr guter Wert.
War ich dennoch wieder mollig geworden? Womöglich gab es neues, leichtes Fett, hatte mein beschissener Körper einen Weg gefunden, dennoch dick zu werden?
Doch vielleicht war das ja auch alles nur ein Spiel von Greg. Ein Versuch, mich fertigzumachen! Aber dann musste Franka Greg gegenüber geplaudert haben. Und wenn sie ihm

das erzählt hatte, dann wusste Greg auch garantiert, dass zwischen Leo und Franka nichts passiert war. Was war, wenn Franka ihm alles gestanden hatte? Dann hing unser kompletter Plan an einem seidenen Faden.
Obwohl, nicht unbedingt. Selbst wenn er das alles wusste, dann hieß das doch noch immer nicht, dass es nicht klappen könnte, ihn von der Schule zu bringen. Von dem Plan, ihm den Realabschluss zu verschaffen, konnte Greg nichts wissen. Das wussten definitiv nur Leo und ich. Davon hatte ich Franka nichts erzählt.
Was wusste Greg, was hatte er vor?
War ich dick?
Ich musste mit Leo reden, irgendwie. Doch zunächst war Franka dran.
Beim nächsten Treffen unserer Krankenpflege-AG versuchte ich, etwas aus ihr herauszubekommen. Aber sie war völlig normal, sie war nett zu mir, sie benahm sich so wie immer. Eben Franka. Sie direkt auf Greg oder Leo anzusprechen, traute ich mich nicht.
An einem Donnerstag stand ich am Fenster und sah Greg und Leo hinterher, wie sie im Wald verschwanden, als plötzlich Sven in meinem Zimmer stand.
»Leo schickt mich.«
»Aha.«
»Ich soll dir das hier geben, ich warte draußen.« Sven streckte mir einen Briefumschlag entgegen. Der Umschlag trug weder Adresse noch Absender und er war auch nicht zugeklebt.

Hallo Sara,
es wird Dich überraschen, aber Sven ist auf unserer Seite. Genauer gesagt ist er nicht auf Gregs Seite. Du kannst ihm vertrauen. Er ist der einzige Weg, wie wir hier augenblicklich Kontakt halten können. Ich hoffe, Du erkennst meine Schrift, sonst frag ihn doch danach, was ich zu Dir gesagt habe, als wir zusammen eingefahren sind.

Daran erinnerte ich mich gut. »Okay, jetzt heißt es überleben!«, hatte Leo gesagt. Und ich hatte genickt und geantwortet. »So ist das Leben. Überall.«

Es gibt im Augenblick keinen anderen Weg zu reden. Entweder ahnt Greg was oder er ist einfach so. Er passt auf. Und ich habe das Gefühl, dass wir uns auf verdammt dünnem Eis bewegen. Also sei vorsichtig.
Was gibt es bei Dir Neues?
Ich habe Greg gestanden, dass ich mit Franka geschlafen haben. Du weißt, wie ich das meine. Er hat mir großmütig verziehen und gesagt, Franka hätte es ihm schon gebeichtet. Er wünscht uns beiden Glück.
Greg ist definitiv krank und es ist die Hölle, jeden Abend neben diesem Kerl einzuschlafen. In seinem Kopf ist irgendwas schief. Aber ich weiß nicht, was. Was meinen Plan angeht, nichts Neues. Und ehrlich, Sara, mir kommt alles in dem Moment, wo ich es schreibe, nur noch pervers vor. Ich werde noch wahnsinnig! Was machen wir da? Wer kann uns helfen? Soll ich vielleicht doch mit dem Liebig sprechen?
Leo

»Sven? Komm rein!«, rief ich, nachdem ich den Brief ein zweites Mal gelesen hatte.
Sven trat ein, blieb jedoch unsicher in der Zimmermitte stehen.
»Du kannst dich setzen.« Ich zeigte auf mein Bett.
»Danke. Lieber Fenster.«
»Unklug, da könntest du gesehen werden.«
»Auch wieder wahr. Also doch Bett.«
»Was ist dir lieber, soll ich Leo einen Brief schreiben oder dir erzählen, was Sache ist?«
Sven zögerte.
»Okay, du musst nichts sagen«, kam ich seiner Antwort zuvor. »Ich schreibe.«
»Es ist nur, ich kann es mir nicht leisten, Stellung zu beziehen. Ich habe noch gut ein Jahr. Ich darf nichts riskieren. Hausenthal ist . . .«
». . . ist meine letzte Chance«, unterbrach ich ihn. »Den Spruch kenne ich, aber es wird dadurch nicht besser.«
»Ich weiß, er ist feige. Aber ich kann nicht anders. Du weißt ja, hier gilt es zu überleben.«
»Ist schon okay. Aber Postbote ist für dich kein Problem?«
»Könnten ja Liebesbriefe sein.« Sven versuchte, so unschuldig wie möglich auszusehen.
»Du wirst lachen!«, antwortete ich ihm. »Es sind Liebesbriefe.«
»Soll ich warten oder später wiederkommen?«
»Ich brauche nicht lange.«
»Das sagen Frauen immer.«
»Raus!«
»Wir sehen uns!«

Es war echt komisch, obwohl Sven nach wie vor derselbe war, hatte diese Kurieraktion ihn schlagartig für mich in ein völlig neues Licht gerückt. Vorher war er ein Arschloch, das selten mal was sagte, worüber man sich nicht ärgerte. Und nun plötzlich war er einer von uns und dadurch bekam alles, was er von sich gab, eine andere Bedeutung. Aber womöglich war das auch nur, weil ich nun das Gefühl hatte, nicht mehr ganz so isoliert zu sein.

Dennoch suchte ich, nachdem ich meinen Brief geschrieben hatte, nach etwas, womit ich den Umschlag versiegeln könnte. Leider fand ich nichts Geeignetes und so unterschrieb ich nur. Ich hatte alles, was ich inzwischen erfahren hatte, in Stichpunkten für Leo festgehalten. Nur das Gespräch mit Herrn Liebig und die Sache zwischen Greg und mir, seine ständigen Besuche, behielt ich für mich.

Als Sven kam, um den Brief zu holen, fragte ich: »Wann wird er ihn bekommen?«

»Morgen, beim Gitarrenunterricht.«

»Gut.«

»Mir macht der Unterricht richtig Spaß. Leo sagt, ich hätte Talent. Und er ist ein echt guter Lehrer.«

»Grüß ihn von mir.«

»Mach ich.«

Sven war noch nicht lange weg, da sah ich Leo und Greg aus dem Wald von ihrer Tour zurückkommen.

Ich zog mich um und begann ebenfalls mit meiner Runde. Bei fast zwei Stunden war ich inzwischen. Ab einer halben Stunde beginnt die Fettverbrennung und es war einfach absolut befriedigend, im Wald unterwegs zu sein und zu spüren, wie Kalorie um Kalorie verbrannt wurdne. Bald würde mich niemand mehr mollig nennen. Und dieses Arschgesicht von Greg würde Augen machen.

Die neuen Infos von mir, die ich von Franka über Greg erhalten hatte, halfen Leo in seiner damaligen Situation nicht wirklich weiter. Doch zumindest stutzten sie Greg, der für Leo inzwischen ein lebender diabolisch-übermächtiger Alptraum geworden war, auf menschliches Normalmaß zurück. Die ersten Informationen über Gregs Herkunft und seine zumindest geplante Zukunft – dass sie genauso eintreffen würde, dafür mussten wir sorgen – waren ihm jedenfalls eine Erleichterung.

Mehr, du musst mehr herausbekommen! Unbedingt! Warum musste er aus Bad Tölz weg, was ist geschehen? Frag Franka!, beantwortete er mein Schreiben.

Viel lieber jedoch hätte Leo sich selbst aufgemacht und recherchiert. Aber auch er wusste, dass das unmöglich war. Im Auftrag von Herrn Liebig hatte Gregs AG inzwischen sogar ein neues Firewallsystem mit Filterfunktionen programmiert, gegen das Chinas Computerkontrollprogramme liberal waren. Nur nach Anmeldung und unter digitaler Überwachung durften Schüler aus dem Intranet heraus ins WWW. Andere Internetzugänge gab es nicht und selbst wenn jemand mit Laptop und Handy zugange gewesen wäre – Hausenthal war ein Funkloch, Handys hatten hier keinen Empfang.

Da ich Franka aber nicht mehr traute, musste ich irgendwie sonst an Infos kommen. Aber wie?

Leo und ich verabredeten, am nächsten Heimfahrwochenende von zu Hause aus zu telefonieren. Endlich einmal wieder direkt miteinander sprechen ohne Angst vor möglichen Lauschern. Leo fuhr zu seiner Familie, ich zu meinen Eltern. Ich tat dies nur widerwillig, denn da ich wusste, was mich dort erwartete, hätte ich ein Wiedersehen mit meiner Mutter gerne noch länger herausgeschoben.
Es kam, wie es kommen musste.
»Sara! Was ist los?« Meine Mutter stand kreidebleich vor mir.
»Gar nichts, ehrlich Mama!«, verteidigte ich mich. »Ich war erkältet. Irgend so einen elenden Magen-Darm-Virus. Hatten alle in Hausenthal. Und dann die vielen Prüfungen. Ich bin okay.«
»Auf die Waage!«
Ich war auf sechsundfünfzig Kilo runter.
»Du brauchst Hilfe!«
»Das ist echt nicht nötig«, versuchte ich, weiter den Deckel auf dem Topf zu halten. »Ehrlich, Mama.«
»Das entscheide ich.«
Für mich war klar, worauf meine Mutter achten würde und wie ich sie in ihrer Entscheidung beeinflussen konnte. Ich musste nur brav essen. Nicht zu viel, nicht zu wenig, mit Freude, bewusst und vor allem nicht danach aufs Klo. Es kostete mich tierische Überwindung, aber ich schaffte es, ein volles Wochenende lang den Normalesser zu geben. Der Preis dafür: zwei Kilo mehr. Aber dafür hatte ich eine wieder beruhigte Mutter und neue Infos über Greg. Hammerinfos, bei denen mir die Spucke wegblieb. Denn am

Sonntagmorgen klingelte das Telefon bei mir zu Hause. Es war Leo.
»Kannst du ins Internet?«, fragte er.
»Klar, meine Eltern haben DSL.«
»Dann geh mal sofort online. Ich muss dir was zeigen.«
Ich ging ins Arbeitszimmer meiner Eltern. Es dauerte, bis der Rechner endlich hochgefahren war.
»Und, was soll ich mir ansehen?«, fragte ich währenddessen immer wieder.
Aber Leo antwortete nur: »Abwarten.«
Endlich war auch ich im Netz. »Okay!«
»Gib www.untergruberhof.de ein.«
Auf meinem Bildschirm öffnete sich die Homepage eines Gasthofes.
»Das ist das Hotel von Gregs Familie«, erklärte mir Leo. »Klick mal auf *Ihre Gastgeber!*«
Ich folgte auch dieser Anweisung. Viele Fotos waren zu sehen, per Mausklick ließen sie sich vergrößern. Unter dem vierten Pic stand: *Familie Untergruber.* Ich vergrößerte es und rief: »Das ist Greg!«
»Genau. Unser Einzelkind aus München, eingerahmt von seinen Brüdern und seinen Eltern, dem Starunternehmer und der Konzertpianistin. Das ist doch zum Kotzen, nicht?«
»Kann man wohl sagen.«
»Ich habe etwas gebraucht, bis ich das geknackt hatte. Bad Tölz war natürlich gelogen. Aber der Schützenverein hat sie verraten. So sportfanatisch, wie Franka ist, muss sie gut sein. Und die Guten findest du in den Rankings der großen Wettkämpfe. So viele Frankas gibt es ja glücklicherweise

nicht. Sie schießt für den Schützenverein von Geratsried. Von da aus zu Gregs Familiennamen war es nicht mehr so schwer. Du hattest ja was von einer Pension gesagt. Es gibt zum Glück nur ein paar kleine Hotels in und um Geratsried. Und über den örtlichen Touristikverband habe ich ihn schließlich gefunden.«

»Cool.«

»Aber ich hab noch mehr!« Leos Stimme klang aufgeregt. »Ich habe noch mehr gefunden. Gib mal www.geratsrieder-schützen1871.de ein.«

Ich tippte und eine blau-weiße Homepage mit Girlanden und Fotos von Männern in Trachten und mit Gewehren in den Armen erschien.

»Bin da.«

»Und jetzt auf den *Chronik*-Button.«

Ich folgte auch Leos weiteren Anweisungen.

»Hier, da sind Greg und Franka noch unter den Jungschützen aufgeführt. Und daneben ist die Liste der Schützenprinzen, ich denke mal, das ist vergleichbar dem Schützenkönig bei der Jugend. Jedes Jahr ein Mädchen und ein Junge. Hast du's?«

»Hab ich.«

»Seit vier Jahren ist immer Franka die Schützenprinzessin. Jeweils mit einem anderen Prinzen an ihrer Seite. Nur vor drei Jahren, da gab es keinen Schützenprinzen. Komischerweise taucht ab diesem Jahr auch Greg nicht mehr im Verzeichnis auf. In keiner Liste. Da fragt man sich doch, wieso, oder?«

»Logisch, was ist passiert?«, überlegte ich.

»Das erfährst du, wenn du auf *Presse* wechselst. Da ist für dasselbe Jahr . . .« Ich hörte, wie Leo am anderen Ende der Leitung das Scrollrad seiner Maus betätigte. »Es gab da offenbar ein Problem. Der Schützenprinz wurde nachträglich disqualifiziert. Es wird zwar kein Name genannt, aber wegen unwürdigen Verhaltens sind vier Junioren ausgeschlossen worden.«

»Wieso vier?«

»Gleich«, beschied mir Greg. »Ich bin dann zurück auf die Mitgliederliste und tatsächlich, außer Greg tauchen drei weitere Jungschützen nicht mehr auf. Und jetzt wird es spannend.«

»Los, was denn?« Ich wurde richtig aufgeregt.

»Ich hab mir dann die Nummern zu den Namen aus dem Telefonbuch besorgt und gestern Abend herumtelefoniert. Beim fünften, nein, beim siebten Anruf hatte ich dann Erfolg.«

»Und?«

»Einen gewissen Dominik Beinlechner hatte ich am Apparat. Und dem habe ich gesagt, dass ich mit Greg in derselben Schule bin und dass Greg momentan Probleme hätte. Und da sagte er nur: ›Gut.‹«

»Und du wusstest, du hast den Richtigen.«

»Genau. Dominik ist noch heute tierisch sauer auf Greg. Er sagte, wenn er die Sau jemals wiedersieht, dann wird er ihm seine dreckige Fresse polieren. Und Greg soll sich nicht noch einmal nach Geratsried trauen. Denn passiert ist Folgendes: Diese Waffenidioten sind auf Freizeit gewesen, irgendein Schützencamp oder so am Abend vorm Preisschießen. Und da haben sie nicht nur auf Scheiben, oder wie das bei denen heißt, geschossen, sondern Greg kam auf die Idee, Jagd zu spielen. Dass sich vier fünfzehnjährige Idioten mit ihren Waffen abgesetzt haben, ist offenbar keinem der Erwachsenen aufgefallen. Die vier sind jedenfalls in die Pampa und haben herumgeballert. Aber nichts getroffen. Irgendwann haben sie ein paar Kühe auf der Weide gesehen. Und Greg hat vorgeschlagen, sie sollten auf die schießen. Alle zusammen, eben wie bei einer Jagd. Alle haben abgedrückt, nur bei Gregs Gewehr hat angeblich was geklemmt. Aber die drei anderen haben getroffen. Die Kuh war noch nicht tot, nur schwer verletzt, und sie haben sie einfach verrecken lassen. Die vier haben das Ganze dann verheimlicht. Laut Dominik war auch das Gregs Vorschlag. Und am nächsten Tag beim Wettkampf hat er sie dann erpresst. Er hat verlangt, dass sie absichtlich schlecht schießen, sonst würde er die drei verraten. Und so ist Greg Frankas Schützenprinz geworden.«

»Ist das echt wahr?«, staunte ich.

»Aber natürlich wurde die Kuh gefunden, alles ist rausgekommen und die Eltern der vier Jungen mussten zahlen. Die Polizei hätten sie raushalten können, sagte Dominik. So etwas regelt man auf dem Land unter sich. Aber dass Greg seine Schützenkameraden derart verscheißert hat . . . Erst anstiften, dann kneifen und dann erpressen. Wenn so was rauskommt, und es kommt immer raus, dann bist du erledigt.«

»Ein Grund mehr, dass er in Hausenthal bleiben will«, überlegte ich. »Aber ich sehe nicht, wie uns das weiterbringt.

Dadurch ändert sich doch nichts in Bezug auf den Greg bei uns. Was bringt es uns, dass wir das jetzt wissen?«

»Abwarten«, widersprach Leo. »Ich habe jedenfalls Dominik versprochen, dass ich ihm Greg heimschicke.«

»Und was sagte er?«

»Er und seine Kumpels würden sich freuen, ihn wiederzusehen.«

»Klingt gut. Setzt aber voraus, dass er den Abschluss schafft!«

»Er wird ihn schaffen.«

Damit war, was Greg betraf, alles gesagt.

»Und wie geht es dir so?«

»Jetzt etwas besser«, bekam ich zur Antwort. »In den letzten Tagen allerdings war es ziemlich heftig. Die Pause hier daheim ist auch nicht schlecht. Kleine Auszeit. Immerhin . . .« Leo lachte kurz, es klang aber aufgesetzt, nicht wirklich fröhlich. »Ich werde immer besser auf der Gitarre. Und da ich Greg sonst nur ausweichen kann, wenn ich lerne, dürfte ich auch inzwischen das Schuljahr gut gepackt haben. Herr Liebig wird sich freuen.«

»Was ist mit Franka?«, fragte ich.

»Was soll sein?«

»Macht ihr, also vielmehr spielt ihr Greg weiter vor, dass ihr . . .«

»Genau. Franka ist auch eigentlich eine echt Nette.«

»Meinst du wirklich, sie hält Greg gegenüber dicht?«

»Denke schon.« Die kurze Pause verriet aber, dass Leo sich auch nicht hundertprozentig sicher war. »Sie hat unglaubliche Angst davor, Greg zu verlieren. Und da sie davon ausgehen muss, dass sie ihn nur halten kann, wenn sie es mit mir treibt . . .«

»Und wenn nicht?«

»Dann weiß Greg, dass ich nicht sein Freund und treuer Hund bin. Mehr nicht. Glaub mir, der ist ahnungslos. Von unserem Plan weiß er nichts. Der ist so sehr von sich überzeugt, für den ist undenkbar, dass jemand ihm nicht zu Füßen liegt.«

»Sei trotzdem vorsichtig.«

»Bin ich. Wie findest du das mit Sven?«, fragte Leo.

»Komisch.«

»Der Kerl ist irgendwie schräg. Da dachte man, der ist voll bescheuert, und dann das. Greg glaubt, er wäre sein Spitzel, ist er aber garantiert nicht wirklich. Davon bin ich absolut überzeugt. Die täglichen Unterrichtsstunden mit ihm tun mir richtig gut. So normal irgendwie. Ich glaube, ihm geht es ähnlich. Nach einer paar Monaten Hausenthal ist man froh, wenn man wenigstens einen Menschen hat, bei dem man sich nicht verstellen muss. Und bei dir?«

»Nichts. Wie immer«, gab ich eilig zur Antwort. Zu gerne hätte ich Leo von der Geschichte zwischen Greg und mir berichtet. Doch ich wusste, dass Leo voll dagegen gewesen wäre. Er wollte mich aus der Schusslinie halten, mich schützen. Aber ich konnte selbst auf mich aufpassen.

»Du bist so dünn geworden«, sprach Leo weiter. »Alles okay?«

»Alles okay. Lieber zu dünn als zu fett«, sagte ich leichthin.

»Du wirst es wissen.«

»Du sagst es.«

»Also geht alles wie gehabt weiter?«
»Du sagst es.« Ich wollte das Gespräch schon beenden, da fragte Leo: »Du hast aber nicht zufällig inzwischen eine Idee, wie wir das schaffen können, dass er den Abschluss packt?«
»Nein.« Ich schüttelte den Kopf. »Überhaupt keinen Plan.«
»Ich auch nicht. Und wir haben nur noch zwei Wochen.«
»Meine Mutter sagt immer: ›Und wenn du glaubst, es geht nicht mehr, dann kommt von irgendwo ein Lichtlein her.‹«
»Den Spruch kenne ich. Aber meiner Erfahrung nach muss man selbst Feuer machen. Also dann. Wir sehen uns morgen in der Schule.«
»Bis morgen.«

Zwölf

Wie Leo mir später erzählte, erlebte er die nachfolgende Zeit wie einen Horrortrip, aus dem es einfach kein Erwachen gab. Jeder Tag in Hausenthal war ein Tag in der Hölle. Sie begann morgens beim Wachwerden und endete mit dem Lichtauslöschen. Und selbst dann lag sein persönlicher Teufel noch neben ihm und schnarchte seelenruhig. Ständig war Greg in seiner Nähe. Ausgenommen die paar Stunden Schule und die halbe Stunde täglich, in der Leo Sven Gitarrenunterricht gab. Aber sogar dort tauchte Greg neuerdings immer mal wieder, ohne zu fragen, auf. Ansonsten war Greg immer da, während des Silentiums, bei den AGs, in der freien Zeit vor dem Lichtlöschen, nachts, beim Aufstehen. Leo fühlte sich wie sein Eigentum, wie ein unmündiges Kind. Greg machte ständig Vorschläge, was Leo tun solle und was nicht. Und andauernd sprach er über ihre gemeinsame Zukunft. Wie das im kommenden Jahr werden würde, was sie alles unternehmen könnten, welch großartige Zeit dieses gemeinsame Schuljahr für sie beide werden würde. Mit Leo zusammen begann Greg schon jetzt, Leos Mitschüler einzuteilen: interessant, langweilig, nützlich, gefährlich. In die letzte Kategorie schaffte es niemand.

Und immer wieder fing Greg davon an, wie sehr er sich auf die Prüfung freue. Er spielte mit Leo auch mögliche Prüfungsszenarien durch. Erst hatte Greg geplant, einfach in allen vier Klausuren Unmengen an Fehlern zu machen und so einfach nicht zu bestehen. Doch dann erschien ihm das zu gefährlich. Der hessischen Prüfungsordnung nach – Herr Liebig hatte sie zusammen mit der Terminliste ans Schwarze Brett gepinnt – hatte bei der Bewertung das Kollegium beziehungsweise der Schulleiter einen gewissen Spielraum. Es gab mögliche Zweitbewertungen und selbst mit einem *Mangelhaft* in einem der Prüfungsfächer Deutsch, Mathematik oder Englisch konnte ein sonst guter Schüler unter Umständen den Abschluss bekommen. Da war die Rede von »erkennbarem Arbeitswillen«, von »besonderen Fähigkeiten«, die der Prüfling zeigte. Erst wenn zwei der drei Prüfungshauptfächer mit *Mangelhaft* benotet wurden, wurde der Abschluss nicht anerkannt. Doch wie konnte man dies erreichen, ohne aufzufallen? Greg war bislang ein guter Schüler. Er gehörte in Hausenthal zu den besten, im Durchschnitt hatte er eine Zwei oder eine Drei unter den bisherigen Klausuren stehen. Plötzlich zwei Fünfen auf einmal – das würde auffallen. Zudem gab es die Möglichkeit der Nachprüfung. Wie sollte Greg sich dem verweigern, ohne dass es Stress gäbe? Liebig und seine Eltern würden Fragen stellen.

Unter Paragraf neun fand Greg schließlich die Lösung für sein Problem: Narrensicher war nur, sich bei einem Täuschungsversuch erwischen zu lassen und somit von der Prüfung ausgeschlossen zu werden. Damit war man definitiv durchgefallen und die Prüfung durfte erst ein Jahr später wiederholt werden.

Diese Idee von Greg stürzte Leo in tiefste Verzweiflung. Was blieb nun noch an Hoffnung? Diesen Plan konnte Leo nicht durchkreuzen. Keine Chance.

Doch zu Leos Erleichterung entschied sich Greg wenige Tage vor der ersten Prüfung doch wieder um. Der Grund für diesen Meinungswechsel war, dass Greg diese Methode zu wenig elegant erschien. Erwischt zu werden, war nicht cool. Nur Verlierer wurden erwischt. Gewinner fanden einen anderen, besseren Weg.

Gregs neue Idee war nun, die Prüfungen zwar mitzuschreiben, aber generell wenig zu leisten, sodass keine Klausur besser als ein *Befriedigend* oder *Ausreichend* werden würde. Und in Deutsch würde er es dann zu Ende bringen, indem er einfach nur Mist schreiben würde. Greg wollte diese Deutschklausur, die passenderweise auch terminlich die letzte war, nutzen, um ein Zeichen zu setzen.

»Ich habe mir das genau überlegt!«, erklärte er Leo am Abend in ihrem Zimmer. »Das wird in die Annalen der Schule eingehen. Der Liebig wird platzen und die Aktion wird fürs nächste Schuljahr meinen Ruhm mehren. Mich unsterblich machen. Ich werde auf die Prüfungsfrage überhaupt nicht eingehen, sondern die drei Stunden Klausurzeit nutzen, um der Welt, der Schule, besonders aber dem Liebig zu zeigen, was ich von ihnen halte. Nämlich nichts. Ich werde ihn und das Kollegium seitenweise beleidigen. Dafür muss er mir ein *Ungenügend* geben! Das geht gar nicht anders. Und *Ungenügend* bedeutet laut Prüfungsordnung nicht bestanden. Keine Nachprüfung, nichts. Und ich bleibe weiter in Hausenthal.«

»Aber das gibt doch auch Stress«, gab Leo zu bedenken, obwohl er innerlich hätte jubeln können. Wenn Greg das durchzog, dann gab es für Leo womöglich doch wieder Hoffnung. »Wie willst du das erklären?«

»Gar nicht. Von mir aus können sie alle die Wände hochgehen! Womit wollen sie mir drohen? Ich bin doch schon ganz unten. Tiefer als Hausenthal geht nicht mehr. Und meine Eltern wollen unbedingt, dass ich den Abschluss mache. Andernfalls müssten sie sich ihre Pläne für mich in den Arsch stecken. Dafür haben sie gezahlt und sie werden schon dafür sorgen, dass der Liebig mich nicht feuert. Sie müssen mich verlängern.«

»So gesehen hast du wahrscheinlich recht. Wie immer.« Leo wusste ja inzwischen von mir, was Gregs Eltern mit ihrem Sohn vorhatten. Er sollte bei ihnen in die Lehre gehen, und wie Franka mir erklärt hatte, hatten sie auch schon Gregs weiteren Weg genau geplant. Er sollte auf die Hotelfachschule und die, die sie für ihn ausgesucht hatten, verlangte den Realschulabschluss. Gregs Vorhaben war demnach wirklich klug geplant, wie Leo eingestehen musste.

»Und wenn ich erst achtzehn bin, dann können meine Alten mich komplett kreuzweise. Denn dann kann ich ja endgültig machen, was ich will. Tja, vielleicht gehe ich nach Berlin oder Hamburg. Suche mir dort eine neue, nette Schule. Ich habe neulich gelesen, dass Eltern für ihre Kinder, solange sie zur Schule gehen, Unterhalt zahlen müssen.« Greg lachte. »Mal sehen, wie lange ich meine Schulzeit strecken kann.«

Später, es war bereits Schlafenszeit und Greg atmete zufrieden in seinem Bett, nahm Leo wieder seine Überlegungen auf, wie er an Gregs Klausur gelangen konnte. Gregs Handschrift hatte er sich bereits in den letzten Wochen antrainiert, ebenso dessen Art zu schreiben. Sein Plan war einfach, aber funktionell. Nach der Klausur würde Leo sich von Gregs Mitprüflingen das Thema sagen lassen und was sie dazu geschrieben hatten. Und wenn die Schüler nach der letzten Klausur wie üblich in Hausenthal eine spontane Party starten würden, würde sich Leo mit Kopfschmerzen bei Greg entschuldigen, heimlich die Klausur nachschreiben und während des Abendessens austauschen. Erst hatte Leo geplant, in der Nacht ins Büro des Direktors einzubrechen, aber das war total unmöglich. Leo rechnete sich bessere Chancen aus, wenn er es noch während der normalen Betriebszeiten der Schule versuchte. Die Sekretärin ablenken, sich irgendwie den Schlüssel besorgen. An dieser Stelle hörten seine konkreten Planungen auf, aber er wollte auch gar nicht so intensiv darüber nachdenken. An diesem Punkt beruhigte er sich immer mit dem Gedanken »Irgendwas geht immer, mir wird schon was einfallen«. So auch an diesem Abend. In Gedanken im Sekretariat angekommen, schlief Leo ein.

Am Montag würden die Prüfungen beginnen und für den Samstag hatte der Schulleiter, quasi als Druckablassventil, einen Discobesuch angesetzt.
Für Leo bedeutete dies, es gab wieder Käsefondue in ihrer Wohnung. Greg hatte neben den, wie er sagte, »üblichen Verdächtigen« Jonny, Micha, Paula und Franka noch Sven und zu meiner großen Überraschung auch mich eingeladen. Leo war sowieso dabei, er musste die Einladung vorbereiten und sollte anschließend für die musikalische Unterhal-

tung sorgen. So hatte es sich auch an den letzten Fondueabenden abgespielt, doch war ich dabei nicht mehr willkommen gewesen.
Umso mehr verwunderte es Leo, dass ich nun plötzlich auf der Gästeliste stand, wie er mir über Sven mitteilen ließ.
Ich antwortete ihm, dass ich mir das auch nicht erklären könne. Aber Greg habe sicher seine Gründe, und um nicht aufzufallen, so log ich weiter, müsse ich die Einladung ja wohl annehmen.

Es war eine merkwürdige Runde, die sich versammelt hatte. Für Jonny, Paula, Micha, Franka und offiziell auch Greg war es einer der letzten derartigen Abende in Hausenthal, sie würden im Sommer gehen. Sven, Leo und ich dagegen würden noch ein Jahr bleiben. Franka und Leo hatten etwas zu verbergen, Greg und ich, Sven, Leo und ich – womöglich waren da noch mehr Geheimnisse um den Tisch versammelt.
Ich fieberte dem Abend förmlich entgegen.
Anfangs war es ganz normal. Greg war gut gelaunt, er machte Scherze und bei den Gesprächen ging es um Hausenthal, Politik, den neuen Film mit Uma Thurman, den Papst und Kondome und natürlich um Klatsch über die nicht anwesenden Mitschüler.
»Oh, wer hat denn da nun sein Brot verloren?«, fragte Paula irgendwann.
»Ich!«, gestand Greg.
»Kann es sein, dass das dein drittes Mal war?«, fragte Jonny mit einem erwartungsvollen Grinsen im Gesicht.

»Echt? Nein, oder? Aber wenn ihr sagt, kann sein, dass ich etwas betrunken bin«, antwortete Greg. »Scheiß-Prüfungsstress.«

Ich sah, wie Leo und Sven einen Blick tauschten, und auch, dass Greg dies bemerkte. Für mich war sonnenklar, er hatte das Brot mit Absicht verloren. Jemandem wie Greg passierte das nicht zufällig. Vielleicht einmal, aber niemals dreimal hintereinander. Und wieso behauptete er, er sei betrunken?

»Du weißt, was das heißt: das intime Geständnis!«, ergänzte Paula. »Wir warten.«

Greg tat so, als würde er überlegen. Doch in Wirklichkeit hatte er sich das, was er nun sagen wollte, schon lange zurechtgelegt. Da war ich mir sicher. Was wir nun hören würden, war kein Geständnis, sondern Teil eines Plans.

»Ja, gut, nun bin ich mal dran.« Greg nahm einen Schluck aus seinem Becher. »Also, es geht um mein erstes Mal. Also das, ihr wisst schon, *das* erste Mal!«

Franka saß mir direkt gegenüber, Leo rechts neben Greg an der Stirnseite des Tisches. Beide wurden blass.

»War eine komische Geschichte. Ich war mit meinem Vater unterwegs. Irgendeine Messe in Stuttgart. Ich war dreizehn und fand das cool, mit meinem Vater unterwegs zu sein. Wir waren in so einem Nobelhotel untergebracht. Jedenfalls kommt mein Vater nach dem Abendessen zu mir und sagt, er wolle mit Geschäftsfreunden an die Bar und da würde ich stören. Er drückt mir fünfzig Euro in die Hand und meint: ›Mach dir einen netten Abend, Kino oder so was.‹ Ich hab genickt und bin los. Aber dann war der Film scheiße und ich bin raus. Deswegen war ich schon nach knapp einer

Stunde wieder im Hotel zurück. Ich wollte aufs Zimmer, fernsehen. Wie es sich für einen guten Sohn gehört, wollte ich mich bei meinem Pa zurückmelden. Ich betrete also die Hotelbar und da sehe ich meinen Vater am Tresen sitzen. Mit einer Frau. Und die war definitiv nicht meine Mutter! Eine junge, gut aussehende Frau. Und die beiden fummelten aneinander herum.« Greg machte eine Pause. Dann holte er tief Luft und sprach weiter.
Ich behielt Franka im Blick. Die Geschichte irritierte sie offensichtlich sehr. Und auch Leo rutschte unruhig auf seinem Stuhl hin und her.
»Ich beobachte die eine Weile. Und merke, es ist in erster Linie mein Vater, der fummelt. Die Frau lässt das mehr so geschehen. Irgendwann stehen die beiden auf und gehen hoch in unser Zimmer. Ich hab ihnen eine Viertelstunde gegeben, dann bin ich mit meinem Schlüssel rein. Sie haben es getrieben. Vielmehr, wie ich reinkam, hat die Frau über meinem Vater gekniet und ihm die Monica Lewinsky gemacht.«
In der Küche war es totenstill. Alle warteten, wie die Geschichte weitergehen würde. Vor allem, wann würde die Geschichte für Greg peinlich werden?
»Der langen Rede kurzer Sinn, die Frau war eine . . . Professionelle. Mein Vater hatte sich eine Nutte aufs Zimmer geholt. Tja, wie erklärt man das seinem Sohn?« Erneute Pause. Jeder in der Runde hing an seinen Lippen. Greg trank einen Schluck aus seinem Zinnbecher.
»Mein Vater hat ziemlich cool reagiert«, setzte er anschließend seine Geschichte fort. »Er hat mich gefragt, ob ich auch wolle. Er würde bezahlen.«

»Und?«, fragte Jonny.
»Was wohl?« Greg starrte auf den Tisch. »Habe ich nicht gesagt, es geht um mein erstes Mal? Natürlich habe ich.«
Ich konnte sehen, wie Franka erstarrte. Offenbar hatte sie das nicht gewusst – falls es denn überhaupt wahr war, was Greg erzählte.
»So richtig?«, fragte Jonny weiter.
»Ich sprach vom ersten Mal«, fuhr Greg ihn gereizt an. »Nicht von einem Blowjob!«
»Und was bitte war daran nun peinlich?«, fragte Leo ins anschließende Schweigen. Zu meiner Verwunderung war er blass wie der geschmolzene Käse im Topf. Die Fonduegabel in seiner Hand zitterte. »Dass dein erstes Mal mit einer Prostituierten war?«
»Nein.« Greg grinste. »Dass mir mein Vater die Nutte ins Bett gelegt hat.«
In dem Moment schrie Franka: »Du Schwein!«
»Was denn?« Greg tat so, als ob er Frankas Verhalten völlig unverständlich fände: »Was regst du dich auf! Du warst doch da gar nicht die Nutte, oder?«
Franka sprang auf, sie stieß ihren Stuhl um und stürzte aus der Küche. Sekunden später knallte die Wohnungstür. Paula wollte ihr hinterher.
»Setz dich wieder!«, befahl Greg.
Paula ließ sich langsam wieder auf ihren Stuhl sinken. Kaum saß sie wieder, rief Greg: »Was hat Franka denn plötzlich? Wie gesagt, sie ist doch gar keine Nutte! Aber vielleicht kriegt sie ja ihre Tage. Ach, ihr Ding! Sagt doch mal, wie war das bei euch? Leo, wie war gleich noch mal dein erstes Mal?«

Leo wurde, wenn das überhaupt möglich war, noch blasser, sagte aber nichts.
»Hey, was ist denn los?«, regte sich da Greg über das Schweigen am Tisch auf. »Es können halt nicht alle die große Liebe oder so vorweisen. War ja auch nichts aus der Kategorie *Meine Lieblingsgeschichte!* Ihr habt das intime Geständnis gefordert. Und jetzt passt es euch nicht!«
»Ist okay, nur . . .« Micha nahm ein Stück Brot aus der Schüssel, pikte es auf die Gabel und tunkte es in den Käse. »Es gibt Geständnisse, die möchte man lieber nicht hören. Können wir es dabei belassen? Ich für meinen Teil möchte jedenfalls kein weiteres erstes Mal, egal von wem, hören!«
Bis auf Greg nickten die Verbliebenen am Tisch.
»Na gut.« Greg zuckte mit den Schultern. »Schade, ihr verpasst was. Oder, Leo?«
Ich ertrug das nicht mehr. Ich stand auf und meinte: »Entschuldigung, aber mir ist schlecht! Ich gehe lieber. Sorry.«
»Hey, was denn?« Greg sah mich herausfordernd an. »Hat dir meine Geschichte den Appetit verdorben? Oder bist du mal wieder auf Diät? Sara, du weißt doch, Diäten erzeugen immer den Jo-Jo-Effekt. Hinterher ist man fetter als vorher.«
Was sollte ich dazu sagen? Nichts.
Obwohl ich mich tierisch über mich ärgerte, rannte ich aufs Klo, sobald ich in meiner Wohnung angekommen war. Weißer Käse schwamm anschließend in der Schüssel. Aber besser ging es mir nicht. So viele Fragen bohrten sich in mein Hirn. Was bezweckte Greg? Was zum Teufel wusste er?
Diese Frage stellte sich auch Leo, als er endlich an diesem Abend vor Wut, Scham und Hilflosigkeit bebend in seinem

Bett lag. Warum demütigte Greg Franka so vor den anderen? Schließlich hatte er sie Leo doch selbst praktisch ins Bett gelegt – abgesehen davon, dass ja gar nichts passiert war. Und wieso hatte er Leos Geschichte, vielmehr die Geschichte zwischen ihm und seinem Vater, erzählt, sie dreist als die eigene ausgegeben? Und dann der Tritt in die Weichteile mit dem geänderten Ende. Hatte Franka doch ausgepackt? Leo lag starr auf dem Rücken und lauschte auf das tiefe und gleichmäßige Atmen des Jungen ein Bett neben ihm. War das jetzt wenigstens echt? Oder bluffte Greg auch hier? Außerdem quälte Leo ein ganz anderer Gedanke. Was sollten diese Bemerkungen über mich, Sara? Überhaupt, warum hatte Greg mich eingeladen?
Leo warf sich in seinem Bett hin und her.
Wenn Franka Greg gegenüber eingestanden hatte, dass zwischen ihr und Leo nichts passiert war, warum war Greg dann so freundlich? Dafür gab es nur einen Grund, er hatte auch etwas vor. Anders ließ sich das nicht erklären. Plante Greg etwas gegen Leo oder gegen mich? Und wenn dem so war, welche Rolle spielte Sven? War ihm womöglich doch nicht zu trauen?
Gegen vier Uhr früh entschied Leo, dass er seinen Plan mit dem Austauschen der Klausuren auf jeden Fall durchziehen würde. Scheißegal, was geschehen würde. Was half dieses Grübeln? Wenn Greg etwas vorhatte, würde er das schon irgendwann merken. So oder so.

Doch was Leo schließlich erleben sollte, überraschte ihn dann doch. Genauer gesagt, es erschütterte ihn bis ins

Mark. Und leider muss ich gestehen, dass letztlich ich die Schuld daran trug. Denn mein Plan, Greg für mich zu interessieren, war zu meiner Überraschung doch aufgegangen. Einen Tag nach dem Käsefondue stand Greg wieder in meinem Zimmer. Aber zum ersten Mal zeigte er nun überdeutlich, dass er was von mir wollte. Er sprach davon, dass er mich mögen würde und wie schade er es finde, dass wir uns erst jetzt richtig kennengelernt hätten. Und ob ich das nicht auch so sehen würde.

Ich bejahte und zu meinem Schrecken erkannte ich, dass dies nicht einmal gelogen war. Auf eine ganz eigene Art und Weise war Greg mir wirklich wichtig geworden. Und von noch größerer Bedeutung war, ich wollte, dass ich ihm wichtig war.

Nachdem er wieder gegangen war, musste ich mich der Frage stellen, was ich eigentlich bezwecken wollte. Nun, da Greg richtig in mein Spiel eingestiegen war, kam ich mit dem, was ich angefangen hatte, immer weniger klar. Meine Waage zeigte vierundfünfzig Kilo und trotzdem hatten mich Gregs Bemerkungen über Fett und Diät völlig aus der Bahn geworfen. Der Kerl machte mich fertig. War ich wieder fett? Und wenn, warum zeigte Greg dann an mir Interesse? Was wollte ich denn nun von Greg?

Ich spürte, wie mir alles, was ich mir aufgebaut hatte, unter den Händen zerrann.

Gleichzeitig verstrich unsere Zeit in Hausenthal, ohne dass wirklich etwas geschah. Greg und die anderen schrieben eine Prüfungsklausur nach der anderen und Leo und ich konnten nur zusehen. Ich wusste von Leos idiotischem Plan und

war mir sicher, dass er scheitern würde. Was dann kommen würde, war offen.
Ich hatte Angst.
Angst um Leo.
Angst um mich.
Vielleicht war diese Angst der Grund, dass ich nichts sagte, als Greg meine Mitbewohnerin Magda bat zu gehen und die Tür schloss. Es war Freitag kurz vor dem Abendessen. Greg hatte am Vormittag seine letzte Klausur geschrieben. Ich wusste, dass Leo unterwegs war, ebendiese Klausur auszutauschen, und ich war verzweifelt.
Und nun saß Greg neben mir, dieser Teufel, dieser so überaus anziehende Teufel, und ich spürte, ich wollte, dass er mich wollte. Es ging nicht mehr um den großen Plan, darum, Ned zu rächen. Es ging inzwischen um mich. Ich wollte, dass Greg mir sagte, dass ich gut aussähe und was ich für eine tolle Figur hätte.
»Ich will dich«, flüsterte Greg. »Komm!«
»Wo willst du hin?«, krächzte ich.
»Zu mir, da können wir sicher sein, dass niemand hereinkommt.«
»Und Leo?«
»Der sagt, er habe Kopfschmerzen. Aber vermutlich ist er irgendwo mit Franka. Wahrscheinlich machen die beiden genau das, was ich jetzt auch machen möchte. Was denkst du?«
Greg stand auf, ich blieb wie erstarrt sitzen.
»Gib mir fünf Minuten Vorsprung.«
Sechs Minuten später klopfte ich an Gregs und Leos Zim-

mertür. Während des Weges sowie davor und danach sagte ich mir immer wieder selbst, dass ich das alles nur machen würde, um Leo zu schützen, um Greg abzulenken. Aber ich wusste, dass ich mich belog. So wie ich mich auch selbst belog, wenn ich mich im Spiegel betrachtete und mir versuchte einzureden, ich sei schlank.

Greg öffnete die Tür. Auf Leos Plattenspieler drehte sich eine von Leos Platten, romantische Gitarrenmusik. Es war alles so krank.

Greg zog mich langsam auf sein Bett. Ich sagte mir, mach es wie die Queen, schließ die Augen und denk an England. Aber ich konnte nicht an Leo, an mein England, denken. Das, was ich spürte, war gut, war genau das, was ich wollte. Ich spürte Gregs Lippen an meinem Hals, an meinem Ohr. Ich hörte ihn flüstern, spürte seine Hände, wie sie gierig meinen Körper ertasteten. Ich spürte, dass mein Körper seinen Händen gefiel, wie er mich forderte, und ich ging mit. Irgendwann fragte er, was ich wollte. Ab diesem Moment war ich es, die ihn forderte. War ich diejenige, die auszog, küsste, berührte und leckte. Ich sah in seinen Augen die Lust, die ich ihm bereitete. Die Lust, mich nackt zu sehen, mich zu spüren. Irgendwoher zauberte er ein Kondom und dann war er in mir. Nun hatte ich ihn und ich genoss diese Macht. Doch dieses Gefühl war nicht von Dauer. Schnell, viel zu schnell war alles vorbei und ich war wieder ich. Schämte mich wieder meines Körpers, war verletzlich und dick.

»Das war gut«, sagte Greg.

»Das werden wir nächstes Jahr öfter machen«, sagte Greg.

»Hast du zugenommen?«, sagte Greg.
Ich zog mich wieder an, ich ging zur Tür, ich rannte die Treppe hinunter und in meiner Wohnung direkt aufs Klo. Doch ich konnte würgen, so viel ich wollte. Es kam nichts. Woher auch, wenn nichts mehr in einem ist. Wenn man ganz leer ist.

Dreizehn

Zur gleichen Zeit, als ich mich heulend in die Kissen meines Bettes vergrub, weil ich mich und die Welt hasste, war Leo auf dem Weg zum Schulsekretariat.

Unter seinem T-Shirt war die Kladde mit der von ihm verfassten Klausur. Leo hatte es genauso durchgezogen, wie er es geplant hatte. Nachdem die Prüfung am Vormittag abgeschlossen war, hatte er sich bei Gregs Mitschülern nach dem Thema erkundigt. Es hatte drei verschiedene Themen gegeben: ein Gedicht von Heinrich Heine, eine Kurzgeschichte von Goethe mit dem Titel *Nicht zu weit* und das dritte Angebot war ein Sachtext von Reinhold Messner über seine Expeditionen gewesen. Die meisten, die Leo fragte, hatten sich für das Heinegedicht oder den Messnertext entschieden, kein einziger für den Prosatext von Goethe. Die Frage war nun: Was hatte Greg gewählt? Als Leo ihn danach fragte – unter dem Vorwand, dass er eben wissen wolle, wie die Prüfung gelaufen sei und ob Greg es wirklich durchgezogen habe –, hatte der geantwortet: »Einwandfrei. Ich habe Goethe genommen. Und der Rest lief wie von selbst. Ich kann mir direkt vorstellen, wie der Liebig guckt, wenn er die Klausur vom ratlosen Hillerich vorgelegt bekommt. Ich habe mir das Vergnügen gegönnt, den Text politisch zu schreiben. Eine Art Abrechnung mit Hausenthal, mit dem Schweinesystem hier. Ich hoffe, ich bekomme eine Kopie, wenn sie mich haben durchrasseln lassen. Das musst du unbedingt lesen!« Greg grinste. »Ich kann mich nun bald ganz offiziell als Opfer politischer Unterdrückung präsentieren. Du weißt schon: Staatsfeind Nummer eins. Die von der RAF wären stolz auf mich.«

Leo brauchte anschließend über eine Stunde, bis er in der Bibliothek und im Internet genügend Infos zusammengetragen hatte, um eine vernünftige Textinterpretation der Geschichte aus *Wilhelm Meisters Wanderjahren* zusammenzustellen. Die restliche Zeit bis zum Abendessen ging damit drauf, all dies in Gregs Handschrift niederzuschreiben.

Mit dem Ergebnis seiner Mühen war Leo einigermaßen zufrieden. Inhaltlich würde der Text sicher mindestens ein *Ausreichend* erzielen und vom Schriftbild her war es, zumindest auf den ersten Blick, Gregs Handschrift. Jemand, der sich mit Handschriften auskannte, würde natürlich sofort den Unterschied merken. Aber glücklicherweise waren bei derartigen Prüfungen keine Grafologen vorgesehen.

Doch insgeheim ahnte Leo die ganze Zeit, dass all das, was er da tat, sinnlos war.

Dass all dies nicht klappen konnte.

Wenn ein Betrug bei der Realschulprüfung so einfach wäre, dann würde doch niemand wirklich lernen. Dann würden es alle so machen, zumindest die, die sich für clever hielten.

Leo bog in den Gang zum Sekretariat ein und zeitgleich mit dem Gong, der den Beginn des Abendessens verkündete, klopfte er an der Tür.

Keinerlei Reaktion, niemand rief »Herein«. Leo drückte die Klinke. Die Tür war verschlossen.

Damit hatte Leo nicht gerechnet. Sein Plan hatte so ausgese-

hen, dass Frau Fresemann hinter ihrem Schreibtisch saß und Büroarbeiten erledigte. Wie üblich zu dieser Zeit. Sie hatte Leo gegenüber einmal erklärt, die einzige Zeit des Tages, wo sie wirklich ungestört arbeiten könnte, sei während der Mahlzeiten. Schüler, Lehrer und selbst Herr Liebig waren dann im Speisesaal.
Wo war bloß Frau Fresemann?
Er klopfte erneut, dann probierte er seinen Haustürschlüssel aus, natürlich vergeblich. Leo rüttelte verzweifelt an der Klinke. Er probierte es direkt an der Tür des Direktorenzimmers.
In Leos Kopf überschlugen sich die Gedanken: Tür aufbrechen, einen Nachschlüssel machen, draußen an der Fassade über die Regenrinne hoch und die Scheibe einschlagen . . .
Das war es. Eine andere Möglichkeit gab es nicht.
Leo rannte den Gang zurück, verließ das Schulgebäude und eilte zur Rückseite. Die Regenrinne befand sich wirklich genau zwischen den Fenstern des Sekretariats und denen des Direktorenzimmers. Nach einem kurzen Blick, ob er auch wirklich allein war, kletterte Leo das Fallrohr hoch.
Im ersten Stock angekommen, rammte er, ohne noch weiter zu überlegen, seinen Ellbogen gegen die Fensterscheibe. Nichts. Die Fenster waren doppelt verglast.
Leo versuchte es wieder und wieder. Inzwischen liefen ihm die ersten Tränen über das Gesicht, vor Schmerz, Wut und Verzweiflung.
Dann plötzlich krachte es, die Scheibe zersplitterte. Leo griff durch das Loch ins Innere und öffnete das Fenster. Er merkte überhaupt nicht, dass er sich dabei in den Arm schnitt. Es

war wie ein Rausch, als ob die Euphorie ihn ins Büro hineintrug. Drinnen sah er sich um. Wo waren die Klausuren? Im Schreibtisch? In den Regalen? Leo begann, die Schubladen zu durchwühlen. Er öffnete die Schränke. Der erste war mit Akten gefüllt. Im zweiten standen alkoholische Getränke. Leo öffnete den dritten. Alles Blut wich aus seinem Gesicht. Leo wurde schlecht, er taumelte und musste sich abstützen, um nicht umzufallen. Hinter der Furnierholzfassade des dritten Schrankes war eine Metalltür. Der Schrank war ein getarnter Safe. Garantiert waren die Klausuren dort eingeschlossen.

Alles umsonst.

Draußen vor der Tür wurden Geräusche laut.

Leo wankte zurück zum Fenster. Er fiel mehr, als dass er am Regenrohr hinunterkletterte. Geduckt rannte er an der Hauswand entlang. In seinem Kopf hämmerte die Frage »Wohin?« Er war in Hausenthal, hier gab es kein Versteck.

In seiner Verzweiflung entschied er sich für den Übungsraum. Dort sah er nun, dass Blut von seinem Ellenbogen tropfte. Leo schnappte sich eine herumliegende Packung Taschentücher und versuchte vergeblich, die Blutung zu stillen.

Minuten verstrichen. Irgendwann stand Leo auf, ging zur Tür des schallisolierten Übungsraumes und öffnete sie einen Spalt.

Aus dem Treppenhaus drangen aufgebrachte Rufe und hektisches Fußgetrappel zu ihm hoch. Leo schloss die Tür wieder.

Das war es dann, sagte er sich.

Auf ganzer Linie gescheitert.

Die Nachricht vom Einbruch in Herrn Liebigs Büro verbreitete sich wie ein Lauffeuer. Ich erfuhr es von Mandy, die in mein Zimmer stürmte und rief: »Beim Liebig hat jemand das Fenster eingeschlagen! Sara, das musst du dir ansehen.« Sie stockte, bemerkte meine Tränen und fragte: »Ist was?«

Ich schüttelte den Kopf. »Was soll schon sein?«, sagte ich, stand auf und folgte ihr. Draußen unter den Fenstern des Büros hatten sich sämtliche Hausenthalinsassen versammelt. Sie starrten zu der zerbrochenen Glasscheibe empor und rätselten, was hier vorgefallen war. Bis auf wenige Schwachköpfe, die gleich einen terroristischen Hintergrund vermuteten, sahen die anderen ganz klar in der Abschlussprüfung die Ursache. Schon immer hatte es Überlegungen gegeben, auf irgendeine Art bei den Prüfungen zu betrügen: sich vorab die Fragen zu besorgen, zu spicken und dergleichen mehr. Aber dass nun irgendjemand tatsächlich versucht hatte, an die Klausuren zu gelangen, war eine Sensation. Logischerweise war nun die große Frage, wer aus der Abschlussklasse dafür infrage kam. Es musste jemand aus der jetzigen Zehnten sein; wer sonst konnte Interesse daran haben? Und während oben der Hausmeister Polizei spielte und Spuren sicherte (zumindest sah das, was er da oben tat, danach aus), gingen hier unten vor der Schule die Spekulationen weiter. Der Einbruch war während des Abendessens geschehen, also konnte der Schuldige nicht im Speisesaal gewesen sein. Da die Schüler der einzelnen Klassen jedoch nicht zusammen an einem Tisch saßen, sondern nach Wohnungen getrennt aßen, dauerte es eine Weile, bis die Abendessenschwänzer des Abschlussjahrgangs aufgelistet waren. Drei Namen machten die Runde. Paul konnte ein hieb- und stichfestes Alibi vorweisen, er hatte mit Sandro und Miriam (beide aus der sechsten Klasse) Küchendienst gehabt. Der nächste Fehlende aus der Zehnten war Jackie, doch auch er hatte ein Alibi. Er war auf dem Klo gewesen und hatte zwei Flaschen Sekt wieder ausgekotzt, wie seine Freundin aus der achten Klasse bestätigen konnte. Ansonsten war von den Zehntklässlern nur noch Greg abwesend gewesen. Greg? Ein Raunen lief durch die Menge. Unmöglich! Das kann nicht sein. Der hat garantiert auch ein Alibi. Außerdem, Greg würde so was nicht machen, der hat so was nicht nötig.

Als wären wir in einem Theaterstück, betrat in diesem Moment Greg den Gebäudevorplatz. Die Schüler bildeten eine Gasse und Greg schritt zwischen den Umstehenden hindurch wie ein Star auf dem roten Teppich. Unter dem Fenster blieb er stehen, hielt einen Moment inne und bemerkte dann: »Ich war es auch nicht. Leider.«

»Hast du ein Alibi?«, rief jemand. Ich bekam leider nicht mit, wer.

»Natürlich habe ich ein Alibi! Was denkst du denn, Ritchie?« Während er das sagte, sah er mich an. Um seine Mundwinkel spielte ein triumphierendes Grinsen.

Ich duckte mich und schob mich durch die Reihen. Dass ich Gregs Alibi war, wurde mir erst in diesem Moment bewusst! Und mit dieser Erkenntnis kam der Gedanke, ob ich nicht einfach alles abstreiten sollte. Was wäre, wenn ich einfach alles leugnete? Dann hätten wir ihn.

Genial, genau das würde ich machen.
Doch wo war Leo? Ich musste ihn finden und den neuen Plan mit ihm durchsprechen.
Ich suchte ihn in seiner Wohnung, im Schulgarten, im Wald, doch als ich endlich auf den Übungsraum kam, musste ich feststellen, dass jemand anders schneller gewesen war.
Als ich das Zimmer betrat, stand Greg bereits am Fenster.
»Wir haben auf dich gewartet!«, begrüßte er mich.
Ich stürmte an ihm vorbei zu Leo. Doch der stieß mich weg.
»Ich habe ihm von meinem Alibi erzählt«, erklärte Greg.
Ich erstarrte. Und mit ungeheurer Wucht traf mich die Einsicht, dass alles, was wir gegen Greg geplant hatten, jetzt unbedeutend war. Dass die ganze Zeit etwas ganz anderes wichtig gewesen war. Ich log: »Leo, das hat nichts bedeutet, das war, um dir Zeit zu geben. Er hatte dich gesucht, er war . . . Ich würde niemals freiwillig mit diesem Schwein . . .«
Leos müder, enttäuschter Blick ließ mich verstummen.
»Ich habe ihm natürlich gesagt, dass wir uns in den letzten Wochen öfter getroffen haben. Eigentlich ständig, oder nicht, Sara?«
Im Gegenlicht des Fensters sah Greg aus wie ein ruhiger, sich seines totalen Sieges sicherer Teufel. »Wenn ihr kleinen Idioten euch hier oben getroffen habt zum Üben, dann war Sara meistens bei mir!«
»Leo, das spielt keine Rolle. Wir können ihn immer noch fertigmachen!« Verzweifelt unternahm ich einen neuen Versuch, an Leo heranzukommen. »Die verdächtigen ihn! Er war nicht im Speisesaal und er hat ohne mich kein Alibi. Wir können es immer noch schaffen, wenn ich einfach be-

haupte, er sei nicht bei mir gewesen. Er kann nichts beweisen. Dann ist er dran!«

»Wieder falsch, meine Süße.« Gregs Stimme klang so, als ob er sich amüsieren würde. »Der Einbrecher hat sich verletzt. Soweit ich weiß, wird momentan jemand mit einer Schnittwunde gesucht. Du kannst dir dein Alibi in den Arsch stecken!«

Leo drehte sich mir zu und in diesem Moment sah ich das Blut.

»Ihr beiden traurigen Gestalten habt ernsthaft gedacht, ihr könntet euch mit mir anlegen?« Greg trat vom Fenster weg und endlich konnte ich sein Gesicht sehen.

»Du meinst, mit jemandem, der seine Freunde im Schützenverein bescheißt, jemandem, dem eine Menge Leute gerne eins in die Fresse schlagen würden!«, versuchte ich gegenzuhalten. Ich wollte einfach nicht akzeptieren, dass wir verloren hatten. »Was denkst du, wie die anderen hier reagieren, wenn sie das erfahren? Wenn wir denen von Ned, Jasmin, Violetta, von Miroslav, dem Postfach in . . .«

»Wie wohl? Gar nicht. Wir sind in Hausenthal. Hier zählt nur, was du hier machst, keine Vergangenheit, keine Zukunft.« Greg lachte. »Ihr habt doch keine Ahnung, mit wem ihr euch da angelegt habt. Ich habe euch die ganze Zeit im Griff gehabt. Ich hätte euch jederzeit rauswerfen können wie Ned. Ihr seid nichts, ihr seid lächerlich. Doch ich habe an nächstes Jahr gedacht. Ihr könntet mir da ganz nützlich sein. Ich hoffe, es ist jetzt ein für alle Mal klar, wer hier der Boss ist. Falls du bleiben darfst, Leo, und ich verspreche dir, ich werde mich beim Liebig verdammt dafür einsetzen, dass du hierbleiben wirst, dann dürfte das ein schönes Jahr werden. Du gehörst mir. Und du, Sara, ebenfalls. Ich brauche einen Ersatz für Franka. Und da bist du durchaus geeignet. Tja, Leo, so kommt es, wenn jemand sich mit mir messen will. Aber du hast nichts verpasst, Sara ist nicht besonders gut im Bett. Aber daran lässt sich ja arbeiten.«

Ich zog tief Luft ein, schaffte es jedoch, ruhig zu bleiben.

»Du Schwein!« Es waren die ersten Worte, die Leo sagte, seitdem ich das Zimmer betreten hatte.

»Logisch, ich bin ein Schwein.« Greg reckte sich. »Aber wenigstens ein kluges Schwein. Was glaubst du, wie ich mich über euch zwei Deppen amüsiert habe? Mir vorzuspielen, ihr hättet es getan! Glaubst du ernsthaft, Franka verheimlicht mir etwas? Die ist abhängig von mir, ich bin ihr Leben, ihre Sonne. Die macht alles, was ich von ihr verlange. Und deine Sara habe ich auch bald so weit. Ich überlege nur noch, ob ich sie lieber dünn wie Franka oder lieber mollig mit Titten zum Anfassen hätte.«

Leo sprang auf und stürzte sich auf Greg. Doch der parierte den Angriff mit einem gezielten Schlag auf den verletzten Ellbogen, sodass Leo auf den Boden stürzte. Dabei rutschte ihm die gefälschte Klausur aus dem T-Shirt.

Greg bückte sich danach. »Netter Versuch, aber ebenfalls völlig sinnlos. Leo, denk doch mal nach! Prüfungen werden auf besonderem Papier geschrieben. Mit Schulstempel, Wasserzeichen und so. Ihr seid so billig.« Verächtlich ließ er die Blätter zu Boden fallen.

In meiner Verzweiflung wollte ich mich auf Greg stürzen,

ihm das Gesicht zerkratzen. Ihn irgendwie verletzen, ihm wehtun, ihn brandmarken.

Doch mühelos wich Greg auch diesem Angriff aus. Er packte mich und schubste mich gegen das Klavier.

»Leo, eins muss ich noch loswerden, bevor ich euch beiden Süßen alleine lasse. Am schönsten war es für mich zu sehen, wie du gelitten hast, wenn ich von Sara anfing. Denn weißt du, Mädchen, dieser lächerliche Musikus liebte dich wirklich! Warum habt ihr euch so angestellt? Hättet ihr euch nicht mit mir angelegt, könntet ihr jetzt ein prima Liebespärchen sein. Man soll sich nicht mit den Göttern messen, heißt es doch so schön. Jetzt wird Leo wohl noch länger auf sein erstes Mal warten müssen.«

Greg ging zur Tür.

»Leo, ich erwarte dich später in meinem Zimmer!«

Nachdem die Tür ins Schloss gefallen war, herrschte Schweigen im Übungsraum. Es gab nichts mehr zu sagen. Alles war vorbei.

Nach einer Weile löste ich mich vom Klavier und ging zu Leo. Ich streckte ihm die Hand entgegen, er nahm sie und ich zog ihn hoch. Dann umarmten wir uns. Und als ich spürte, wie er von Schluchzern geschüttelt wurde, liefen auch mir die Tränen übers Gesicht. Wir klammerten uns aneinander fest, wussten jedoch, dass wir trotzdem untergehen würden. Wir waren zu weit aufs Meer rausgetrieben. Die Nacht war über uns hereingebrochen und jeder Versuch weiterzuschwimmen war sinnlos. Wohin willst du schwimmen, wenn du nicht weißt, in welcher Richtung das Land ist?

Der Welt von Hausenthal waren wir nicht gewachsen.

Ich kam erst wieder zu mir, als ich Svens Stimme sagen hörte: »Der Liebig erwartet dich.«
Leo löste seine Umklammerung und sagte: »Ich komme.«
»Wir kommen!«, verbesserte ich.
»Von dir war nicht die Rede«, entgegnete mir Sven. »Der Liebig will nur Leo sehen.«
»Aber ich . . .«
»Nein, Sara, es war mein Plan«, beschied mir Leo. »Dafür werde ich einstehen. Bitte, haben wir nicht schon genug bezahlt?« Dann wandte er sich Sven zu. »Auf welcher Seite stehst du wirklich?«
»Auf meiner!«
Leo nickte und schob sich an ihm vorbei in den Gang. Schon draußen kam er noch einmal zurück und sagte: »Sara, ich komme später bei dir vorbei. Also, wenn es noch geht.«
Leo ging langsam neben Sven die Treppen hinunter. Die Gänge waren menschenleer, offensichtlich hatte der Schulleiter die Schüler in ihre jeweiligen Wohnungen verwiesen.
Sven schwieg und auch Leo wusste nichts mehr zu sagen. In ihm war eine unfassbare Leere. In den dunklen Momenten der letzten Tage, immer dann, wenn Zweifel oder Angst Leo gequält hatten, hatte er sich Hoffnung machen können, hatte er vermocht, sich einzureden, dass es doch irgendwie funktionieren würde. Doch nun war klar: Das war das Ende.
Sven öffnete ihm die Tür zum Direktorat und begleitete ihn hinein.
»Danke, Sven!«, begrüßte sie Herr Liebig vom Schreibtisch aus.
Sven nickte, drehte sich um und schloss die Tür von außen.

»Setz dich!« Leo nahm auf dem Besucherstuhl Platz.

»Was ist mit der Blutung? Willst du zuerst zur Krankenstation?«

Leo schüttelte den Kopf. »Geht schon. Sieht schlimmer aus, als es ist.«

»Nicht dass du mir umkippst. Ich bin für dich verantwortlich.«

Leo schwieg.

»Wollen wir die Sache abkürzen?«

Leo nickte.

»Du hast die Scheibe eingeschlagen und bist hier eingebrochen?«

»Ja, habe und bin ich.« Und dann, in dem Bestreben, die Sache wirklich so kurz und würdevoll wie möglich hinter sich zu bringen, fuhr Leo fort: »Ich wollte die Klausuren.«

»Welche Klausuren? Deine?«

Leo nickte.

»Bitte genauer!« Herr Liebig zog einen Ordner heran und öffnete ihn. »Deine Mathematikklausur? Nein, die hast du ja bereits letzten Donnerstag zurückbekommen. Englisch? Nein, wird ja erst noch geschrieben. Deutsch, auch schon zurückgegeben.«

»Wegen Englisch, ich wollte die Fragen, den Text vorab . . .«

»In Englisch stehst du mündlich auf Zwei, schriftlich zwischen Eins und Zwei.« Herr Liebig blätterte in dem Ordner. »Und du willst mir ernsthaft erzählen, dass du deswegen hier eingebrochen bist?«

»Ja«, entgegnete Leo trotzig.

»Leo, veräpple mich nicht. Ich bin der Direktor, das hier ist meine Schule!« Herr Liebig beugte sich vor. »Werde jetzt bitte vernünftig und erzähl mir, was wirklich der Grund ist!«
Leo wurde die Antwort erspart, da es an der Tür klopfte. Nach der Aufforderung Herrn Liebigs hereinzukommen, betrat Sven den Raum. Ohne ein Wort legte er die von Leo verfasste Abschlussklausur über Goethe auf den Schreibtisch.
»Danke!«, sagte der Direktor knapp.
Sven verließ das Zimmer wieder, ohne Leo anzusehen.
»Leo, entweder du packst jetzt aus oder ich werde sauer.« Herrn Liebigs Stimme wurde leiser und härter.
Leo rutschte unsicher auf seinem Stuhl herum. Sein Blick wanderte von der Klausur zum Fenster mit der eingeschlagenen Scheibe, von dort zum Stahlschrank und dann zu den wartenden Augen des Schulleiters. Leo versuchte, dem fordernden Blick standzuhalten, schließlich sah er zu Boden und begann halblaut zu sprechen: »Ich wollte Gregs Klausur austauschen.«
»Wieso?«
»Weil ich musste.« Leo war bereit, alles zuzugeben, was er getan hatte. Er wollte alle Konsequenzen wie Schulverweis und dergleichen hinnehmen, aber nicht sagen, was der Grund für sein Handeln war.
»Sekunde.« Herr Liebig stand auf, ging hinüber zum Stahlschrank und schloss ihn auf. Aus einem Stapel Blätter im obersten Fach zog er einige Seiten hervor. Mit den Papieren kam er an den Schreibtisch zurück und setzte sich wieder.
»Gregs Deutschklausur. Mal sehen . . .« Herr Liebig vertiefte

sich in den Text. Leo war vorübergehend abgemeldet. Nach ein paar Minuten griff sein Direktor zu dem von Leo verfassten Aufsatz. Leo erschien die Zeit, die er Herrn Liebig beim Lesen zusehen musste, unendlich lang. Doch ein wiederholter Blick auf die große Wanduhr machte ihm deutlich, dass gerade vier Minuten vergangen waren, als der Direktor sagte: »Gut, gut, vielmehr schlecht. Wenn ich mir Gregs Klausur ansehe und deine, dann muss ich sagen: Gratuliere zum Abschluss, Leo. Nur, soweit ich weiß, bist du nicht in der Zehnten. Warum also das Ganze?«

Leo zuckte mit den Schultern.

»Das ist keine Antwort, die ich akzeptieren werde.«

»Es hat persönliche Gründe«, versuchte Leo, sich herauszureden.

»Hier in Hausenthal gibt es keine persönlichen Gründe. Ich will eine Antwort, und zwar jetzt. Was ist zwischen Greg und dir?«

Leo überlegte verzweifelt. Irgendetwas musste er dem Direktor anbieten. Aber die Wahrheit ging nicht. Die Wahrheit war so absurd, die würde Herr Liebig einfach nicht glauben.

Was genau konnte Leo Greg eigentlich vorwerfen?

Dass Greg ihn genötigt hatte, ein Musiker zu werden?

Dass Greg eine falsche Freundschaft erzwungen hatte?

Dass Greg ihm geholfen hatte?

Dass Greg ihm seine Freundin zum Sex angeboten hatte?

Dass Greg ihn gedrängt hatte, in sein Zimmer zu ziehen?

Leo selbst hatte hier gesessen und den Direktor ebendarum gebeten. Hatte Greg Leo vielleicht gezwungen, hier einzu-

brechen und die Klausur auszutauschen? Auf all diese Fragen war die Antwort: Nein.
Klar, Letzteres konnte Leo zwar behaupten, aber hatte er Beweise?
Und Leo wurde klar, von außen gesehen war Greg nichts vorzuwerfen. Außer vielleicht, dass er zu freundlich und aufmerksam war.
»Reicht es Ihnen, wenn ich sage, dass ich nicht anders konnte? Wenn Sie Gregs Klausur gelesen haben, dann wissen Sie doch bereits, dass er durchfallen wollte.«
»Wie – wollte?«
»Na ja, er hat doch mit Absicht . . .«
»Was hat Greg mit Absicht?«
Es klopfte an der Tür. Es war Greg.
»Entschuldigung, Herr Liebig«, begann er. »Aber ich muss hier etwas klären.«
Herr Liebig lächelte. »Wie aufs Stichwort. Kompliment, Greg. Perfektes Timing. Nimm Platz.«
Greg setzte sich auf den freien Stuhl neben Leo. Den warf das überraschende Auftauchen völlig aus der Bahn. Am meisten irritierte ihn die Betretenheit, die von Greg ausging, dieses Kleinlaute in Gestik und Haltung, dieses unmotiviert Devote.
»Herr Liebig, ich muss etwas erklären«, flüsterte Greg, den Blick zu Boden gerichtet.
»Bitte!«
»Also, ich habe nach der Klausur gewusst, das war nichts. Voll vergeigt. Kaum war ich draußen, wurde mir klar, ich hab Mist geschrieben. Vielleicht kein Grund zum Durchfal-

len, aber nicht gut genug für mich! Ich habe es Ihnen nie gesagt, Herr Liebig, aber ich würde gerne mein Abitur machen und später studieren. Aber auf einem Oberstufenkolleg wird man nur mit guten Noten genommen. Und dann . . . dann bin ich auf die Idee gekommen, die Klausur einfach noch einmal zu schreiben, besser zu schreiben, und ich hab Leo gebeten, sie auszutauschen. Ich wollte es erst selbst machen, aber das ging ja nicht. Ich brauchte ein Alibi. Also ist mein bester Freund Leo netterweise . . .« Während dieser kleinen Kunstpause schielte er kurz zu Leo hinüber. Dem gefror angesichts des Triumphes und der Boshaftigkeit in Gregs Augen fast das Blut in den Adern.

». . . ist Leo netterweise los. Aber Sie dürfen ihn nicht bestrafen, er hat keine Schuld, die liegt allein bei mir und ich werde auch die volle Verantwortung dafür übernehmen.« Greg streckte sich und sah nun Herrn Liebig direkt ins Gesicht. »Bitte bestrafen Sie nicht Leo, er hat es nur aus Freundschaft getan. Ich bin der Schuldige. Die Prüfungsordnung ist eindeutig. Ich weiß, ich muss die zehnte Klasse wiederholen. Den Preis muss ich eben zahlen, aber bitte feuern Sie weder Leo noch mich. Bitte geben Sie uns eine zweite Chance. Ich beuge mich auch allen weiteren Sanktionen, die das Schülergericht über mich verhängen wird. Entschuldige, Leo, ich hätte dich nicht darum bitten dürfen. Das war ein Fehler. Kannst du mir verzeihen?«

Leo dachte, er würde nicht richtig hören. Ohne den Direktor zu fragen, griff er nach der Originalklausur Gregs. Er überflog die erste Seite, dann die zweite. Von wegen Pamphlet, von wegen politisch und Abrechnung mit Hausenthal! Eine

stinknormale Deutschklausur, über Goethe, über *Wilhelm Meisters Wanderjahre.* Eine schlechte, eine höchstens ausreichende Deutschklausur, so weit das Leo inzwischen beurteilen konnte.
In seinem Kopf drehte sich alles.
Was war noch wahr und was war falsch?
Also hatte Greg mit Leos Einbruchsversuch gerechnet, vielmehr darauf vertraut und auf diese Weise für sein eigenes Durchfallen gesorgt. Und zwar mit Garantie. Denn bei einem Täuschungsversuch bestand keine Chance auf Nachprüfung oder Wiederholung. Wer betrog oder auch nur versuchte zu betrügen, war draußen und durfte frühestens in einem Jahr erneut antreten.
Bei allem Frust, aller Wut und Enttäuschung zog Leo vor Greg innerlich den Hut. Der Kerl war wirklich um Klassen intriganter als er und ich zusammen. Sein Kommentar im Übungsraum war richtig gewesen: »Wie hatten wir Sterblichen es nur wagen können, uns mit einem Gott anzulegen?«
»Ich danke dir, Greg. Du kannst wieder gehen.« Herr Liebig lehnte sich in seinen Sessel zurück. »Aber ich denke, die Entscheidung, wen und wie ich für diese Aktion angemessen bestrafe, liegt bei mir. Ebenso, ob das wirklich ein Fall fürs Schülergericht ist. Ich werde dir morgen meinen Entschluss mitteilen.«
Greg und auch Leo standen von ihren Stühlen auf, doch da rief Herr Liebig scharf: »*Greg* kann gehen, du bleibst. Mit dir bin ich noch nicht fertig.«
Greg schoss einen weiteren triumphierenden Blick auf Leo ab, dann war er draußen.

»Also?«, nahm Herr Liebig sein Verhör wieder auf. »Gregs Version kenne ich ja nun, ich warte auf deine.«
»Was soll ich sagen . . .?«, murmelte Leo müde. Es gab seiner Meinung nach nichts mehr hinzuzufügen. Das Spiel war gelaufen, er hatte hoch gepokert und alles verloren.
»Du könntest mir von einem Schüler erzählen, der andere erpresst und manipuliert«, begann Herr Liebig. »Jemand, der hier, wie schon vorher zu Hause, den Chef gibt. Ein Schüler, der das Intranet überwacht, der sich erdreistet, meine E-Mails zu lesen! Leo, ich bin der Direktor! Hausenthal ist meine Schule, meine Welt. Glaubst du ernsthaft, ich bekomme so etwas nicht mit? Ich weiß alles, aber ich will es aus deinem Mund hören. Also rede endlich!«
Leo sah Herrn Liebig an und es fiel ihm wie Schuppen von den Augen. Die Worte des Direktors kamen Leo wieder in den Sinn, als er Herrn Liebig vor einiger Zeit gefragt hatte, ob er in Gregs Zimmer ziehen könne. »Wenn du das wirklich willst, bitte! Du weißt vermutlich, worauf du dich da einlässt«, hatte Herr Liebig damals gemeint. Leo verstand nun: Herr Liebig hatte die ganze Zeit Bescheid gewusst.
»Aber warum . . .?«, flüsterte Leo.
»Ganz einfach, mein Junge! Solange es mir nützlich ist, lasse ich die Dinge laufen. Doch wehe, es glaubt jemand, er wäre klüger als ich. Ich habe es dir gesagt, so wie ich es allen Neuen erkläre, wenn sie hier einfahren, wie ihr es nennt. Das ist meine Welt und eure Eltern bezahlen dafür, dass ihr hier den Abschluss macht . . .«
». . . und ich werde dafür sorgen, dass ihr ihn auch schafft«, brachte Leo den Satz zu Ende.

»Du sagst es.« Herr Liebig lächelte. »Ich habe dir doch auch von dem Schüler erzählt, der seinen Vater getötet hatte. Dass er hier nie zu einer Gefahr werden konnte, weil er überwacht wurde.«

Leo nickte.

»So wurde auch Greg überwacht und, falls es dich interessiert, einige andere ebenfalls. Solange Gregs Spiele der Disziplin in Hausenthal nützten, bitte. Wenn ihr so leben wollt, bitte. Es ist euer Alltag in Hausenthal, den ihr selbst gestaltet. Wenn ihr jemanden wie Greg haben wollt, so einen kleinen Führer braucht, bitte! Doch ich werde nie zulassen, dass jemand mir ins Handwerk pfuscht.«

Leo wusste nun gar nicht mehr, in was für eine Art Film er sich befand. Was würde als Nächstes kommen?

»Greg wollte verlängern.« Leo konnte sein Wissen nicht länger für sich behalten. »Das hat er mir gesagt und ich wollte das nicht. Er wollte mit Absicht durchfallen. Die Vorstellung, dass Greg in meine Klasse kommen würde, war mir unerträglich.«

»Also hast du, damit Greg besteht und geht, die Klausur gefälscht.«

Leo nickte.

»Ehrlich, mein Junge. Ich habe mir schon oft von irgendwelchen Kerlen Ausreden angehört. Aber das ist bei Weitem die abgedrehteste.«

»Das ist keine Ausrede, das ist die Wahrheit. Bitte glauben Sie Greg nicht.«

»Was in Hausenthal die Wahrheit ist, entscheide ich. Doch mehr erfährst du morgen. Jetzt gehst du auf dein Zimmer, dein ehemaliges Zimmer. Und wehe, du wagst es, dich auch nur in der Nähe deiner jetzigen Wohnung sehen zu lassen! Du hast Zimmerarrest bis morgen früh um zehn. Dann erwarte ich dich hier und ich werde dir dann verkünden, wie es mit dir weitergeht. Dass dein Handeln Konsequenzen hat, dürfte dir klar sein, oder?«

Leo nickte.

»Dann geh!«

Draußen wartete zu Leos Überraschung Sven auf ihn. Mit frischem Bettzeug auf dem Arm begleitete er ihn zu seiner alten Wohnung. An der Eingangstür zum Haus blieb Sven stehen und sagte: »Ich konnte nicht anders. Das war der Deal zwischen dem Liebig und mir. Rum gegen Infos. Und weißt du, was, ich finde auch jetzt noch, dass es richtig war. So jemanden wie Greg schlägst du nicht auf faire Weise. Ohne den Direktor keine Chance.«

»Dennoch ist es mies zu spitzeln!«

»Hier in Hausenthal gelten derartige Regeln nicht. Hier geht es ums Überleben.«

»Woher wusste Greg von meinem Plan?«

»Keine Ahnung, ich habe für Liebig spioniert, nicht für Greg«, entgegnete Sven. »Es gibt Grenzen.«

»Anscheinend nicht.«

Ich hatte von meinem Zimmerfenster aus gesehen, dass die beiden gekommen waren, und eilte sofort zu Leo, als Sven wieder verschwunden war.

Doch sein Hauslehrer hatte die Tür verschlossen.

Vierzehn

Die anschließende Nacht war eine der schlimmsten in meinem Leben. Ich musste immer wieder an die letzten Stunden denken, an unsere Niederlage und Gregs Triumph im Übungsraum. Von seinem zusätzlichen Auftritt beim Liebig wusste ich ja noch nichts. Die Ungewissheit, was der Schuldirektor mit Leo vorhatte, war fürchterlich und ließ mich ewig keinen Schlaf finden. Als ich endlich doch einschlief, war es nur für kurze Zeit und ich wachte bald wieder schweißgebadet auf. Selbst im Traum war ich in Hausenthal, waren Greg und Leo, waren Sven und all die anderen in meinem Kopf.

Auch am Morgen schaffte ich es nicht, zu Leo durchzukommen. Sein Hauslehrer teilte mir knapp mit, Leo habe bis auf Weiteres Zimmerarrest.

Sollte das bedeuten, man würde ihn mir wegnehmen, so wie Herr Liebig, nein, wie Greg mir auch Ned weggenommen hatte?

Ich erwog, Frühstück und Unterricht zu schwänzen, entschied mich aber dagegen. Der Flurfunk war zum Teil äußerst informiert. Vielleicht war etwas, was Leo und Greg betraf, nach außen gelangt.

Aber außer dass Leo eingebrochen war und dabei versucht hatte, die Klausur von Greg auszutauschen, gab es keine Neuigkeiten. Natürlich kochte die Gerüchteküche, warum Leo das getan haben mochte. Ebenso wenig begriff man in Hausenthal Gregs Rolle bei dem Ganzen. Gründe für das Verhalten der beiden kannte niemand.

Auch Sven verriet mir nichts. Er sagte nur stur immer wieder: »Abwarten, das klärt sich.«

Leo saß in der Zeit in seinem Zimmer und wartete, bis es endlich zehn Uhr wurde. Er war froh, wieder auf seiner alten Bude zu sein. Die Anordnung Liebigs hatte ihm erspart, zu Greg zurückzumüssen. Martin, sein alter Zimmergenosse, reagierte auf Leos Auftauchen einsilbig. Eine kurze Frage: »Wieder da?«
Leo nickte.
»Muss ich dann jetzt wieder endlos Gitarrenmusik hören?«, erkundigte Martin sich im Anschluss und Leo antwortete darauf: »Nein, nicht unbedingt.«
»Weißt du, so ab und an find ich das ja ganz gut, aber andauernd, nein danke.«
»Geht mir inzwischen ähnlich.«
»Dann ist es ja gut.« Und Martin vertiefte sich wieder in sein Buch.
Leo legte sich auf sein Bett und tat einfach nichts. Weder nachdenken noch sich Sorgen machen. Leo hat einfach existiert. Nach dem Lichtauslöschen hörte er Martin neben sich schnaufen. Wie anders klang dessen Atmen, so friedlich, nicht belastend und vor allem nicht kontrollierend.
Auch jetzt nach dem Aufwachen ging es ihm weit weniger schlecht, als er erwartet hatte. Er hatte gut geschlafen und fühlte sich entspannt und ausgeruht. Die Sache war vorbei. Er hatte zwar verloren, aber es war zu Ende. Leo wusste, seine Zeit in Hausenthal war beendet. Und das war gut so. Schlimmer wäre es, wenn Herr Liebig ihm und Greg wirk-

lich eine zweite Chance geben würde. Leo wollte inzwischen nur noch weg von hier. Weg aus der Doppelzelle mit Greg, und wenn er ehrlich mit sich selbst war, auch weg aus seiner jetzigen Zelle. Raus aus Hausenthal. So weit weg wie möglich. Lieber heute als morgen, lieber sofort als später. Und so würde es auch kommen. Es war abzusehen, mit welchen Konsequenzen der Schulleiter reagieren würde. Leo hoffte nur, dass ihm vor seinem Abgang noch genügend Zeit bleiben würde, sich zumindest von mir zu verabschieden.

Seine Uhr zeigte kurz vor zehn und Leo fragte sich, wann er endlich abgeholt werden würde. Dieser Gedankengang erschreckte ihn. War er schon so sehr Teil von Hausenthal geworden, dass er sich nicht einmal mehr traute, selbst zum Direktor zu gehen? Dass er, nur weil der es angeordnet hatte, in seiner Zelle wartete, bis man ihn abholte? Hausenthal war eine Schule, kein Jugendknast!

Offensichtlich war er so weit unten angekommen, dass es nicht einmal mehr Fesseln oder Gitter bedurfte, um ihn einzusperren. Leo hatte das System Hausenthal, das System Greg total verinnerlicht.

Diese Erkenntnis schmerzte.

Leo stand von seinem Bett auf. Um wenigstens noch einen Rest Selbstachtung zu wahren, entschied er sich zu gehen und öffnete die Tür.

Im Flur der Wohnung traf er auf den Schulleiter.

»Ich wollte dich gerade abholen.«

»Und ich wollte gerade zu Ihnen kommen.«

Schweigend gingen Leo und Herr Liebig nebeneinander

zum Hauptgebäude. Im Büro des Schulleiters angekommen setzten sie sich genauso, wie sie am Vortag gesessen hatten.

»Gut!«, eröffnete der Direktor seine Urteilsverkündung. »Du hast so ziemlich gegen alle Regeln der Schulordnung verstoßen und das muss Konsequenzen haben. Das siehst du sicher ein.«

Leo nickte lediglich.

»Doch andererseits muss ich auch die Gründe für dein Handeln in Betracht ziehen und daher . . . Kurz gesagt, du wirst Hausenthal verlassen.«

Leo schluckte.

»Doch nicht sofort. Du wirst die neunte Klasse beenden, aber anschließend musst du selbst sehen, wo du weiter zur Schule gehst. Wenn du und deine Eltern sich für ein anderes Internat entscheiden, dann kann ich dir dabei sicher helfen. Es gibt da doch Kontakte, man kennt einander. In den Wochen bis zu den Sommerferien jedoch wirst du täglich Küchendienst leisten, Holz hacken bis zum Umfallen und dergleichen mehr. Zudem wirst du aus dem Hatalerprogramm gestrichen. Kurz, du bist ganz unten. Ein Vorfall, egal was, und du fliegst sofort.«

Damit hatte Leo nicht gerechnet. Das brachte ihn völlig durcheinander. »Aber wieso diese Frist bis zu den Ferien?«

»Gute Frage.« Herr Liebig lächelte. »Und ich denke, du hast eine Antwort verdient. Ich weiß, für euch alle bin ich ein Gefängniswärter. Das bin ich auch, aber doch nur, weil ihr alle woanders versagt habt. Draußen seid ihr komplett gescheitert, habt euer Leben nicht auf die Reihe gebracht und deshalb seid ihr hier gelandet. In meiner Welt. Hausenthal ist eure letzte Chance, das wisst ihr so gut wie ich.«

Leo schwieg.

»Daher habe ich natürlich auch die volle Verantwortung für euch, solange ihr hier seid. Und ich muss eingestehen, im Fall von Greg habe ich die Situation etwas . . .« Herr Liebig stockte und verbesserte sich: »Im Fall von Greg habe ich mich total vertan. Ich dachte, nach der Sache mit Ned wäre diese Angelegenheit geklärt, doch damit lag ich leider daneben.«

»Was wissen Sie von Ned?«, platzte Leo heraus. »Und warum haben Sie ihn rausgeschmissen?«

»Ich musste Ned schützen, vor sich selbst und vor Greg. Ned war auf einem guten Weg, du weißt ja von seinen Drogenproblemen. Bis dahin war meine Schule definitiv drogenfrei gewesen, aber nun musste ich einsehen, dass sie es nicht mehr war. Und solange ich den Rauschgiftzufluss hierher nicht unterbinden konnte, sah ich mich gezwungen, zu Neds Wohl einzugreifen. In Hausenthal war er nicht länger sicher. Ich hatte Greg im Verdacht, etwas damit zu tun zu haben, doch ich konnte es nicht beweisen. Auf jeden Fall musste ich Ned seinem Einfluss entziehen. Er ist jetzt auf einem Internat in Süddeutschland.«

»Ned ist nicht im Knast?«, rief Leo überrascht.

»Wieso sollte er?«, wunderte sich Herr Liebig. »Ich habe ihn lediglich verlegt. Soweit ich von Neds neuem Direktor weiß, geht es ihm ausgezeichnet und Ned hat inzwischen das mit dem Haschisch gut im Griff.«

Leo konnte vor Erleichterung kaum Luft holen. Er freute sich schon darauf, mir davon zu berichten. Aber zuvor waren noch ein paar andere Dinge zu klären, solange Herr Liebig so auskunftsfreudig war. »Und Greg?«

»Wie gesagt, ich hatte keine Beweise. Gut, ich wusste von den Käsefondueabenden und dass irgendwas bei den Survivaltrips ablief. Aber solange derartige Regelverstöße die Grundruhe in Hausenthal verstärken, akzeptiere ich das. Jeder braucht ein Ventil, um Druck abzulassen.«

»Darf ich etwas sagen?«

»Deshalb bist du hier. Selbstgespräche führe ich lieber allein.«

»Ich finde diese Welt, die Sie erschaffen haben, grausam und unwürdig. Hausenthal ist ein Gefängnis. Wir sind doch noch Kinder! Und als wäre die Situation hier nicht schon schlimm genug, lassen Sie auch noch zu, dass in Ihrem Knast Schüler andere Schüler tyrannisieren. Nur weil es für Sie dadurch bequemer wird.«

»Ich bin nicht verantwortlich für eine Gesellschaft, in der ein Ort wie Hausenthal für euch die letzte Rettung ist. Ich zwinge niemanden hierherzukommen.«

»Richtig, das entscheiden die Eltern.«

»Falsch. Die Eltern melden euch an. Ob ihr hierherwollt, entscheidet ihr. Denk an unser Gespräch. Wer es nicht aushält, kann gehen. Für die anderen ist Hausenthal ein Chance. Oft die letzte.«

»Was geschieht mit Greg?« Leo ertrug das nicht mehr. Er hatte Hausenthal nicht als letzte Chance erlebt, sondern als einen Ort, an dem denjenigen, die schon ganz unten waren, auch noch der Rest Würde und Selbstachtung genommen wurde. Und gerade so ein System wie Hausenthal ermöglichte es Leuten wie Greg ja erst, ihr Spiel zu spielen. In einer normalen Welt wäre er viel früher gebremst worden. Aber das würde Herr Liebig nicht verstehen. In derartigen Kategorien dachte dieser Mann nicht, für ihn zählten Abschlüsse.

»Was mit Greg geschieht, darf ich dir nicht im Detail sagen, Schweigepflicht. Nur so viel, es wird nicht zu dem von ihm gewünschten Auftritt vor *seinem* Schülergericht kommen. In diesem Falle bleibt der Schulstaat samt all seinen Institutionen außen vor. Greg wird gehen. Seine Eltern sind bereits unterwegs, nach dem Unterricht wird er von ihnen abgeholt. Ich habe entschieden, dass er nicht gut für Hausenthal ist. Aber das weiß Greg noch nicht, ich werde es ihm später mitteilen.«

Leo seufzte.

»Du kannst jetzt in deine Klasse«, beschied ihm Herr Liebig. »Und wie gesagt, ein weiterer Vorfall und du folgst Greg.«

Leo nickte und ging zur Tür. Dort drehte er sich um und sagte: »Noch mal vielen Dank. Und es tut mir leid.«

»Raus!« Herr Liebig schoss aus seinem Sessel hoch und schrie: »Hüte dich, derartige Spielchen bei mir auch nur noch einmal zu versuchen. Raus oder ich überlege es mir anders!«

Erschrocken zog Leo die Tür hinter sich zu. Der plötzliche Wutausbruch des Direktors hatte dafür gesorgt, dass sein Herz raste. Was hatte er denn Schlimmes getan? Dann wurde ihm klar, womit er den Schulleiter so in Rage gebracht hatte: Leo hatte den Greg gegeben. Nach der Verabschiedung noch einmal zurückgehen und was Nettes sagen – so

hatte Greg Nähe und Interesse geheuchelt. Herr Liebig war nicht zu unterschätzen, was Spielchen anging. Neben ihm war Greg wirklich ein kleiner Fisch.
Leo ging langsam in seine Klasse zurück. Er genoss den Weg durch die Gänge. Denn mit jedem Schritt, mit jeder Treppenstufe hoch zu seinem Klassenzimmer spürte er, wie er freier wurde. Leo begriff, dass die schlimme Zeit vorbei war. Greg konnte ihm nun nichts mehr tun. Greg konnte mir nichts mehr tun. Gregs Zeit war vorbei. Und er, Leo, konnte nun ganz entspannt zurück in den Unterricht und endlich wieder ein normaler Schüler sein. Leo konnte wieder er selbst sein. Und dann war da ja auch noch ich.
Es gab viel zu bereden und gleich in der nächsten Pause würde Leo damit beginnen.

Als die Tür aufging und Leo mitten im Unterricht in unser Klassenzimmer kam, da erkannte ich sofort an der Haltung, am Gang, an seinem Gesichtsausdruck, dass sich die Dinge irgendwie geregelt hatten. Der Leo, der dort zur Tür hereinkam, war wieder der Leo, mit dem zusammen ich in Hausenthal eingefahren war. Der Leo, den ich mochte, mit dem ich reden wollte und mit dem ich so viel Spaß gehabt hatte. Und auch all die anderen eher unkeuschen Gedanken waren plötzlich wieder da. Ich fieberte der Pause entgegen.

»Also haben wir die Schlacht gewonnen, aber nicht den Krieg«, war mein Fazit.
Leo nickte. Die ersten fünf Minuten der großen Pause waren vorüber, anschließend hatten wir eine Stunde Freiarbeit.

»Klar, mir wäre auch lieber gewesen, wir hätten ihn ein für alle Mal plattgemacht.« Leo rekelte sich zufrieden. »Aber wie hat dieser englische Politiker mal gesagt: ›Wir haben Frieden für unsere Zeit.‹«
»Aber ich finde, er sollte dafür bezahlen.«
»Klar, aber sieh es doch so: Obwohl wir es nicht für möglich gehalten haben, hat es geklappt. Greg ist weg. Also, er geht in ein paar Stunden.«
»Und wohin? Kommt er wie Ned auf ein anderes Internat und kann dort sein Spiel weitermachen?«
»Wir werden es schon irgendwie erfahren.«
»Das reicht mir nicht!«, regte ich mich auf. »Er hat so viel auf dem Gewissen! Er hat so viel zerstört. Was er mit dir getan hat . . . Mit uns!«
Leo sah mich herausfordernd an. »Na und? Das können wir doch nachholen, jetzt, wo er weg ist!« Doch er wusste wie ich, dass dem nicht so war. Dass er mich mit seiner Zuversicht anlog. Egal aus welchen Gründen ich mit Greg geschlafen hatte, ich hatte es getan. Und das stand nun zwischen uns. Für immer.
Dennoch ging ich auf die alte, nun gespielte Vertrautheit ein. »Stimmt, im Übungsraum beispielsweise.«
»Oder im Wald.«
»Sicher findet sich auch irgendwo eine Besenkammer.«
»Das nun nicht unbedingt.«
Es läutete und wir machten uns auf den Weg zurück in den Klassenraum.
»Hoffentlich wird Greg nicht zu früh abgeholt«, sagte Leo auf dem Weg die Treppe hinauf.

»Warum, willst du ihn verabschieden?«
»Nein, ich will nur seine Augen sehen, wenn es so weit ist. Es ist schon schade genug, dass ich nicht miterleben kann, wie ihm der Liebig seinen Abgang verkündet.«
»Hui, höre ich da etwa Schadenfreude?«, frotzelte ich.
»Schadenfreude?« Leo blieb stehen. »Das ist Genugtuung aus tiefstem Herzen. Ich würde auch ohne jede Regung zusehen können, wenn sich der Arsch wie sein großes Vorbild erschießen würde. Und ich verspreche dir, ich würde ihm sogar höchstpersönlich die Pistole reichen.«
Ich schluckte.
»Falsch, das würde ich nicht tun«, verbesserte sich Leo. »Denn dieser Sau wäre zuzutrauen, dass er mich mit der Knarre abknallt.«
Als wir in den Gang zu unserem Klassenzimmer einbogen, stand unvermittelt Greg vor uns.
»Warum bist du nicht gekommen?«, begrüßte er Leo.
»Ich durfte nicht«, antwortete Leo kleinlaut. »Greg, was passiert jetzt? Ich soll nachher zum Liebig kommen.«
»Na und, das muss ich auch.«
Ein kurzer Blickkontakt und für Leo und mich war klar, Greg war noch völlig ahnungslos. Und wir würden es ihm nicht sagen. Ich war wild entschlossen, Greg so in Sicherheit zu wiegen, dass sein anschließender Sturz, der ja kommen würde, noch schmerzhafter werden würde. Nicht nur er konnte Menschen manipulieren.
»Greg!«, setzte ich an. »Bitte. Sprich mit dem Liebig! Auf dich hört er doch. Bitte sorg dafür, dass Leo nicht fliegt!«
»Keine Angst, ich werde das schon so regeln, dass Leo in

Hausenthal bleibt.« Greg grinste. »Ist doch auch in meinem Interesse. Leo und ich sind nun echte Buddys. Hey, das finden alle cool, dass du für mich die Klausur austauschen wolltest. Für seinen Freund beim Direktor einzubrechen, so was hat noch niemand gewagt!«

»Dann bist du mir nicht mehr böse?«, flüsterte Leo und ich war baff, wie gut es Leo schaffte, weiter den Unterwürfigen der letzten Wochen zu mimen. »Dann sagst du keinem, was wirklich war?«

»Wieso denn? Das geht doch niemanden etwas an.«

»Woher wusstest du, was ich vorhatte?«

»Ach, Leo«, seufzte Greg mit einem mitleidsvollen Unterton in der Stimme. »Ich kenne dich besser als du dich selbst, ich kann in dir lesen wie in einem offenen Buch! Ich wusste jederzeit, was du vorhattest, ich habe dir nie getraut. Nicht, was unsere Freundschaft anging, nicht, was Franka betraf. Nicht, was deinen Vater anging. Dein Gesichtsausdruck, wenn ich dir von meinen Überlegungen wegen der Prüfungen erzählt habe! Ich habe es genossen, dein Denken mit dem, was ich sagte, steuern zu können. Genau zu wissen, was ich mit welchen Aussagen in dir auslösen konnte! Das war irre! Und zur Krönung dann dieses Interesse gestern, welches Thema ich genommen hatte. Ich bitte dich!«

»Tut mir leid«, entschuldigte sich Leo.

»Schon vergessen. Jeder macht mal Fehler. Das bleibt unser Geheimnis. Und, Leo, ich musste das tun«, tröstete Greg ihn. »Das war alles zu deinem Besten. Mach dir keine Gedanken, ich kümmere mich um dich. Ich pass auf dich auf und du wirst sehen, alles wird gut. Vielleicht besorg ich dir irgendwann sogar eine Frau. Muss ja nicht Sara sein. Obwohl, warum eigentlich nicht? Du bist mein Freund. Und teilen Freunde nicht alles?« Er wandte sich mir zu. »Was denkst du, Sara-Baby?«

»Ich werde alles machen, was du willst, wenn du nur dafür sorgst, dass Leo bleiben darf.«

»Na, wenn das keine schönen Aussichten fürs kommende Schuljahr sind.« Greg war so von sich selbst berauscht, dass er gar nicht auf die Idee kam, wir würden ihm etwas vorspielen. Selbstzweifel kannte er definitiv nicht.

»Danke . . . und du bist wirklich nicht mehr böse?«, stammelte ich.

»Ach was. Schon vergessen. Tut mir leid, dass ich so hart mit euch sein musste. Aber ihr wolltet ja nicht hören«, schalt uns dieser Schwachkopf, so wie ein Erwachsener seinem Kind erklärt, warum er es hat schlagen müssen. »Ich hab das nicht gerne gemacht, aber es war nötig. Und ihr müsst mir glauben: Mir hat das Ganze viel mehr wehgetan als euch.«

Es läutete.

»Also, wir sehen uns später!« Das war ein Befehl.

Als Leo daraufhin wie ein Soldat Haltung annahm und »Jawohl, mein Führer!« rief, dachte ich für einen Moment, jetzt wäre er zu weit gegangen.

Und Greg stutzte wirklich einen Wimpernschlag lang, um dann aber zu lachen: »Du hast sie nicht mehr alle! Wirklich. Sitzen machen! Bis später.«

Wir sahen Greg hinterher, bis er kopfschüttelnd um die Ecke bog; dann fragte ich mit leicht hysterischem Unterton: »Hast du sie echt noch alle? Das war knapp.«

»Blödsinn. Greg und ich haben mal zusammen den Film *Eins, Zwei, Drei* gesehen. Aus den Fünfzigern, Nachkriegsdeutschland. Einer von Gregs Lieblingsfilmen. Und da sagt die Ehefrau das immer zu ihrem Mann. Und der Mann sagt immer: ›Sitzen machen!‹ Weil alle in Deutschland aufspringen, wenn er, der Chef, vorbeigeht. Ach, lässt sich schwer erklären, muss man gesehen haben.«
»Aha«, war mein Kommentar. »Aber es ist wirklich schade, dass wir bei seinem Gespräch mit dem Liebig nicht Mäuschen sein dürfen.«
»Man kann nicht alles haben.« Leo zog mich in unser Klassenzimmer. »Wenn wir Glück haben, erleben wir zumindest seinen Abgang.«

Gregs Auszug konnten wir dann tatsächlich mitverfolgen. Es war in der freien Zeit zwischen Mittagessen und AGs. Nach unserer kurzen Begegnung im Gang war Greg zunächst jedoch wie vom Erdboden verschluckt. Er war einfach weg. Das Gespräch mit dem Direktor musste er inzwischen hinter sich haben. Ich vermutete, Greg war packen. Außerdem war er niemand, der sich in einer Niederlage zeigen würde.
Und doch musste er irgendwie mit seinen Sachen den Weg vom Wohnhaus zum Auto seiner Eltern zurücklegen.
Leo und ich trafen uns am Holzzaun entlang des Weges hinab zum Parkplatz. Leo saß bereits auf dem obersten Holm, als ich eintraf.
Wir waren nicht allein. Wie es schien, hatte sich die ganze Schule versammelt und stand entlang des Weges Spalier.

Gregs Abgang hatte sich also herumgesprochen. Und wie zu vernehmen war, war man irritiert, dass Leo nicht gehen musste. Man erklärte sich das jedoch damit, dass Leo nicht eigennützig gehandelt hätte. Greg sei der Nutznießer, also auch der Verantwortliche. Doch allgemein wurde sein Abgang bedauert.

Dann erschien Greg.

Greg war bleich und er schwieg, während er seine Sachen zum Wagen seiner Eltern trug. Franka half ihm beim Schleppen und zu meiner Überraschung strahlte sie über das ganze Gesicht.

»Was bitte hat der Liebig da ausgeknobelt?«, flüsterte ich zu Leo.

»Keine Ahnung, aber Franka scheint seine Entscheidung sehr glücklich zu machen.«

Als Greg ein zweites Mal den Weg zum Parkplatz antrat und den Rest seiner Sachen zum Auto trug, blieb er zu meinem Erstaunen vor Leo und mir stehen. Er sah Leo an, dann mich und dann wieder Leo. »Kompliment. Du warst ein guter Gegner. Ich habe dich unterschätzt.«

»Das war ein Fehler.« Leo blieb ruhig und sein Gesicht zeigte keine Regung.

»Aber du musst eingestehen, du warst nur so gut, weil du mich als Gegner hattest. Ich habe das Beste aus dir rausgeholt.«

Leo schwieg.

»Lass uns die Sache sportlich sehen. Wir haben gepokert, hoch gepokert und du hast gewonnen.« Greg streckte Leo die Hand entgegen.

»Das mag sein.« Leo rührte sich nicht. »Aber du bist dennoch eine Drecksau. Das hier war nie ein Spiel, das hier ist das Leben!«
»Wo ist da der Unterschied?«
»Du wirst es lernen.«
Greg zog seine Hand zurück und drehte sich um. Er nahm seinen Koffer und wollte gehen.
»Sekunde, Greg!« Leo sprang vom Zaun. »Für eins bin ich dir dankbar!«
»Ach?« Sichtlich überrascht hielt Greg in seiner Bewegung inne.
»Ja!« Leo ging einen Schritt auf ihn zu. »Ohne dich hätte ich nicht so schnell kapiert, was wirklich zwischen mir und meinem Vater ablief. Inzwischen weiß ich, dass ich *mein* Leben fast zerstört habe, nur um *ihm* wehzutun. Dank dir weiß ich inzwischen, wie kostbar ich bin.«
»Große Worte für ein kleines Arschloch!« Greg bleckte die Zähne.
»Grüß mir deinen toten Freund Dominik«, entgegnete Leo kalt.
Mir erschien es für einen Moment, als wollte Greg etwas sagen, dann ging er jedoch ohne ein Wort den Weg hinab. Greg verabschiedete sich von Franka, stieg ins Auto und war verschwunden.
Ich habe ihn nie wiedergesehen.

Am Abend bekam ich endlich Franka zu fassen, sodass sie mir erklären konnte, was nun entschieden worden war. Gregs Schilderung nach war Folgendes geschehen:

Herr Liebig hatte Greg in Absprache mit dessen Eltern auf einem normalen Gymnasium untergebracht. Allerdings nicht in Bayern, sondern im nur wenige Kilometer entfernt von Geratsried beginnenden Baden-Württemberg. Eine Ganztagsschule, sodass Greg zu Hause in Bayern wohnen würde. Den Direktor der Schule kannte Herr Liebig offenbar und so konnte Greg, offiziell aufgrund seiner guten Noten, direkt in die zehnte Klasse des Gymnasiums wechseln. Das mit dem Täuschungsversuch bei der Prüfung zur mittleren Reife wurde ebenso wie die Tatsache, dass Greg überhaupt an einer derartigen Prüfung teilgenommen hatte, einfach verschwiegen. All dies hatte nie stattgefunden. Offiziell war Gregs Abgang also ein Wechsel aufs Gymnasium wegen sehr guter schulischer Leistungen.

Und da Greg ja selbst Herrn Liebig gegenüber seinen Wunsch nach einem Wechsel aufs Gymnasium formuliert hatte – was zwar gelogen war, aber das wusste ja offiziell niemand –, war Greg gar nichts anderes übrig geblieben, als dieser Lösung zuzustimmen.

Er musste dafür sogar noch dankbar sein.

Franka fand diesen Ausweg natürlich großartig. Zwar würde sie nun den Rest des Schuljahres hier in Hausenthal ohne Greg auskommen müssen, aber dafür würde natürlich anschließend auch sie auf diese Schule in Wangen wechseln. Dann wären Greg und sie wieder zusammen. Und das Angebot seiner Eltern mit der Wohnung für sie zwei bestand immer noch.

Das zu hören, zu wissen, dass Greg nun wirklich in seiner alten Welt gelandet war, war fantastisch. Ihn erwartete nun genau das Leben, aus dem er unbedingt hatte entkommen wollen.

»Sollten wir Franka nicht vielleicht, was Greg angeht, die volle Wahrheit sagen?«, überlegte Leo laut, nachdem ich ihm die Neuigkeiten berichtet hatte. Er und ich saßen im Schulgarten und genossen den unerwarteten Frieden und die plötzliche Freiheit in Hausenthal.

»Ich glaube, sie würde die Wahrheit nicht hören wollen. Für sie zählt nur Greg. Sie liebt ihn und ist daher blind. Sie würde alles für ihn tun.«

»Du hast vermutlich recht.«

»Was war das eigentlich bei unserem letzten Käsefondue für eine Aktion?«, fragte ich.

»Pah, Greg hat meine Geschichte erzählt, es war mein Vater . . .« Leo zögerte einen Moment mit seiner Antwort. »Nur das Ende hat er geändert.«

»Dieses Schwein«, staunte ich.

Leo schwieg.

»Ist echt schade, dass du im Sommer gehen musst«, versuchte ich es etwas später mit einem anderen Thema.

»Ich wäre in jedem Fall gegangen. Und das würde ich auch jedem anderen empfehlen«, antwortete Leo nach einer kurzen Pause. »Wer kann, sollte sehen, dass er hier wegkommt. Hausenthal ist die Hölle. Ich habe Greg überstanden, was kann mir dann da draußen noch groß Bange machen? Ich hab meine Lektion gelernt, noch einmal lasse ich nicht mein Leben den Bach runterrauschen, nur um meinen Vater damit zu bestrafen. Es ist mein Leben und das will ich nicht, nur um diesen Sack zu ärgern, an Orten wie Hausenthal verbringen. Denn eins unterscheidet die Welt draußen von dem Schweinesystem in Hausenthal: Draußen bist du wenigstens frei.«

Da musste ich ihm voll und ganz zustimmen und auch ich entschied mich in diesem Moment zu gehen. Wenn Leo weg war, warum sollte ich bleiben?

Fünfzehn

Es war eine merkwürdige Zeit, die sich an die Prüfungstage anschloss. Nun, da Greg weg war und all die Ränke und Pläne hinfällig waren, präsentierte sich uns ein richtig nettes Hausenthal. Internatsleben ohne Intrigen und Probleme, ohne Angst und Mauscheleien. Leo und ich konnten wieder gemeinsam joggen gehen, die Nachmittage und auch die meisten Abende verbrachten wir zusammen. Es war fast so wie am Anfang unserer Zeit in Hausenthal.

Leo wurde wieder er selbst. Es war so wie in der Natur: Solange die Kälte herrscht, rührt sich nichts. Ist der Frühling dann endlich da, geht alles ganz schnell, überschlagen sich Baum und Blume mit Grünen und Erblühen.

Auch Leo blühte auf. Er ließ sich seine Musikermatte schneiden, die schwarzen Klamotten wanderten in den Schrank, der flaumige Ziegenbart wurde abrasiert. Leo lachte wieder und sein ganzer Körper bekam wieder Spannung. Das Gitarrespielen war, ausgenommen die täglichen Unterrichtsstunden mit Sven, nur noch Nebensache. Ebenso der Plattenspieler, die Anlage und die vielen LPs. Leo zog sie nicht einmal in sein altes Zimmer mit um. »Die kann ich am Schuljahresende gleich so einladen. Kein Bock!«

Um seine sonstigen Sachen zu holen, waren er und ich am Tag nach Gregs Abgang in dessen Zimmer gewesen. Nur die großen Fotos hingen noch an den Wänden, ließen noch etwas von dem Geist spüren, der in der letzten Zeit von diesem Raum ausgegangen war.

»Anfangs fand ich diese Bilder cool, dann habe ich sie gehasst und zum Ende hin konnten sie mich trösten. Komisch, nicht?« Leo stand vor dem großen Bild mit dem Bücherregal. »Und soll ich dir sagen, was mich daran getröstet hat?«
Ich nickte.
»Dass die Typen inzwischen alle tot sind.«
Das verstand ich nicht.
»Dass sie es nicht geschafft haben«, versuchte Leo zu erklären. »Gut, mit ihrem rätselhaften Ende, Selbstmord oder nicht, haben sie eine Art Legende erschaffen. Einen Mythos, von dem jemand noch heute fasziniert sein kann. Doch sie selbst sind tot. Das ist wie mit Greg. Was wirklich los war, weiß hier in Hausenthal so gut wie niemand. Und es wird auch nie jemand erfahren. Okay, ist dann eben so. Und wenn jetzt Greg unter den Schülern zur Legende werden sollte, auch okay. Denn er selbst ist weg. Du weißt, wie ich das meine. Sollen sie hier in Hausenthal noch in Jahren über den abgefahrenen Greg reden, der so cool und angesagt war, jedermanns Liebling und ein toller Freund. Der nur aus Überheblichkeit heraus, weil ihm seine Arbeit nicht gut genug war . . .« Leo war laut geworden, beruhigte sich jedoch umgehend wieder. »Der tolle Hecht, der seine Prüfungsklausur nachbessern wollte, weil sie ihm nicht gut genug war. Der Kerl, der ohne Not – denn bestanden hätte er ja – alles riskierte und verlor. Das ist ein wahrer Heldenstoff.«
»Aber wir wissen, wie es wirklich war.«
»Nur ist das letztlich Nebensache«, widersprach Leo. »Hauptsache, er ist weg.«
»Aber es tut doch gut zu wissen, dass Greg jetzt in Gerats-

ried wieder bei seinen Eltern wohnt«, schob ich nach. »Er fährt morgens mit dem Bus in seine Schule, ab Sommer zieht Franka zu ihm und er ist wieder in dieser kleinen Allgäuer Welt gelandet . . . Das genügt mir. Mit den Freunden vom Schützenverein . . . Wolltest du da nicht noch einmal anrufen? Wie hieß der gleich?«

»Das wird sich rumsprechen.« Leo stand noch immer vor der Abbildung von Andreas Baaders Zelle in Stammheim. »Hat dir Greg jemals erzählt, woher er die Bilder hat?«

»Nein!«

»Aber mir.« Leo setzte sich auf sein ehemaliges Bett, ich nahm auf dem Schreibtischstuhl am Fenster Platz. »Ganz typisch Greg. Mit einer seiner früheren Schulen waren sie in irgendeinem Museum und da war eine Gerhard-Richter-Ausstellung. Greg hat mir erzählt, dass da vor dem Museum Demonstrationen für und gegen die Bilder gewesen seien. Dass sich die Leute fast geprügelt hätten. So von wegen: Terroristen! Unmöglich, das ist keine Kunst! Geschmacklos! Das darf man nicht! Und auf der anderen Seite: Historienmalerei! Kitsch! Der Maler macht sich lustig über die Opfer staatlicher Gewalt.«

Leo holte einmal tief Luft.

»Greg sagte zu mir, damals hätte er angefangen, sich für die Rote-Armee-Fraktion, für Stammheim, für Andreas Baader zu interessieren. Da musste doch was sein, wenn sich die Leute schon wegen solcher Bilder prügeln! Und je mehr er recherchierte, umso mehr faszinierte ihn das alles. Er sagte, von denen habe er so viel gelernt. Irgendwann sei ihm dann klar geworden, er muss diese Bilder haben. Und übers Internet hat er dann tatsächlich Raubdrucke bekommen. Er sagt, für ein Schweinegeld. Aber sie seien es wert. Er sagte, sie seien Anschauungsmaterial einer verlorenen Wahrheit. Denn ich würde es ja selbst spüren, von diesen Bildern geht Macht aus, sie polarisieren und vermitteln Not, Verzweiflung und Ohnmacht, passend für Hausenthal.«

In die Pause nach Leos Worten hinein sagte ich: »Dann ist es auch logisch, dass er sie nicht mitgenommen hat. Da, wo er jetzt ist, haben sie keinen Sinn mehr. Den hatten sie nur hier, in seinem Stammheim, in seiner Zelle.«

Leo stand auf. »Komm, lass uns gehen. Ich hasse die Atmosphäre hier drin.«

Wir trugen die Dinge, die Leo mitnehmen wollte, hinüber in sein altes Zimmer. Anschließend verabredeten wir uns, zusammen laufen zu gehen.

Eigentlich hätte jetzt Schluss mit der Geschichte sein können. Ging jedoch nicht, denn da waren noch ein paar Punkte, die geklärt werden mussten. Einer davon betraf mich ganz allein. Zwar hatte auch Greg seinen Anteil daran gehabt, doch war er höchstens Auslöser gewesen, nicht aber der Grund.

Ich selbst schaffte es nicht, dieses Thema anzusprechen. Leo tat es.

»Sara, hör mit deinem Hungerstreik auf.« Er saß neben mir auf der Bank im Schulgarten und seine Worte trafen mich so jäh, dass ich, anstatt zu antworten oder zu leugnen, in Tränen ausbrach.

Leo nahm mich in den Arm und hielt mich, streichelte mir den Kopf.
»Ich war so sehr mit mir und Greg beschäftigt«, begann er, als ich mich wieder etwas beruhigt hatte. »Ich habe einfach nicht bemerkt, was er mit dir tat. Sara, du bist nicht dick, du bist dünn. Viel zu dünn. Womöglich bist du bereits magersüchtig. Du bist nur noch Haut und Knochen. Hör auf! Greg ist weg. Ich bin da!«
So komisch es vielleicht klingen mag, aber Leos letzte drei Worte waren so, wie wenn jemand plötzlich einen Fensterladen öffnet und man feststellt, draußen ist Tag. Und man versteht, dass es keinen Grund gibt, länger im Dunkeln zu sitzen. Dort draußen ist Leben. Und ich durfte mitleben.

Über die Zeit, die hinter uns lag, sprachen wir kaum noch, ebenso wenig aber auch über das, was kommen würde. Wir wussten beide, mit dem Schuljahresende würde auch das Ende unserer gemeinsamen Zeit kommen. Das tat weh, denn inzwischen konnte ich mir ein Leben so ganz ohne Leo nicht mehr vorstellen. Aber wie sollte das aussehen? Leo ging in zwei Wochen zurück in seine Frankfurter Welt, ich würde nach Friesland wechseln. Ich hatte mit meinen Eltern schon telefoniert. Sie waren froh, dass ich wieder bei ihnen wohnen und in Bremerhaven zur Schule gehen wollte. Und auch mein Patenonkel war glücklich, nicht länger das Schulgeld für mich bezahlen zu müssen. Zum Glück hatte ich einigermaßen gute Noten geschafft, sodass ich mich selbst vorzeitig aus Hausenthal entlassen konnte.
Leo und mir war also klar, dass wir keine gemeinsame Zu-

kunft hatten, doch wir hatten die Zeit bis zu den Sommerferien. Und ohne darüber reden zu müssen, begannen wir nun beide, die Zeit, die uns bis dahin noch verbleiben sollte, so intensiv wie möglich zu gestalten. Und ehrlich gesagt, mir schwebte da besonders eine ganz bestimmte Aktivität vor. Eine Erfahrung, die ich unbedingt machen wollte, intensiv, echt und ehrlich. Und wovon ich wusste, dass auch Leo daran interessiert war. Ein Erlebnis, das womöglich die Zukunft von Leo und mir doch noch einmal total verändern konnte.

Aber es war nicht leicht, eine geeignete Situation herbeizuführen. Die Schule, die vielen Menschen ständig um uns herum, nicht einmal die Tür konnten wir hinter uns zumachen.

Ich fand dennoch einen Weg.

Es war ein Samstag und es war das letzte Freigangwochenende des Schuljahres.

Mit Gregs Abgang hatten sich natürlich auch die Käsefondueabende verabschiedet. Es fiel mir nicht schwer, Leo zu einem romantischen Picknick im Garten anstelle des Discobesuchs zu überreden. Ich backte einen Kirschkuchen, schmierte Brote und organisierte mir über die Küche einen Salat mit Thunfisch. Ich schaffte es sogar, eine Flache Prosecco aufzutreiben. Einen richtigen Picknickkorb bekam ich schließlich voll. Teller, Tassen, Besteck, Knabberkram. Vorsichtshalber packte ich auch Kondome ein.

Wir trafen uns im Schulgarten. Leo hatte seine Gitarre mitgebracht. Das freute mich wirklich, denn ich hatte ihn schon ewig lange nicht mehr spielen gehört und schon befürchtet, dass Leo nach seiner Zeit als »Musiker« nun aus Trotz ganz aufhören würde. Wir hatten auch schon mehrfach darüber gesprochen. Er sagte dann immer nur, dass ich mir keine Gedanken machen solle. Nach der Zeit, in der er quasi dazu gedrängt worden sei, sei nun eben mal Abstand nötig. Nur Musiker, das sei inzwischen vorbei, aber so ganz ohne . . . Nein, die Gitarre sei nach wie vor ein Teil von ihm, aber eben nur ein Teil.

Dass dieser Teil nun auch auf meiner mitgebrachten Decke saß, freute mich trotzdem.

Nach dem Essen bat ich ihn zu spielen.

»Gerne!«

Leo zog die Gitarre heran und begann, eines der Stücke zu spielen, das er auch damals bei dem ersten Käsefondue bei Greg vorgetragen hatte.

»Noch eins!«, bettelte ich anschließend. Und das war ernst gemeint. Denn damals wie heute berührte mich die Art, wie Leos Finger die Saiten zupften, seine Hand über das Griffbrett huschte und mit welcher Innigkeit er spielte. Damals wie heute wollte ich diese geschickten Finger auch auf mir spüren.

Nachdem Leo noch zwei weitere Stücke gespielt hatte, legte er die Gitarre beiseite. Er trank einen Schluck Sekt und schien mir irgendwie unschlüssig. Dabei war ich mir sicher, er wusste genauso gut wie ich, warum wir uns im Schulgarten getroffen hatten. Die Schule war so gut wie leer, es war praktisch ausgeschlossen, dass jemand uns überraschen würde. Es war warm, es war Sommer, die Büsche rings um uns herum verbargen uns.

»Du, ich muss dir was sagen«, begann ich.

Leo wandte sich mir zu.
»Ich würde dir das lieber ins Ohr flüstern.«
Leo beugte sich zu mir herüber. Ich richtete mich auf, kam mit meinem Mund seinem Ohr nahe und küsste ihn auf den Hals. Sein Hals roch gut, ich küsste erneut.
Dann spürte ich seine Lippen auf meiner Wange, er küsste die Stirn, die Nase und dann endlich den Mund. Am liebsten hätte ich ihn tief inhaliert. Sein Mund war feucht und warm, der Geschmack war berauschend.
Immer heftiger wurde unser Geknutsche, bis ich schließlich Leos Hände unter meiner Bluse spürte. Ich bremste ihn etwas, indem ich seine Hände festhielt und ihn weiterküsste. Leo ließ mich machen. Er sank langsam nach hinten und zog mich über sich. Ich richtete mich auf und saß rittlings auf ihm. Leos Haare glänzten auf der Decke wie ein Strahlenkranz. Er sah göttlich aus. Leo blickte mich herausfordernd an.
Ich hielt dem Blick stand. »Zieh dein T-Shirt aus!«
Damit es schneller ging, half ich ihm dabei.
Nun war Leo dran. Er knöpfte meine Bluse auf und strich sie mir von den Schultern. Leo begann, an meinem BH zu zupfen, sodass ich ihn schließlich auszog. Er bekam große Augen. Sie wurden noch größer, als ich mich vorbeugte.
»Wahnsinn!«, hauchte Leo und ganz vorsichtig, so als wären es Seifenblasen, berührte er meine Brüste mit beiden Händen. »Die sind schön!«
Ich schnaufte.
»Du bist schön! Wunderschön!«, schob Leo nach.
Ich hatte es eilig, wollte mehr.
»Leo«, flüsterte ich. »Ich will dein erstes Mal sein.«

»Aber hallo!«, murmelte Leo, die Augen leicht glasig und irgendwie gestresst.
»Lass mich nur machen!«
»Klar!«
Ich hatte schon das Präservativ in der Hand und war bereit zum vollen Einsatz. Ein Blick von Leo ließ jedoch alles wie ein Kartenhaus in sich zusammenfallen.
Ich beugte mich stattdessen vor, presste meinen nackten Oberkörper auf seinen und wollte einfach nicht mehr. Das heißt, ich wollte schon, aber ich spürte, dass es unmöglich war.
»Warum?«, flüsterte ich irgendwann.
»Keine Ahnung!«, gab Leo zurück. Er klang so traurig, wie ich mich fühlte. »Aber es geht nicht!«
»Warum nicht?« Ich wagte mich nicht zu bewegen, denn ich wusste, wenn ich einmal diesen Hautkontakt zu ihm aufgeben würde, würde ich diese Berührung nie wieder spüren. »Lass es uns bitte versuchen! Es wird klappen. Appetit holt man sich doch beim Essen, heißt es.«
»Es geht nicht!«
»Du willst nicht!«
»Und wie ich will. Ich will, seitdem ich dich kenne. Aber ob es an Greg liegt oder an der Zeit . . .«
»Greg, immer dieser Scheiß-Greg!«, schluchzte ich. »Der hat alles kaputt gemacht.«
»Sara, wirklich, ich kann nicht!« Leo packte mich an den Schultern und stemmte meinen Oberkörper hoch. »Klar will ich die weiter anfassen!« Er sah auf meine Brüste. »Die sind geil, wunderbar, perfekt.«
Er streckte den Kopf hoch und küsste kurz, mehr ein Luftkuss

als ein richtiger Knutscher, meine linke Brust. »Aber es wäre falsch.«

»Wie falsch? Hey, wir dürfen, wenn . . .«

»Sara! Mach es mir doch nicht so schwer. Aber bitte. Okay . . .« Leo richtete sich auf. »Jetzt sieh mir in die Augen und . . .« Er begann mit beiden Händen meine Brüste zu streicheln, sie zu liebkosen. Dabei sah er mich an. Liebevoll, ohne jede böse Absicht. Zuerst spürte ich eine Welle der Erregung über mich laufen, doch dann kam das Nichts. Ich wartete, versuchte, die Erregung zurückzuholen. Aber es ging nicht. Leo streichelte weiter. Zart, ruhig, das hätte mich im Normalfall sicher erregt.

»Bitte hör auf!«, sagte ich schließlich müde. Umgehend folgte Leo meiner Bitte.

»Du weißt, was ich meinte?«

»Ich wusste schon vorher, dass es so kommen würde.«

»Warum hast du es dennoch versucht?«

»Warum hast du das mit dem Büro vom Liebig versucht? Du wusstest doch auch . . .«

»Weil ich es zumindest probieren musste. Wie soll man sonst weiterleben?«

»Könnte ich auch sagen. Ich will dich immer noch. Ich will Sex mit dir!«

»Kennst du dieses bescheuerte Lied?« Leo schaffte es tatsächlich, in diesem Moment zu lächeln. »Tausendmal berührt und nichts passiert? Bei uns ist es umgekehrt.«

»Vielleicht wäre alles anders gelaufen, wenn wir uns anderswo getroffen hätten.« Ich zog meine Bluse über, den BH stopfte ich so in den Korb.

»Vermutlich haben wir in unserer Geschichte ein paar Abzweigungen verpasst.«

»Vermutlich.«

»Warte!« Leo, der ein wenig von mir abgerückt war, packte mich an der Schulter. »Einen Test noch, ja?«

Er fasste mir direkt an die rechte Brust.

»Lass das!« Ich schlug ihm scherzhaft auf die Hand.

»Verstanden! War auch bei mir ohne Wirkung. So ein Mist!« Leo streifte sich sein T-Shirt über den Kopf. »Weiterhin Jungfrau!«

»Tja, mehr, als dir hemmungslosen Sex anzubieten, kann ich nicht machen.«

»So ein Mist aber auch!«

Ich verstand, was Leo versuchte, und fand es rührend. Doch so ein Desaster wie eben, danach lässt es sich nicht einfach so mit zwei, drei Scherzen zur Tagesordnung übergehen. So eine Niederlage muss man erst mal verkraften. Es war nun ein für alle Mal klar, zwischen Leo und mir würde es nie etwas geben. Wir waren Freunde. Hoffentlich sogar gute Freunde, aber eben Freunde.

»Wollen wir es morgen noch einmal versuchen?«, flachste Leo, als wir uns zurück zur Schule aufmachten. »So schlecht fand ich das gar nicht. Wir können doch morgen, übermorgen . . . wenn ich so überschlage . . . zwölf bis dreizehn Versuche hätten wir. Und wenn es nicht klappt, dann hätten wir immerhin eine gute Zeit gehabt! Was denkst du?«

»Wenn ich das verrate, setzt du dich da drüben unter den Baum und weinst bitterlich.«

»Wieso das?«

»Was denkst du, was ich alles mit dir vorhatte?«
»Sara!«
»Erinnerst du dich noch an den Vier-Zentner-Mann und die Frau, die ihn füttert und pflegt . . .«
»Deshalb das Picknick und der Kuchen! Du wolltest mich mästen! Ich bin schockiert.«
»Betrachte es als Vorspiel! Wie gesagt, welch ein Glück, dass du nicht weißt, was ich vorhatte . . .«
»Okay, darf ich dann wenigstens Freundin zu dir sagen?«
»Auch wenn es wehtut: Ja!«

Das endgültige Ende kam schneller als erwartet, aber so ist das nun mal mit der Zeit. Liegt das Schuljahr vor einem, so erscheinen einem die Sommerferien unendlich weit weg. Und dann irgendwann wird die Zeit bis zu den Ferien plötzlich knapp, kriegt man das, was man sich vorgenommen hat, kaum noch auf die Reihe. Der Abreisetag war gekommen, und nachdem Leo gestern sein Abschlussgespräch bei Herrn Liebig gehabt hatte, war nun ich dran.
»Setz dich, Sara!«
Ganz entspannt, so wie vor einem Jahr bei unserer ersten Begegnung, bat mich Herr Liebig zur Sitzecke herüber, bot mir den Platz auf dem Sofa an und nahm selbst in dem blauen Sessel Platz.
»Tja, jetzt ist es vorbei.«
»Zum Glück.«
»Ich begrüße deinen Entschluss, es wieder auf einer normalen Schule zu versuchen.« Herr Liebig beugte sich vor. »Du schaffst das. Ehrlich gesagt weiß ich bis heute nicht

genau, warum du eigentlich hier warst. Du gehörst nicht hierher.«
»Dass ich nicht hierhergehöre, weiß ich. Warum ich hierherkommen musste, weiß ich leider noch nicht so genau.«
»Ich denke schon.«
»Dann sind Sie klüger als ich.« Ich schluckte. »Entschuldigung, das war nicht so gemeint!«
»Ist schon okay.« Herr Liebig lächelte und lehnte sich entspannt zurück. So locker hatte ich ihn noch nie erlebt. »Klar bin ich klüger als du. Vielleicht nicht intelligenter, aber ich bin älter und habe daher einfach mehr erlebt. Daher klüger. Aber, Sara, komm, du weißt es . . .«
»Und wenn, warum sollte ich es Ihnen sagen?«
»Weil es manchmal guttut, etwas auszusprechen.«
Ich schwieg, Herr Liebig auch.
»Okay, kein Problem!« Mein Schulleiter fuhr sich nach einer Weile mit der Hand durch das Gesicht. »Lassen wir es dabei, dass wir es wissen, aber nicht darüber sprechen.«
Ich zuckte hilflos mit den Schultern. Was sollte dieses Gerede? Mich nervte, dass dieser Mensch mir gegenüber plötzlich auf Kumpel machte. Und ich hatte auch keine Ahnung, worüber er eigentlich sprach.
Die Fragen von Herrn Liebig waren so total lehrermäßig: *Was haben wir daraus gelernt?*
Antwort: *Lande niemals in einer Welt wie Hausenthal. Nicht jeder, der freundlich zu dir ist, meint es gut mit dir. Entscheide selbst, wer du bist.*
»Gut.« Herr Liebig seufzte und stand auf. »Ist eben die Schattenseite meines Jobs.«

»Wie meinen Sie das?«, fragte ich, ohne es wirklich wissen zu wollen.
»Was habe ich damals bei deinem Einfahren gesagt?« Der Direktor trat an das inzwischen reparierte Fenster heran. »Eure Eltern bezahlen dafür, dass ihr hier einen Schulabschluss macht. Wir sorgen dafür, dass ihr ihn auch schafft. So einfach ist das.«
Ich nickte.
»Und du musst einsehen, bei dir, Leo, Greg, Ned und all den anderen, die dieses Jahr die Schule verlassen oder ihren Abschluss gemacht haben, habe ich es hinbekommen.«
»Meinen Sie das im Ernst?«
»Sicher. Meine Welt hier ist nicht schön, aber erfolgreich.«
»Aber wissen Sie, wie es uns dabei geht?«, brach es dann doch aus mir heraus. »Was wir Schüler hier durchmachen?« Ich stand auf und verließ das Büro.
»Wenn die Welt draußen anders wäre, gäbe es kein Hausenthal«, rief mir der Schulleiter nach.
Schon halb aus der Tür drehte ich mich um: »Wäre vermutlich besser. Leben Sie wohl!«
»Viel Glück, Sara.«
Aber ich brauchte kein Glück, ich brauchte nur Leben.

Nachtrag

Mein Auszug aus Hausenthal ist nun bald ein halbes Jahr her. Seitdem hat sich viel verändert. Neue Schule, neue Leute, doch anders als früher laufe ich nicht mehr Gefahr, alles hinzuwerfen. Ich war in Hausenthal. Ich weiß inzwischen, was im Leben wichtig ist. Zu allererst Freiheit. Die Freiheit, über sich und das, was man tut, bestimmen zu können.

Und dann natürlich ist da noch Leo. Mein Freund. Sicher, manchmal, wenn wir telefonieren, und wir telefonieren viel miteinander, dann bin ich noch etwas traurig, dass aus uns kein Paar geworden ist. Es hätte klappen können. Zu einer anderen Zeit, in einer anderen Umgebung.

Andererseits, Partner hatte ich schon oft, aber noch nie einen Freund. Und Leo ist ein Freund. Mein Freund. Das ist für mich völliges Neuland. Und zu wissen, wir können miteinander, weil wir nichts voneinander wollen, gibt uns eine merkwürdige Freiheit. Wir können über alles reden. Und wenn ich sage, alles, dann meine ich damit auch wirklich alles. Kerle, Mädchen, Ängste, Sex. Bislang hatte ich Kerle immer als Lover gesehen. Wollte von ihnen geliebt, begehrt werden.

Bei Leo fehlt nun dieses Motiv. Das ändert alles.

Obwohl, wir wollen im Herbst zusammen ein paar Tage zum Zelten an die Ostsee. Aber das muss ja nichts bedeuten. Wir sind ja bloß Freunde, wie man so schön sagt.

Isabel Abedi

Whisper

Eine unwirkliche Stille liegt über Whisper, dem alten Haus, in dem Noa ihre Ferien verbringen soll. Das alte Gebäude birgt ein Geheimnis, über das niemand im Dorf spricht. Furcht und neugierige Erwartung führen Noa immer tiefer auf die Spur eines rätselhaften Verbrechens. Gemeinsam mit David nähert sich Noa der Wahrheit eines nie geklärten Mordes …

280 Seiten.
Arena-Taschenbuch.
ISBN 978-3-401-02999-3
www.abedi-whisper.de

David Klass

Wenn er kommt, dann laufen wir

Fünfeinhalb Jahre lang haben Jeff und seine Eltern sich in dem kleinen Küstenstädtchen mühsam ein neues Leben aufgebaut – da wird Jeffs Bruder Troy aus dem Gefängnis entlassen. Als begnadigter Mörder kehrt er in die Familie zurück, die Eltern wollen ihm eine zweite Chance geben. Nur Jeff glaubt keine Sekunde an den bekehrten Sünder. Er beschließt, dem Bösen ein Ende zu machen.

Arena

328 Seiten.
Arena-Taschenbuch.
ISBN 978-3-401-50018-8
www.arena-verlag.de

David Klass

Du bist der Nächste!

An Joes Schule ist Gewalt bitterer Alltag. Wer sich den Jungs aus der Footballmannschaft nicht unterwirft, kommt auf »die Liste« und muss mit gnadenloser Bestrafung rechnen. Als die Schulleitung die sogenannte „Nulltoleranz-Politik“ einführt, scheint die Situation erst richtig zu eskalieren.

Arena LIFE

312 Seiten.
Arena-Taschenbuch.
ISBN 978-3-401-02746-3
www.arena-verlag.de